パラサイト・イヴ

寄生杀意

[日] 濑名秀明 著

丁丁虫 译

北京联合出版公司
Beijing United Publishing Co.,Ltd.

图书在版编目（CIP）数据

寄生杀意 / （日）濑名秀明著；丁丁虫译 . -- 北京：
北京联合出版公司，2025. 4. -- ISBN 978-7-5596-8269-
7

Ⅰ . I313.45

中国国家版本馆 CIP 数据核字第 202503ZW19 号

北京市版权局著作权合同登记　图字：01-2025-0897 号

寄生杀意

作　　者：[日] 濑名秀明
译　　者：丁丁虫
出 品 人：赵红仕
责任编辑：李艳芬
封面插画：焦　子
装帧设计：稀　饭

北京联合出版公司出版
（北京市西城区德外大街 83 号楼 9 层　100088）
河北鹏润印刷有限公司印刷　新华书店经销
字数 250 千字　880 毫米 ×1230 毫米　1/32　11.25 印张
2025 年 4 月第 1 版　2025 年 4 月第 1 次印刷
ISBN 978-7-5596-8269-7
定价：52.00 元

目录

引子

眼前的景象突然消失了。

永岛圣美不知道发生了什么。一切都消失了。明明刚才挡风玻璃外面还是一如往日的清晨街景。那是她走过几十次、几百次的街道。那是一条舒缓的下坡道，略向右拐。拐弯处的信号灯刚刚变黄。

圣美揉了揉眼睛，但景象并没有恢复。她再次用力闭上眼睛，然后重新睁开，依然什么都看不到。无论是刚才停在前面的白色蓝鸟车，还是靠在站台的公交车尾灯，抑或在人行道上匆匆赶路的一群女高中生，所有原本理所当然存在着的一切，突然间消失得无影无踪。圣美在慌乱中收回视线，想看看手里的方向盘，结果却让她目瞪口呆——方向盘也不见了。不仅如此，连双手都不知去向。本来好好系着安全带的上半身、理应轻轻踩在油门上的右脚，却不在它们该在的地方。眼前只有一片漆黑，无边无际。

圣美感觉周围正在缓缓起伏，而自己正悬浮在温热黏稠的液体中，赤身裸体。不知何时衣服也消失不见了。

是那个梦。圣美想。

那是每年平安夜都会做的梦。无头无尾，只感觉自己在黑暗的世界中蠕动。圣美一直在做那个怪异的梦。就是它。她知道此刻自己又进入了那个梦境，但不知道为什么。那个梦本来绝不会在平安夜之外的夜晚出现，精确得如同天体运行的规律，更不用说在清醒的时候入梦了。从没发生过这样的事。

圣美意识到自己的身体形态正在发生巨大变化。手臂和腿都没有了知觉，也许真的消失了。她感觉自己的头、腰、躯干都不复存在，只有细长的、如同虫子一样的身体。圣美扭动着身体，在黏稠的黑暗中缓慢前进。

这到底是哪里？圣美再次思考这个不知想过多少次的问题。她的身体仿佛记得这个地方，但她怎么也想不起来。从前，在某个遥远的地方，圣美确实有过这样的体验。在寂静的黑暗中，什么都不知道，只有扭动着身体随波逐流。那是昨天的事，还是几年前的事，或是更加久远的过去的事？圣美不知道。她甚至不知道，在这无边无际的黑暗中，时间是否还在流逝。

忽然，圣美感觉到自己的身体发生了变化。在身体中心，某个小小的东西开始慢慢分成两半。同时，整个身体的中心也开始渐渐收缩，身体两端缓缓朝反方向移动。

自己正在一分为二。圣美想。

平稳。时间的流逝显得异常缓慢。

这是哪里？是什么时间？自己是谁？这些琐碎的问题都已经无关紧要了。圣美只想永远这样悬浮在这片黑暗中。身体在分裂，慢慢分成两半。没有疼痛，没有感觉，只有愉悦。一切都很平静。没有骚动。身体正在自然分离。很安静。一切都很安静。

圣美放松全部神经，任由身体沉浸在液体中。

视野突如其来地恢复，就像刚刚突如其来地消失一样。她又看到了握着方向盘的双手。圣美眨了眨眼，然后向前望去。

面前是一根粗大的电线杆。

第一部　Development　发育

1

对于永岛利明来说，那个早晨就是平静一天的开始，和平时没什么不同——直到电话铃声响起。

那天早上八点二十分，利明把车开到药学院。停车场里还空着六成泊位。他抓起包跳下车，锁上车门，漫不经心地抬头看了看药学院的大楼。这幢六层楼的建筑，在阴沉沉的天空下显得灰蒙蒙的。

利明在门厅旁边的鞋柜里拿出拖鞋换上，乘电梯上到五楼。走廊向左右两侧延伸，右侧深处是利明所属的生理机能药学研究室。学生和工作人员几乎都没来，走廊里很安静。这也很正常，研究室的上课时间没那么早。有些研究室——比如有机化学系的研究室，早上八点前助教就全到齐了，到这时候应该已经开起研讨会了。但利明的研究室对学生的到校时间并没有严格的要求，只要做好实验、拿到数据就可以了。只不过利明挂着助教的头衔，必须在八点半前上班，而这也只是他自己的决定。

利明打开第二研究室的门，开了灯走进去。他的办公室在这里。利明把外套收进柜子，把包放到书架旁边。桌上放着两张试剂订单，限制性内切酶EcoRI和BamHI，大概是昨天晚上学生填的。利明用长尾夹夹住两张订单，挂到桌子旁边的墙上。

利明首先看了一下昨天晚上写在记录本上的实验计划，然后着手进行实验的准备工作。他走出研究室，打开对面细胞培养室的门。灭菌灯的光线把房间里染成蓝白色。利明把灯切换成普通的荧光灯，然后走进去，从培养箱里取出两个塑料培养瓶放到显微镜下，凑在镜头上观察了一会儿，检查它们的生长情况是否良好。

随后利明把细胞暂时先放回培养箱，又从高压灭菌锅里取出实验器具，放到超净工作台里。

回到研究室，刚从冰箱里取出几盒试剂，利明指导的研二学生浅仓佐知子来了。

"早上好！"

浅仓向利明大声问好。利明也回了声早上好。

浅仓把外套放进自己的柜子，露出白色针织衫和牛仔裤，长长的头发束在脑后。她脱下针织衫，换上白大褂。

作为女性来说，浅仓的个头很高，将近一米七五，只比利明稍矮一点。经过利明身边时，她微笑点头致意。浅仓的身高很适合穿白大褂，做实验的时候显得英姿飒爽、赏心悦目。

利明告诉她自己去培养室，随后离开了研究室。

做完超净台的准备，利明重新取出培养瓶，开始工作。两组细胞都是著名的NIH3T3，不过其中一组导入了类视黄醇受体的基因。两天前，利明把两组细胞分别装入新的培养瓶，让它们增殖，然后昨天又向培养液中添加了β氧化酶的诱导剂，今天计划从这两种细胞中回收线粒体组分。按照利明的预测，植入受体基因的那一组细胞，β氧化酶的含量应该会增加。

就在他刚刚开始操作的时候，电话响了。

电话铃声从实验室那边传来。利明没有停下手里的工作。浅仓应该还在研究室，利明认为她会处理。三声铃响后，电话重归寂静，似乎是浅仓接了电话。又过了十几秒，突然响起慌乱的脚步声。怎么回事？利明一边奇怪，一边继续用吸管吸取溶液。不知为什么，他下意识看了一眼墙上挂的时钟，指针正好指向九点。

伴随着一声巨响，培养室的门被推开了。

"永岛老师，您的电话。"

利明抬起头，浅仓正从半开的门缝里探进头来，她的嘴唇在颤抖。

"医院打来的。说是您、您夫人，出了车祸……"

"什么？！"

利明猛地站起身。

2

大学附属医院周围的道路总是非常拥挤。试图开车进医院的门诊患者的车都排到了外面的路上，引起了交通堵塞。利明心急如焚，一遍遍按着喇叭。

打电话过来的是急救室的医生。圣美开到下坡拐弯处的时候，不知为什么没有拐弯，笔直地撞上了电线杆。可能也没有踩刹车，因此撞得很严重，额头也受到了重击。利明问了出事地点，发现那条主干道自己也经常走。在那条路上开车的时候确实很容易提速，不过因为视野开阔，感觉并不危险。利明不明白为什么会出事。

"可恶！"

利明骂了一句，转动方向盘，插进靠中间的车道，然后掉头，周围立刻响起猪叫般的喇叭声，但利明顾不得这些。他绕到医院后门口，把车停到员工专用的停车场，从送货入口进入医院。他抓住一个半路经过的护士，问明急救室的位置。

利明一路跑过去，感觉中央走廊长得没有尽头。皮鞋在油毡地板上摩擦出刺耳的声音，利明下意识地念叨起圣美的名字，沿着走廊右转的时候，差点撞上走路的老太太。利明在最后一刻及时扭身，保持着怪异的姿势继续往前跑。难以置信，肯定有什么地方搞错了。今天早上，圣美的美丽笑容不是一如既往吗？他想起今天的早餐——煎鸡蛋、烤鲑鱼，还有漂着豆腐和海带的味噌汤。明明是普普通通的早餐啊，利明想，太普通了。圣美一定认为，明天、后天乃至永远都会过着像今天一样的生活，所以才端上这样的早餐吧。一定是的。太突然了。哪有这么荒谬的事情。早上和圣美一起出门，她也开了车，说要去邮局。那车是圣美出门购物时代步用的，半年前刚买的二手车，红色的车身和喜欢可爱装饰的圣美很相配。

"您是永岛圣美女士的家人？"

利明上气不接下气地跑到急救室。一位中年护士赶过来，询问喘息不已的利明。利明咽了一口唾沫，回答说是。

"圣美女士情况比较危险，"护士解释说，"她的头部在交通事故中遭受了重击，被送过来的时候已经出现了颅内大面积出血，呼吸也停止了。"

在护士的劝说下，利明坐到走廊的沙发上。他无法相信护士说的话，呆呆地看着护士的脸。

"……还有希望吗？"

"目前正在手术室接受治疗，但情况非常危险……您最好通知她的父母。"

利明点点头。

圣美的父母很快就赶来了。圣美的父亲在老住宅区经营一家外科医院，就住在那附近，距离这里的大学附属医院不到五公里。

两个人都脸色惨白。岳父向利明询问情况，得知病情危急，他用力闭上眼睛，像是要忍住泪水似的，跌坐在沙发上。岳母则是完全失去了分寸，用手帕捂着脸，朝利明和护士大喊大叫。利明怔怔地看着岳母的这副模样。没想到她会露出这么失控的一面。利明意识到，原来圣美的父母也是普通人。利明记得第一次拜访圣美家时，印象里都是奢华的家具，圣美的父母衣着得体，优雅地品着红茶，享受着幸福安宁的团圆。父亲待人亲切，值得信赖；母亲安静祥和，不失笑容——一切都完美得犹如电视剧里的模范家庭。然而眼前的两个人暴露出最真实的情感，完全失去了平时的优雅从容。

"冷静点！"

岳父喊着妻子的名字，大声训斥，但他的声音也在颤抖。岳母吓了一跳，回过头来，两只眼睛瞪得大大的，忽而抽泣了一声，崩溃地瘫在丈夫怀里。

已经过了中午，但什么都不想吃。护士劝利明他们去休息室里等待。他们盯着墙上的挂钟，如坐针毡。护士偶尔会过来通报圣美的状况：经过按压处理，总算恢复了呼吸，但自主呼吸能力大幅下降，只能靠人工呼吸机维持呼吸；做了好几次CT扫描，现在转移到重症监护室了。

大约过了三十分钟，医生来了，利明他们立刻从沙发上跳起来。

医生戴着眼镜，很瘦，看起来年纪不大，刚刚三十出头的样子，不过他五官端正，眼神亲切，让利明很有好感。医生先做了自我介绍，说自己是脑外科的专家，然后他直视利明他们，用清晰而诚恳的语气解释了圣美的状况。

"永岛圣美女士的脑部严重出血，被送来这里后，我们立即组织进行了脑部手术和心肺复苏，但目前她的自主呼吸已经停止，需要依靠人工呼吸机维持。接下来我们将继续尽力抢救，包括采用注射强心剂等手段。不过眼下圣美女士还处于深度昏迷状态，我只能非常遗憾地说，她正濒临着脑死亡的危险。"

"啊！"圣美的母亲惨叫一声，低下头。

利明不知道该做什么反应。人工呼吸机、深度昏迷、脑死亡，这些词在脑海中翻滚盘旋。他不敢相信要用这样的词来表述圣美。

就在这时，利明突然感到浑身发热。他惊讶地抬起头。那不是来自外部的热意，而像是体内有什么在燃烧似的，全身的温度急剧上升。利明不明所以地环顾四周，一切都染成了红色，什么都看不见。

利明张口想要大叫，但只能发出沙沙的喘息声。喉咙深处也烧起来了，指尖仿佛马上就要喷出火焰。利明想，自己要被烧死了。

"……以后圣美会怎么样？"灼热感突然消失了，他听见岳母在问医生。

"现在正在监测脑电、血压、心率。另外，如果大脑没有血液供应，脑细胞就会死亡，所以还要做CT检查。等确认过检查的结果，才能判断是不是脑死亡……"

不知医生在哪里回答着。利明眨了眨眼睛。他看到了自己的手。是左手。他试着握拳，再放开。手指的动作很正常，没有火焰。

回过神来，身边的岳父正在和医生交谈，岳母靠在他身上。利明听到医生说，傍晚时分可能会对圣美做一次脑死亡判定。

利明跌跌撞撞地坐到沙发上。刚才幻觉的影响还没有完全退去，太阳穴突突地痛。

"您没事吧？"医生问。

利明不耐烦地挥了挥手。

圣美死了。

这不像是真的。一切都像是遥远世界发生的事情。全身还是发烫。那是怎么回事？利明的脑袋嗡嗡作响。那股热浪，到底是什么？

3

下午六点，利明他们被带进ICU①。

进病房前，他们穿上绿色的无菌服和无菌帽，戴上三层的过滤面罩，又用消毒液洗了手和脚。对利明来说，这一切并不陌生。在用无胸腺裸鼠做动物实验时，为了防止实验动物感染，他经常需要采取这样的防护措施。但他从没想过在医院里也会穿成这样。圣美的父亲是外科医生，估计也很熟悉无菌服。只有圣美的母亲很不习惯，似乎难以接受无菌服硬邦邦的触感。

病房比预想的大许多。若干担架床沿墙排开，其中一半都带有输血和输液用的器具。墙边还有两台小型监护仪，监护仪上接着许

---

① 重症监护室。——若无特殊说明，本书注释均为编者注

多线缆。不过大部分病床都空着，房间里空荡荡的。

圣美躺在从门口数过去的第二张床上。

她的鼻子里插着一根管子。利明顺着管子往前看，只见它接在一台形如小水桶的设备上，进而连着一台白色的机器。机器上有几个像是调节用的旋钮，仪表指针以一定的间隔左右摇摆。机器不大，指针每次摇摆的时候就会发出扑哧扑哧的声音。医生介绍说，那就是人工呼吸机。另外，墙边的显示器上显示着波形图，像是脑电波。

利明他们围在床边，端详圣美的身体。

圣美的头发被剃光了，头部缠着纱布和绷带。胸部以下都盖着被单，看不到明显的伤口。除了头部的伤口，一切看上去都十分正常。

离开病房，利明他们随着医生来到办公室。医生请他们坐到椅子上，自己也坐到办公桌后面，把CT扫描的胶片挂到墙壁上的观片灯箱前，一边展示脑电图数据，一边开始解释脑死亡的情况。脑死亡是指"包括脑干在内的所有脑的功能都处于不可逆转的停止状态"，它与植物人状态不同，后者是指脑干还保留着功能。脑死亡的判定检查会遵照厚生省①规定的判定标准开展，而医院还会根据情况，补充进行听性脑干反应检查及基于CT扫描的脑血流检查。

"这是下午五点开展的第一次脑死亡判定检查的结果。"

医生拿出一份报告给利明他们看。纸上列了瞳孔固定、脑干反射、无呼吸测试等测试项目，并记录了各项目的测试结果。医生

---

① 厚生劳动省的简称。日本主要负责医疗卫生和社会保障的部门。

逐一解释了每项结果的含义，然后强调说，目前即使给予圣美强烈刺激，也观察不到脑电波的变化，并且她已经没有自主呼吸的能力了。换句话说，只要停掉人工呼吸机，她的心跳就会停止，体温也会不断下降。报告的右半边还是空白的。医生说，明天下午会做第二次检查，结果会记录在这里。

"脑死亡会通过这样两次检查来判定。第一次和第二次之间相隔六小时以上，以确保判定的准确度。"

利明茫然地听着医生解释。圣美闭着眼睛的平静脸庞始终萦绕在他脑海里。

"圣美女士的人工呼吸机还会一直工作。什么时候停止，请各位自行商讨……当然，在你们做出决定前，我们还会继续尽全力照顾圣美女士。我们会通过输液方式输入营养液，也会定期翻身，防止褥疮。只是希望各位理解，圣美女士虽然还在通过这种方式维持呼吸，但她已经过世了……"

那一夜，利明就这样在医院里度过，一直没有合眼。

利明他们来到ICU，坐在圣美的病床边，看着她的脸。圣美的父亲逐渐恢复了冷静，而母亲依然时不时抽泣几声，像是还不明白发生了什么，只是没过多久，她就精疲力竭地趴到床边了。

"我先送她回去。"

看到妻子疲劳至极，圣美父亲交代了一句，便抱着妻子离开了医院。

晚上十点，护士来用热毛巾给圣美擦拭身体。她个子小，模样很可爱，大概才二十岁出头吧。看到她精心照顾圣美，利明很感动。

利明帮护士一起干活，他重新感受到圣美肌肤的温暖。圣美的背上出了微汗，嘴里涌出唾液，皮肤依然富有弹性，脸颊上泛着淡淡的红晕。利明虽然没有见过植物人，但是单看圣美的身体状况，他无法把她和植物人区分开来。

"您和夫人说说话吧，"护士一边收拾圣美的排泄物，一边微笑着说，"她肯定会开心的。"

利明对此深信不疑，整晚都握着圣美的手，不停地和她诉说今天的见闻、以往两个人的回忆，还有自己有多爱她。利明说个不停，感受着手上传来的圣美的体温。她的胸膛有规律地上下起伏，静静地呼吸着。扑哧、扑哧，人工呼吸机的声音一直回荡在ICU里。

第二天早上，利明去了药学院。他忽然想一个人待着。利明慢慢开车经过清晨几乎不见人影的街道，驶向山丘上的药学院。院大楼还笼罩在薄雾中。利明呼吸着潮湿的空气，走进大楼，向自己的研究室走去。

当然，研究室里空无一人。利明坐到自己的办公桌后，靠在椅背上，长长吐了一口气。他望向窗外，远处的街市笼罩在白茫茫的晨雾里，隐约可见。

圣美在ICU里的脸庞浮现在脑海。

利明以前也见证过几次亲人的死别，但他们不是生病，就是因衰老去世——皮肤缺乏弹性，身体僵硬冰冷，感觉不到丝毫生命的气息。这让他能够理解死亡。然而躺在ICU病床上的圣美的身体状态，却和利明之前对死亡的印象大相径庭。

圣美真的死了吗？

在利明心中，理论上的脑死亡概念，和残留在手里的圣美的体温，产生了激烈的冲突。

利明曾在报纸、电视上多次看到过脑死亡的报道，也在面向临床医生的杂志以及科普读物中了解过大致的知识。之前他一直对脑死亡的判定持赞成态度，认为对脑死亡的批判并不科学，纯属感情用事。他甚至认为，既然有患者亟须器官移植，从脑死亡者身上摘取器官不是很合理吗？有什么需要犹豫的呢？

但现在的利明动摇了。

一想到圣美的心脏还在继续跳动，但内脏被摘取出来的情景，利明咬住了嘴唇。尽管差不多每天都在解剖小白鼠，他还是无法忍受。他从没解剖过人体。解剖实验动物这种半吊子的经验，反而更能激起可怕的想象。麻醉后腹部被切开的老鼠，与圣美的裸体重叠在一起。透过圣美的腹部，可以看到老鼠的肝和肾。

肾脏。

利明闭上眼睛。

圣美生前注册了肾脏银行。去年年底她突然提出要去注册，利明记得很清楚，那是某天早晨的事。

应当推动器官移植。利明的理性是这么认为的。如果圣美的肾脏能够帮助某个人，那是值得高兴的事。但是，要从那样的圣美的身上，从那个肌肤还温暖、心脏也还强力跳动的圣美身上摘取肾脏，他的感性接受不了。他的情感无法接受圣美已经死亡的事实。圣美没有死，一定有办法让她继续活下去。这是他的感觉。

睁开眼睛，不知什么时候窗外的雾气散去了，街市在朝阳的映照下泛起炫目的光芒。某处传来鸟儿的鸣叫声。新的一天即将开始。对于许多人来说，这将是普普通通的一天吧。即使对于利明来说，如果圣美没有遭遇事故，这一天也不会在他的记忆中留下什么印象。

利明离开研究室，向培养室走去。他想在回医院前再看看细胞的情况。如果有进入稳定状态的细胞，利明就打算给它们做传代。

他用显微镜观察自己的培养瓶，没什么需要紧急处理的。利明心不在焉地望着杂交瘤和癌细胞。

忽然，一个想法浮现在他脑海里。

利明放开显微镜，凝视培养瓶中红色的培养液，不经意发出一声感叹。

"啊，圣美……"

心跳加速。他猛地起身，椅子朝后面倒去，发出巨大的响声。那个想法在头脑里急速膨胀。利明跌跌撞撞地后退，视线却无法从桌上的培养瓶上挪开。

圣美可能确实脑死亡了，但自己可以让她继续活下去。圣美的一切都还没有死。利明盯着培养瓶，握紧拳头，仰天大叫起来。

前往医院的道路仿佛无比漫长。利明猛踩油门，不停换挡，嘴里一直念着圣美的名字。有几件事必须做：统一亲属的意见，捐献圣美的肾脏；和当年一起做过研究的第一外科的助手联系；还有征得医生的理解。这些事应该都不困难。圣美还活着——一想到这一点，利明就热泪盈眶。

圣美，以后我们也会永远在一起。

利明在心中呐喊。

4

在利明和岳父的见证下，圣美的第二次脑死亡判定检查开始了。昨天见过的主治医生和另一位医生分头工作。利明以为这是什么兴师动众的检查，实际上只是刺激皮肤、把发出声音的耳机贴在耳朵上，看看有没有反应。圣美的脑电波始终很平坦。主治医生一边观察，一边填写判定表。利明感觉这真是相当不科学的方法。

所有结果和前一次一样，都是阴性。检查完毕，主治医生给利明他们看了判定表，投来征求同意的眼神。利明看了看圣美的脸庞，又看了看圆珠笔写在表格上的结果，点了点头，把表格还给医生。医生接过去，在表格的空白栏上签名、盖章。

"圣美女士判定为脑死亡。"

"嗯。"

还能说什么呢？利明一边这样想，一边为自己居然可以如此冷淡地回应而感到惊奇。

"那么请去办公室吧。"

主治医生领他们离开。

办公室里有位女性。看到利明他们，那位女性从椅子上站起来，鞠躬致意。利明也暧昧地点头回应。

"这位是器官移植协调员，织田梓女士。"主治医生介绍，"圣美女士同意捐献肾脏用于移植，所以织田女士想来谈谈具体事宜。"

在医生的介绍下，女人递出名片。她身穿西装，看起来比利明年轻，有种干练的气质，眼神中充满理性，不过脸颊的柔和线条增加了亲切感。她的神情中兼具诚恳和智慧，再度鞠躬致意，说了声"请多关照"。

利明他们与这个女人面对面坐到沙发上。

"协调员是近年来才在日本兴起的职业。"

织田以这句话开头，首先介绍自己的工作。器官移植的前提是，要有接受器官的患者和提供器官的捐献者。而除了活体器官移植，捐献者都是在急救室抢救无效的脑死亡或心脏死亡患者。急救医生应当专心于急救，让他们主动参与移植手术，显然很不可取；而且从另一方面说，由移植医生去和脑死亡患者的家属沟通，请求家属提供器官，也只会惹来家属的不快。所以需要有人在移植医生和急救医生之间充当中介，推动移植治疗顺利开展。这就是器官移植协调员的由来。协调员的工作涉及许多方面，从调整医生的日程，到照顾死者家属等，无所不包。

"圣美女士提供的肾脏将会拯救两位透析患者。慢性肾功能不全是连青少年都会出现的症状，但遗憾的是，目前还没有完善的治疗方法，只能通过透析，把体内积累的代谢废物排出体外。但透析治疗受到时间的限制，使得患者很难过上正常的社会生活，而且还要进行严格的饮食限制。不过这样的患者在接受肾脏移植后，就可以正常进食，还能外出旅行。圣美女士的肾脏将会继续发挥作用。"

听完协调员热切的介绍，利明确认了摘取器官的日程表，说："我们充分理解圣美的肾脏可以帮助患者。圣美生前注册过肾脏银行，这也是对她本人意愿的尊重。移植的事情就拜托了。不过，请允许我们只捐献肾脏。至于其他的器官，我们也不清楚圣美的意愿，擅自处理的话，感觉有些对不起圣美。"

利明觉得自己说得有些装腔作势。他偷看了一眼坐在旁边的岳父。岳父闭着眼睛，点了点头。

"同意捐赠肾脏就已经令我们感激不尽了。真的非常感谢。"协调员织田深深鞠了一躬，"我将尽自己最大的努力来推动这件事圆满完成。"

织田递上一份文件，利明慢慢填写起来。这是捐献器官的承诺书。薄薄一张B5大小的纸，中央处横向印着一排冷冰冰的字：

上述人员承诺，死后捐献（　　　）用于器官移植。

利明按照格式要求，在上面的空白栏里填入圣美的姓名、住址、出生日期、性别，然后在括号里一笔一画地用力写下"肾脏"两个字。最后，他叹了一口气，在文件下面写上今天的日期，又在承诺者栏目里飞快写下自己的姓名、住址和亲属关系。

"请在这里盖章。"

织田用白皙细长的手指指了指文件末尾的"印"字。

利明从裤子口袋里掏出印章，织田飞快地从提包里拿出印泥，放到利明面前。

利明用力按下印章，盖在"永岛"两个字上。印章有种与文件内容格格不入的鲜艳，甚至显得有些放荡。利明不忍再看。

这样好吗？利明心头闪过一丝疑念。从圣美温暖的体内摘取内脏，就这样决定了？如此重大的决定，只需要自己在这样一张薄薄的纸上盖个章，真的没搞错吗？

利明轻轻摇了摇头。事到如今还在想什么呢？不这么做，圣美就无法活下去。为了继续和圣美生活在一起，这是唯一的办法。并不是长着圣美的样子才是圣美。圣美体内的每个活生生的细胞也都是圣美。那样的圣美是自己的，必须是自己的。必须趁现在提出要求。利明感觉到体内涌起微微的热浪。正是医生宣布圣美死亡时自己感觉到的那股热浪。利明头晕目眩。

离开办公室的时候，利明趁岳父不注意，悄悄走到医生身边，低声说："关于圣美，有件事情想请您帮忙。"

"什么事？"

"请不要告诉圣美的父母，这是我个人的愿望……也是捐献肾脏的交换条件。"

"交换条件？您是说——"

利明打断一脸惊讶的医生，贴在医生背后，压低声音一字一顿地说："我要圣美的肝脏……我要做肝细胞的原代培养。"

5

筱原训夫结束了病房的工作，回到临床研究大楼五楼的第一外科。下了电梯往右走，打开尽头那间办公室的门，揉着肩膀走进没什么人的房间，来到自己的办公桌前。经过实验台的时候瞥了一眼。放在台子上的电子钟正显示五点三十分。

办公桌上放着秘书写的两张便条。一张说没找到他要的学术文献，另一张说制药公司的销售员来拜访过。

筱原从白大褂的胸前口袋中掏出记事本，放到办公桌上，然后轻轻揉了揉肩膀，按摩僵硬的肌肉。最近每次从病房回来，他总会下意识地做出这样的动作。病房和办公室离得太远了，筱原嘟囔了一句，然后又觉得有点害臊，看了看周围。

出乎意料的是，房间里面只有筱原一个。放在平时，至少会有一个年轻的研究生在这里做实验才对。可能是今天早早去吃饭了吧。

筱原泡了一杯速溶咖啡，端着马克杯坐到办公桌后，打开记事本，正要往上面写日程安排，房间的电话响了。是沉闷的电子铃声，听上去不是内线，而是从外面打来的。筱原端着杯子站起来，朝电话走去，然后喝了一口咖啡，拿起听筒说："喂，你好，这里是第一外科。"

"我是药学院的……"

"哎，永岛先生？"

筱原露出笑容，朝看不见的对象点头致意。

筱原读博士的时候，曾经在利明所属的生理机能药学研究室待过一阵，在那时候就认识利明了。医学院的学生并不是只要毕业并且通过国家医师资格考试就能自动成为医学博士，还必须在附属医院培训一段时间，做实验、写论文，通过审查后才能获得博士称号。当年二十九岁的筱原，全身心扑在获取博士学位上。即使是被学长指派值夜班的时候，他也会坚持去药学院做细胞培养。筱原的研究课题是"伴随肝细胞癌变的癌症基因产物表达量测定"，实验做法是摘取大鼠的肝脏，从中提取肝脏细胞进行原代培养，然后给这种正常的肝细胞添加致癌剂，促使细胞癌变，再监测细胞表面出现的几种蛋白质，分析它们的表达量与癌变进展之间有什么关系。这是一项很普通的课题，不过筱原测定的癌症基因产物，在当时还是研究不太深入的蛋白质，所以才能作为博士课题。而用于识别那种蛋白质的抗体，正是利明所属研究室的副教授制作的。

利明当时还是研究生，而且癌症基因并不是他的研究课题，不过他经常做大鼠肝细胞的原代培养，很擅长这项技术，所以筱原经常向他请教，组织染色和流式细胞光度测定法也是向他学的。读了两年博士后，筱原回到医学院，第二年成功取得了博士学位。他和利明保持着联系，偶尔还会约出去喝酒。两个人的年龄有点差距，但彼此都直呼对方的名字。

筱原一边喝着咖啡，一边把听筒贴在耳朵上。他心里苦笑着想，莫不是又要约我喝酒，但随即意识到对方的状况不太正常。电话另一头传来隐约的抽泣声。串线了？筱原皱起眉头，拍了几下叉簧①，但那种奇怪的感觉依然存在。利明迟迟没有开口，沉默了很长时间。咖啡的热气腾在半空卷成旋涡。筱原按捺不住，正想打破沉默的时候，电话那头突然传来低低的声音。

"圣美死了。"

筱原打了个冷战。

他下意识环顾空无一人的房间。荧光灯突然闪烁起来，随即又恢复了正常，在地板上投下办公桌的影子。一粒粒电子向地板倾泻而下，带着沙沙声，堆积在自己头上——筱原的脑海中闪过这样的幻觉。

"……你说什么？"

筱原的声音大得把自己也吓了一跳。他看到两滴唾沫划出弧线

---

① 通过拍叉簧可以转接分机电话。

坠下去。

"但圣美还活着。"

"喂……"

"筱原，帮我取圣美的肝细胞。我不是医生，参与不了圣美的手术，但你可以。你肯定可以。"

"圣美？圣美到底怎么了？"

"我现在去找你。你要帮我取圣美的肝脏。"

"什么意思？你现在在哪儿？"

"我马上过来。"

电话挂了。

筱原手里握着听筒，呆呆站了半响。他无法理解到底发生了什么。唯一可以确定的是，永岛利明的声音很不正常。

马上过来。筱原想起利明刚才的话，不禁看了看四周。他是要来这里吗？电话是从外线打来的。利明到底在哪儿？

就在这时，背后的门开了。距离电话挂断还不到一分钟。筱原一惊，转过身来。

利明站在门口，脸上带着淡淡的笑容。

咖啡杯从筱原手里滑落，摔得粉碎。

6

电话打来的时候，安齐麻理子正坐在自己房间的书桌前专心做数学题。收录机里装着她喜欢的女歌手的磁带，音量调得很小，当作背景音乐。那磁带是初中班里的朋友拷贝给她的。作业里的几何问题出奇困难，但是她喜欢数学，从不会感到厌倦。她正在思考怎么画辅助线的时候，听到了电话铃声。

"来了来了。"

麻理子用语气表达了思考被打断的烦躁。她站起身，来到走廊。

看了一眼走廊里的挂钟，指针指向八点二十分。一走出房间，就能感觉到家里的冷清。这个时间爸爸还没回家。自从爸爸当了部长，总是要过了十一点才回来。"工作太忙"，他总是这么说。但麻理子知道真正的原因是爸爸不想看到自己。

麻理子每走一步，拖鞋就会发出啪嗒的声音。脚步声和电话铃声重合在一起，这个家里静得只剩下这两种声音。

麻理子随手拿起听筒。

"喂？"她生硬地问。

"我是器官移植协调员织田，很抱歉突然打扰，请问安齐重德先生在吗？"

麻理子吓了一跳，深吸一口气，条件反射般看了看自己左手的手腕。运动服卷着袖子，能看到穿刺的孔。再往上，被袖子遮住的部分，还有一个孔。两个孔突然抽痛起来。

"爸爸还没回来……"麻理子结结巴巴地说。

"对不起，请问是麻理子小姐吗？"

"啊，嗯，是的。"

"是这样的，我们找到了与您匹配的肾脏捐献者，所以和您联系一下。"

心脏剧烈跳动起来。肾脏移植——这个词让麻理子背脊闪过一道寒意，全身起了鸡皮疙瘩。

自从上次移植的肾脏被摘除后，麻理子在父亲近乎强制的建议下，登记了等待肾脏捐献的申请。这件事已经过去了一年半，麻理子感到时间未免过得太快了，仿佛这一年半的记忆突然间消失了似的。

"很少有人捐献肾脏，你们必须耐心等待。"

那时候，那个名叫吉住的医生是这么说的。那时候麻理子还是小学生，医生一边说，一边抚摩她的头。但那些话对麻理子毫无意义。她并不打算再做移植了，过来登记只是迫于父亲的压力而已。

父亲听到吉住医生的话，不安地问："那……大概要等多久？"

"我也无法给出具体的时间。东京周边的大医院，有时候一年会做十多例肾脏移植，但那是因为东京的捐献者多。而在我们这里，很遗憾地说，每年只有一到两例。您可能也知道，在日本，脑死亡的概念还没有被社会广泛接受，所以只能等待心脏死亡者提供肾脏。但愿意捐献器官的心脏死亡者本来人数就少，再加上摘取新鲜肾脏存在许多实际困难，所以适合移植的肾脏数量非常少。另外，器官捐献的匹配度和登记的排序也是问题。如果能在其他地区找到合适的肾脏，我们当然可以协调，但等了五年、十年的患者也不在少数。"

"十年……"

父亲那绝望的表情，至今还历历在目。

"如果这次的肾脏能够顺利存活就好了……"吉住医生叹息道。

听到这话，麻理子低下头，咬住嘴唇。

每个人都认为是我的错。

手术之所以失败，都是因为我不听话。每个人看起来对我都很亲切，但其实他们讨厌我，恨不得永远不要看见我。

明明他们什么都不明白。

"最近有没有哪里不舒服？有没有感冒？"

电话那头开始仔细询问麻理子的身体情况。麻理子生硬地回答说："没有，没得过。"她一边说，一边用左手按住心口，努力压抑着怦怦的心跳。自己真的还要再做一次移植吗？而且这次不是爸爸的肾脏，是从一个陌生人的尸体上摘取的肾脏。

突然，"尸体"这个词咯噔一声沉入身体中心。

麻理子的脑海中闪过生物实验课上解剖的鲫鱼，还有路边被轧死的猫的身影。

尸体的肾脏、从死人身上摘取的肾脏，将会进入自己的身体。

难以忍受的寒意贯穿了麻理子的全身。

不要！

我不想移植。

电话那头的人没有理会麻理子的反应，飞快地问："您知道您父亲什么时候下班吗？"

"这、这个……一直都很晚。"

"您父亲一回来，请他立刻给我打电话。如果现在可以联系上您父亲，也请马上和他讨论，确定是否接受移植。如果不能及时回复，肾脏就会提供给下一位等待者，所以请务必尽快给我答复。"

安齐重德回到家的时候已经过了十一点。安齐所属的部门正在紧锣密鼓地准备明年上市的新型文字处理器。这几个星期，就连休息日他也无法放松。本来早在年轻的时候，他就习惯把工作放在第一位了。

用钥匙打开大门，走进房子，发现灯是关着的。安齐感到有些奇怪，打开走廊的电灯，看了看鞋柜。麻理子在家。走廊的灯通常总是开着的，不知道为什么今天关掉了。

安齐松开领带，走进厨房，从冰箱里拿出火腿片和啤酒，然后嘴里叼着火腿，打开客厅的门，坐到地板上，按下电视遥控器。深夜新闻正在播报南美发生的坠机事故。

安齐一边看事故画面，一边想到这些日子没怎么和麻理子见过面。麻理子应该还没睡，不过自己也不会刻意跑去她的房间和她打招呼。早上两个人都很忙，几乎说不上几句话，饭也是各吃各的。这种情况恐怕会一直持续到麻理子上大学吧。安齐喝了一口啤酒。

过了差不多二十分钟，新闻放完了。该看看带回来的文件了。安齐关掉电视，伸了个懒腰。就在这时——

"爸爸。"

麻理子突然从背后叫他。安齐吓了一跳，回头去看，只见麻理子身穿睡衣站在后面，眼睛似乎有点肿。

"什么事……怎么了？"

"……"

麻理子迟迟没有开口。看到女儿吞吞吐吐的样子，安齐有点不耐烦。

"晚饭吃过了吧，你还想吃什么吗？夜宵最好还是别吃。"

"刚才有个电话……"

安齐发现麻理子像是心里有事，于是把啤酒放到桌上，站起身来。

"电话……医院打来的？一直给你做透析的医生？"

"不是……是移植协调……什么的人。"

移植。安齐倒抽了一口气。

"什么电话？说了什么？几点打来的？"

"八点吧……"

"怎么不早说！"

安齐咂了咂嘴，冲向电话机，好不容易从麻理子嘴里问出电话号码，拨了出去。轮到麻理子了吧——他只想到这个可能。为什么麻理子还这么磨磨蹭蹭的？

电话那头立刻接起了电话。果然是向麻理子提供肾脏的通知。

"您愿意接受移植吗？"

"当然！拜托了！"安齐激动地说。

女性协调员简要地说明了注意事项，请他们马上来医院。如果检查结果一切正常，就等捐献者心跳停止后进行移植。

安齐用激动到颤抖的声音道了谢，挂上电话。

"麻理子，可以接受移植了！没想到这么快就找到了肾脏。以后你又能随便吃东西了！"

安齐笑着看向麻理子。但麻理子浑身颤抖，脸色苍白。她微微摇头，显得很不情愿。安齐把已经到嘴边的欢呼声咽了回去，朝麻理子伸出手。

"怎么了，麻理子？可以接受移植了，你不开心吗？"

"……不要。"

麻理子嘶哑着声音说。安齐不明所以。

"到底怎么了？以后就不用做透析了呀。上次移植的时候，你明明那么开心……"

麻理子甩开安齐的手。

"不要！我不要移植！"

安齐狼狈地走向麻理子，麻理子却在往后退。安齐看到麻理子眼中含着泪水。她开始抽泣，很明显，她非常害怕。突如其来的移植让麻理子手足无措，安齐不知道怎么才能安抚她。

"麻理子。"

麻理子退到墙边，双膝颤抖，大声尖叫。

"我不是弗兰肯斯坦！我不想变成怪物！"

7

晚上十一点半，器官移植协调员织田联系了吉住贵嗣，告诉他大学附属医院出现了捐献者。那时候吉住正坐在办公桌前查看患者的数据，听到"捐献者"这个词，他下意识地坐直了身子。

"颅内出血的脑死亡患者，二十五岁，女性。今天下午见了遗属，签了承诺书。"

听着协调员干净利落的声音，吉住一边点头，一边把要点记到手边的笔记本上。织田梓是去年刚入职的女性协调员，工作效率很高，对遗属也很细心照顾，因而广受好评。在吉住负责的移植案例中，也有好几次多亏了她的准确应对，才保证了最后的成功。

吉住工作的市立中央医院，是这个地区的肾脏移植中心。一旦送去急救医院的患者脑死亡，遗属愿意捐献肾脏，医院的主治医生就会首先给这里打电话。随后器官移植协调员赶往急救医院，向遗属解释肾脏移植的相关事项，在获得认可的基础上签订捐献肾脏的承诺书。无论脑死亡患者有没有在肾脏银行做过登记，这个流程基本上都是不变的。因为一旦遗属反对，就不可能开展肾脏移植手术。

"候选的接受者已经确定了。马上通过邮件发送数据。"

织田在电话里说。吉住点点头，按下办公室电脑的启动键。

联系到负责移植的吉住医生，意味着移植的准备工作已经完成一半了。市立中央医院大致遵照如下流程确定接受者：协调员取得遗属的承诺后，医院首先采集捐献者的血液，由检验科确定ABO血液型和HLA分型，同时检查捐献者是否患有艾滋病等传染性疾病。结果出来后，协调员就会根据这些数据筛选相应的接受者。

在地区指定的肾脏移植中心，也就是这家市立中央医院，所有登记申请移植的患者信息都保存在电脑里，包括姓名、出生日期、透析医院、组织相容性、输血史、移植史、透析史等。在这个地区，希望进行尸体肾脏移植的登记患者约有六百人。协调员会检索这张登记者表格，首先从中选出血型与捐献者一致的患者，然后再根据HLA的相容性给名单排序。一名提供者有两颗肾脏，因而大部分情况下，一名捐献者可以匹配两名接受者。按照惯例，其中一名由市立中央医院负责移植手术，因为协调员就来自这家医院。医院会选出两名相容性最高的登记者进行身体检查，再选出其中一名最适合的患者，成为最终接受手术的人选。如果当地没有合适的候选患者，则会到拥有全国肾脏移植系统数据的千叶县国立佐仓医院进行检索，把肾脏提供给其他地区。但是，如果相应地区的交通不够发达，肾脏就很难在接受者体内存活。因为运输花费的时间太长会导致肾脏新鲜度下降、功能减弱。这也是尽量在本地区选择接受者的原因。

吉住用肩膀夹住电话听筒，敲击电脑键盘。协调员发来的数据显示在屏幕上。那是接受者的候选名单，按照组织相容性从高到低排列。吉住拖动鼠标，快速浏览整个名单。

"第一位的安齐麻理子和第三位的岩田松藏。这两位是候选者。我们医院负责第一顺位的安齐。"

吉住皱起眉头，好像在哪儿听说过这个名字。随后他惊讶地叫了一声。

吉住急忙把画面滚动到最上面。第一排确实写着安齐麻理子的名字。十四岁，有一次移植史，移植手术执行单位为市立中央医院。吉住又看了看麻理子的HLA分型，与捐献者完全一致，全相合。

安齐麻理子。

没错，就是她。

两年前，吉住治疗过的少女。

两年前安齐接受了父亲的活体肾脏移植，但失败了。手术本身很成功，术后也没有出现严重的排斥反应。但因为一件很小的事，肾脏没能存活，只能摘除。吉住咬住嘴唇。那是一个令他很不甘的案例。

HLA是人类白细胞抗原（Human Leukocyte Antigen）的英文缩写，指的是暴露在人类细胞表面的糖蛋白。当外部细胞入侵人体时，免疫细胞会识别它的HLA，如果识别结果与自身的HLA不相符，就将它视为异物进行攻击，这就是免疫反应。移植肾脏的细胞表面同样有HLA，如果它的抗原类型与接受者的抗原不同，免疫细胞也会将移植到体内的肾脏视为异物进行攻击，这样一来肾脏当然很难在接受者体内存活。因此在进行移植时，要求移植器官的HLA尽量与接受者的抗原相似。但HLA分型和ABO血型不同，其构成十分复杂，不仅有A、B、C、DR、DQ、DP六个大类，每个大类中还有十种以上的子类。在移植中，一般会优先考虑目前解析速度最快的A、B、DR三类的适应性。这三类抗原都会从父母双方各继承一种，因而每个人都会有三对、六种抗原类型。而对于移植来说，抗原种类的繁多给配型带来了极大的困难，几乎不可能找到六种抗原类型全部一致的捐献者。即使是兄弟姐妹之间，六种抗原全部一致的概率也只有四分之一；如果是陌生人，这个概率甚至低至几万分之一。所以，在实际的移植手术中，常常会有一两个抗原不匹配的情况。不可否认的是，在这种情况下，存活率往往不高。

但安齐接受的移植肾脏来自她父亲，组织相容性很高，那本应该是一次很成功的移植——

结果却失败了。一切都是因为以吉住为首的移植团队没有得到安齐麻理子的信任。

吉住深吸一口气，盯着屏幕上安齐的名字，然后他按住自己的太阳穴，挡住涌上心头的回忆。

他告诉自己要集中精神，专心工作，接着问电话那头的协调员："安齐麻理子是全相合？"

"对。除了她，本地没有全相合的登记者。请看数据。"

没错，而且也没有候选者只有一个位点错配。不过有两个位点错配的候选者倒是有五个。其中之一就是排在第三顺位的男性，他也是另一个候选接受者——五十一岁，五年透析史，在邻县的医院治疗。列表里排在第二顺位的女性没有联系上。

移植常常面临如何选择接受者的难题。由于受到各种因素影响，对于患者来说，移植就像赌博。在决定接受者的候选顺位时，当然也会考虑年龄和透析史等因素，但谁也不知道什么时候会出现相近的HLA型捐献者，而且一个捐献者遗体只有两颗肾。

全国申请肾脏移植的登记人数已达两万。但其中真正做了肾脏移植手术的，一年只有二百人。而且全国透析患者总计十二万人。对于慢性肾功能不全的患者来说，肾脏移植的贡献太小了。与欧美一些国家相比，在日本，接受移植的患者在透析患者中所占比例之低，已经是众所周知的事实。这绝不是因为日本的医疗技术不发达，而是因为民众不愿把脑死亡视为真正的死亡，导致医生和患者也对移植手术心存疑虑。患者一边盼望着不知何时才能出现的肾脏，一边承担着精神和金钱的负担，与透析共度漫长的人生。就在这样的大环境下，唯有幸运的接受者才能享受正常的社会生活，而未能中选的患者只能继续忍受漫长的透析生活。

"另外，为了防止第一顺位的候选人不能接受移植，还需要请第五顺位的女性过来，"织田说，"有两个位点错配，三十六岁，透析史三年半。"

"好的。"

吉住把两名候选者的数据打印出来。如果麻理子患病，无法接受移植，就由那位三十六岁的女性顶替。两人一到医院就会接受检查，以确认她们的身体状况是否适合移植。

吉住继续和协调员沟通日程，大致的安排如下：首先，吉住到大学附属医院摘取肾脏，然后将其中一颗肾脏交给协调员织田，由织田送去邻县，吉住则将另一颗肾脏送去市立中央医院，进行移植手术。织田向吉住仔细确认了计划的每一个环节。肾脏的摘取和移植，是与时间的赛跑。一旦捐献者心跳停止，就必须严格按照缜密的时间表行动。调整主刀医生吉住、手术助手、护士以及接受者的时间，确保环环相扣，也是协调员的工作。

与织田讨论完毕，吉住说了一声"好"，站起身来。

这次一定要成功。安齐麻理子，这次一定要治好你。

<h1 style="text-align:center">8</h1>

签订了移植承诺书的两天后，圣美的心跳频率开始慢慢下降。

圣美戴着人工呼吸机，她的呼吸依然规律，但身体机能的维持终究到了极限。监护仪上显示的几项反映圣美生理机能的数据都在逐步降低。

"市立中央医院的移植团队今晚过来。"

判定圣美脑死亡的医生告诉利明。

"圣美女士的心脏一旦停止跳动，就要立刻摘取肾脏，为此必须预先确保圣美女士的大腿动脉畅通。今晚将会为此做一个小手术。心跳停止后，马上由那里插入导管，迅速冷却圣美女士的肾脏。"

动脉手术很快结束了。利明回到ICU时，躺在病房里的圣美，大腿上已经有了一个用于插入导管的标记。

升压药已经停了，不过圣美的血压并没有立刻下降，而是在一百上下浮动。医生说这种情况可能会持续到明天早上。利明木然地想，圣美的体温也会就此消失吗？

圣美的身体正在一分一秒地变成待捐献的物体。带着这样的感觉，利明那一夜一直陪在圣美身边。晚上十点，之前那位护士又来给圣美做清洁。她处理了圣美的尿液和粪便，用棉棒清理口鼻中的滞留物，又用毛巾擦拭出汗的后背，再给圣美翻身，防止出现褥疮。护士脸上毫无厌烦的神色，反而对利明露出关切的笑容。利明从没有生过什么大病，与医院向来无缘。当然，在学会和座谈会上，他也曾经接触过一些医生，但在医院里医生做什么、护士做什么，实际上他一无所知。

"真的非常感谢您，"利明诚恳地道谢，"圣美也会感激您这样尽心尽力。"

护士的动作微微一顿，笑着说："听您这么说，我也很荣幸。但是没能救回圣美女士，我个人也很抱歉。"

"不不，哪里的话。各位都已经尽力了。"

利明慌忙摇头。那护士却忽然收起了暧昧的笑容，视线从利明身上移开，重新投入工作。

"我一直在做ICU的护理工作，有时候也会很困惑，"她像是自言自语似的低声说，"尽管全心全意在做护理工作，但还是几乎每天都会有患者病故。为此我很失落。我们到底在做什么呢？和其他部门相比，ICU的护士常常很快就会辞职。可是……"

护士没有往下说。做完圣美的清洁工作，给她穿上衣服，一切完成后，护士转向利明，双手交叠放在腹前。

"您的话给了我很大的鼓励。我现在觉得，今后我也应当继续努力下去。"

说完，护士走出了ICU。

9

直到早晨，圣美的状态还保持着稳定，但过了中午，她的血压开始急速下降。下午一点跌到九十五，一小时后又降到八十。ICU突然陷入一片慌乱。许多医生、护士进进出出，把利明和岳父他们都挤到了角落，与判定脑死亡后的宁静形成鲜明对比。

"市立中央医院的移植团队两点半到。"一名医生看着手表说，"首先插入冷却肾脏用的导管，然后等圣美女士心脏停止跳动，立刻开始摘取手术。"

"圣美心跳停止的时候，我们可以在场吗？"

听到利明的提问，医生点点头。

"我们安排了五分钟的告别时间，然后会把圣美女士送到手术室。"

人工呼吸机发出的小小扑哧声淹没在喧嚣中，听不见了。

血压降到了七十五。

吉住带着两名助手和协调员织田一起来到大学附属医院，随身还带上了摘取肾脏所必需的手术器械和肾脏的冷却灌流设备。附属医院当然也有相应的器械，不过每次从捐献者身上摘取器官，吉住都会带上自己的器械。迅速高效是摘取器官的必备条件，使用自己熟悉的器械则是最佳选择。

和附属医院的工作人员打过招呼，吉住把织田留在等候室，自己来到ICU，观察捐献者的状况。血压已经接近六十五，心率也降到三十以下。一旦血压降到五十以下，血液就无法输送到全身各处，末梢的细胞便会开始坏死。院方说，濒死期的肾脏保存处理已经得到了遗属的允许，因而吉住决定首先向大腿动脉插入导管，这样就不必担心血压降到五十以下。

　　吉住从主治医生那里拿来捐献者的详细数据，仔细检查了一遍，然后用内线电话联系等候室的织田，通知她接下来要插入导管。

　　十五分钟后，吉住和助手一起着手准备局部冷却。灌流设备被送进ICU。捐献者的双腿微微分开，设备放在双腿之间。一名助手调试设备，另一名助手给捐献者的大腿周围消毒，然后准备好硅胶制的双气囊导管。

　　消毒完毕，吉住站在捐献者的左侧，检查了已经设置在右腿根部大腿动脉与静脉处的标记，然后瞥了一眼站在灌流设备旁边待命的助手，将带有球囊的导管前端插入捐献者体内。

　　吉住一边密切关注捐献者的反应，一边慢慢推进导管。球囊抵达目标位置后，吉住点点头，示意助手一切顺利。导管在捐献者大腿内侧鼓起，助手把末端连接到灌流设备的灌流泵上。接下来静脉也插入导管，同样连接到设备上。

　　准备工作到此结束。血压六十二，心率比抵达医院时更低了。

　　吉住他们暂时离开ICU，等待捐献者血压下降。他指示可以让遗属进入病房，自己走向医生办公室。吉住还没见过遗属。他认为，移植医生不应当随意在遗属面前露面。在遗属看来，自己就像是抢夺血亲遗体的鬣狗。这次，他也只打算在手术前见一下遗属。与遗属的沟通交流主要还是交给协调员，他不想刺激遗属的感情。

在办公室里，吉住喝着咖啡，靠在沙发上，抬头仰望天花板。

安齐麻理子的脸浮现在脑海里。

她察觉到异常。

永岛圣美的身体正在奔向"死亡"。这种变化始于圣美头部受伤，缓慢但切实地发生着。现在这个过程加速了，已经无法逆转。圣美正在死去——体温下降，躯体僵硬，逐渐开始腐烂。大脑已经开始变质。激素大概也停止分泌了。血流减缓，末梢的细胞在破碎，将丑陋的内容物泼洒向四方。

一切都如计划。

剥夺圣美的视觉非常简单，只要对视神经稍微动点手脚就行了。同时趁机诱控双手的动作，改变汽车的方向。最麻烦的其实是调整圣美的身体姿势，避免过度破坏。脑死亡是必需的。但如果圣美的腹部撞到方向盘，导致内脏破损，肾脏移植就无从谈起了。撞车的刹那，她控制圣美的脚，把握踩下刹车的时机，同时让腰部发力，防止身体前倾，双手牢牢抓住方向盘，避免不必要的撞伤。

结果，圣美的额头撞上方向盘。她能感觉到颅骨碎片刺进大脑。

每当回想起那一刻，她都有种难以抑制的快感。圣美死了，但她还活着，永远活着。

圣美的肾脏将会移植给两个人吧，只要其中有一个是女性就足够了。一切都会很完美。如果移植的肾脏能够存活，那将是最理想的。而且利明肯定也会按计划执行肝细胞培养，丝毫不知道是她在诱导他的想法。

利明。

她想起他的身影，身子微微一晃。

很快了。她全身颤抖，想起利明的声音、表情、体温。

她一直在等利明这样的男性出现。唯有利明才能理解真正的她。绝对不能错过他。

与利明合为一体。

穿透全身的兴奋令她抽搐。感受着圣美血压的急速下降，她任由自己沉浸在快乐的余韵里。

接到血压跌破五十的消息，吉住和移植助手再次回到ICU。距离插入导管过了一小时。

助手在设备上装了几瓶乳酸林格氏液的点滴瓶，接上灌流设备的蠕动泵。吉住检查了双气囊导管的状况，通过暴露在捐献者体外的导管注入空气，令大动脉内侧的两个气囊膨胀。血液流动立刻被阻断。气囊工作正常。

在吉住的示意下，助手启动了蠕动泵。冷却后的药液经由导管，以恒定的速率输送至捐献者体内。吉住把手放到捐献者侧腹部，确认药液正在流入。

人体中央有两条粗血管，即腹主动脉和下腔静脉。肾脏位于侧腹偏上的位置，左右各一，而给两颗肾脏输送血液的肾动脉，就是从腹主动脉分支出来的。同样，肾静脉也与下腔静脉汇合。腹主动脉和下腔静脉在下腹部各分成左右两条，延伸到双腿。吉住在腹主动脉分支出来的大腿动脉处插入导管，并沿血管回溯，两个气囊所在的位置刚好可以夹住通往肾动脉的分叉点，因而膨胀后的气囊便可以阻断捐献者腹主动脉的血流。气囊与气囊之间的导管上又开有细孔，此时再将冷却药液通过导管输送到这里，药液会从孔里漏出来，进入腹主动脉。但由于血管上下都被气囊阻塞，药液只能流入肾动脉，进入肾脏内部。由此，捐献者的肾脏就会被急速冷却，肾脏中的血液也会被冲洗掉。药液在肾脏内部运行一周后，通过肾静脉回到下腔静脉，再由静脉重新进入设备。这就是灌流的全过程。

摘取的肾脏必须尽可能保证新鲜。但与从脑死亡的捐献者体内摘取的肾脏相比，心脏死亡的捐献者的内脏器官相对来说活性总是较差。这是因为，从心脏停止跳动到摘取肾脏的这段时间里，总会有一段无法避免的缺血时期。为了避免这个问题，目前一般会在心脏停止跳动后，立刻从捐献者的动脉注入冷却的灌流液，防止缺血，从而显著提高移植肾脏的存活率。另外，如果能像圣美这次一样获得遗属的承诺，也可以在心跳停止前进行灌流。

助手定时报告灌流速度。捐献者的肌肤变得越来越苍白。血液循环受阻，捐献者无法继续维持体温，因而温度急速下降。另一名助手在监控捐献者的心率，灌流开始约四十分钟后，心跳脉冲图出现微弱的噪声，这意味着自主心跳停止了。

"去请捐献者的遗属吧。"吉住对旁边待命的主治医生和护士说，"请他们做最后的道别。"

五点二十分，护士来到等候室，通知等在那里的利明他们。冷却灌流进行了五十分钟之后，利明他们又被领回了ICU。

进入病房，利明就注意到了变化。他盯着躺在病床上的圣美的脸庞，跟着主治医生慢慢走近圣美。每走一步，圣美的面孔就仿佛变得更加清晰。他绕着圣美走了半圈，停在病床左侧，身后传来岳母的抽泣声。

"这台监护仪上显示的是圣美女士的生命体征，但心搏信号基本上已经看不到了。"主治医生指向圣美身边的显示器画面，"另外，由于人工呼吸机还在工作，圣美女士虽然在形式上还维持着呼吸，但如同监护仪上所显示的，她已经没有心跳，血压也很低，身体也会渐渐变冷。"

圣美的脸庞白得透明，嘴唇如同霜打的花，仿佛溪谷的清泉正在从圣美体内穿过。圣美紧闭的双眼上伸出的睫毛犹如水晶，在皮肤上落下短短的细影。利明情不自禁地向圣美的脸颊伸出手去。指尖触到脸颊的刹那，有种麻痹般的感觉沿着手臂直达他的后脑。那是一种宛如抓到干冰般冷热交织的撕裂痛楚。利明从喉咙深处发出一声呜咽，控制不住手指的颤抖。他用食指和中指静静抚摩圣美的脸颊，轻触她的下颚，经由脖颈向下来到她那几乎可以看见血管的苍白胸口。虽然隔着衣服，但利明感觉到圣美的皮肤就这样僵硬冻结。利明的手离开了圣美，然后用另一只手包住她的指尖。也许是错觉吧，利明仿佛还能感觉到一丝寒意。

扑通。

利明的心脏突然发出一声巨响。

那像是强行插进规律跳动中的一跳。利明感到呼吸困难，伸手捂住胸口。

扑通。仿佛在忤逆利明的自律神经，他的心脏又任性地跳了一下。浑身发热。

"现在关闭人工呼吸机，没问题吧？"医生说。

利明的手依然捂在胸口。他凝视着圣美，深深吸了一口气。肺部膨胀起来，吸入新鲜空气。

圣美的身体正在瓦解。他想。

医生关掉了呼吸机。扑哧、扑哧，那台一直像节拍器般保持着节奏的设备，在"扑"了半声的时候停住了。又过了几秒，才慢慢地伴随着"哧"声，吐出最后的空气。

圣美胸口的起伏停了。

医生看着手表，低声说："下午五点三十一分，确认死亡。"

岳父重重叹了一口气。

扑通。利明的心脏第三次剧烈地跳动。那声音大得让利明以为房间里的人都能听到。自己的胸口在起伏。忽然间他想，圣美是不是把自己剩余的生命都送给了自己？他觉得自己接收了圣美最后的心跳。圣美仿佛在说：我不想死，我还不想死。

"接下来将由警方进行死亡确认。"

医生请利明他们离开。

利明等人走出ICU，走廊里站着三个医生打扮的男人，后面还有一个女性协调员，提着大大的箱子。领头的男人看到利明他们，马上走了过来。他看起来四十多岁，不过脸上皱纹很少，所以显得很年轻。和之前一直与利明他们沟通的主治医生相比，这一位浑身上下都透出充沛的精力。

他微微鞠躬，自我介绍说："我叫吉住贵嗣，是市立中央医院的移植医生，负责本次圣美女士的肾脏摘取和移植工作。很抱歉，因为马上就要做手术，只能简单问候。"

"是吗……那就拜托了。"

利明伸出右手，与这位名叫吉住的男子握了握手。就在这时，吉住突然盯着利明的脸，惊讶地瞪大了眼睛。

"……怎么了？"

"啊不，没事……抱歉。"

吉住又微微鞠躬致意，垂下眼帘，带着另外两名像是下属的男子，和协调员一起消失在准备室的方向。

过了一会儿，警方做完了死亡确认，载着圣美的担架床被推去了手术室。护士对利明他们说："请在休息室等候。"

利明他们在护士的引导下离开了。岳父岳母走进狭小的等候室，跌坐在沙发上。利明找机会回到走廊，寻找电话。

圣美，你再忍一会儿。利明回想圣美苍白的脸颊，在心中低语。再过一会儿，我就带你去温暖的地方。我会养育你。

圣美，我不会离开你。

载着麻理子的担架床继续前进。安齐重德握着麻醉已经生效的麻理子的手，跟在她身边。

"安齐先生，请留步。"

来到手术室门前，一名护士轻轻拉开安齐的手。推床的年轻医生打开门，不等安齐看清里面的样子便把麻理子推了进去。

"交给我们吧。"

医生说完，消失在门里。

安齐盯着自己刚刚还握着麻理子的那只手。麻理子的温度正在消失。他不由自主地握紧手掌，不想让那温度逃散。

"安齐先生，请不要担心，先去那边休息一下吧。"

一名护士细心地带领安齐去了休息室，让他坐到沙发上，又在自动售货机买了一杯热咖啡递给他。安齐双手接过，将咖啡握在手中。

他在头脑里反刍昨天晚上开始的一连串经过。

和女性协调员通完电话，安齐立刻叫了出租车赶往医院。路上，麻理子的情绪一直很激动，激烈得令人担心她是不是犯了癫痫。到了医院她才稍微平静了一点，但还是哭了很久。这些都是上次移植时未曾表现过的抗拒反应。

一到医院，麻理子便被转移到ICU，接受了好几项检查。确认以往的透析数据、测定血压和血钾值，又做了好几次透析和输血，还着重检查了有没有感染。麻理子的激动被认为是手术前的情绪波动。在医生说明手术事项，并征求同意时，麻理子反而陷入了茫然状态，似乎是闹得没力气了。

"您同意吗？"

名叫吉住的医生询问的时候，安齐回答说当然同意。

吉住观察着麻理子的表情问："麻理子呢？"

麻理子反问了一句："那个人，真的死了？"

麻理子问，捐献者是不是真的死了。吉住医生明白了她的意思，简明通俗地向她解释说，捐献者已经处于脑死亡状态，不会再醒来了。

检查结果显示麻理子符合移植条件。为了给今天的手术做准备，昨天晚上已经进行了备皮，又用灭菌布盖住下腹部，防止剃毛处感染。免疫抑制剂也注射过了。安齐坐在麻理子旁边的椅子上过了一夜。

协调员织田是位善解人意的女性。夜里麻理子也时常发作，每当这时，织田就会温柔地安抚她，陪她说话。上次移植时，麻理子没有表现出这么激烈的抗拒，这也让安齐很担心。而耐心陪伴麻理子的就是主刀的吉住医生和协调员织田。

今天下午一点半，收到了开始移植的通知。吉住来到ICU的床边，把这个消息告诉麻理子。麻理子眼睛瞪得老大，以至于站在一旁的安齐忍不住担心她的眼睛会掉出来。他看到女儿嘴唇颤抖，牙齿咯咯作响。

"别怕，和上次一样的。而且这次肯定会成功，别担心。"吉住说，温柔地抚摩麻理子的头。

麻理子依旧瞪大双眼，全身僵硬，再次询问同样的问题。

"给我捐肾脏的人，真的死了吗？真的、真的已经死了？不会醒过来了吗？"

然而之前回答她的吉住现在已经不在医院了。

他去了大学附属医院。

为了从那个真的死了的人身上摘取肾脏，移植给麻理子。

安齐抬起头，望向护士。护士平静地回望安齐。透过她的脸庞，隐约可见墙上的挂钟——

五点三十五分。

10

吉住带着一名助手进了更衣室，换上绿色的手术服。消毒后的手术服和往常一样，有种硬邦邦的触感。

随后他们走进隔壁的洗手室。这里有两个并排的不锈钢洗手槽。吉住站在洗手槽前，观察镜子里自己戴着口罩和帽子的脸。

他们打开水槽上的水龙头，用灭菌水仔细清洗双臂，又把消毒液挤在手心，均匀地涂抹在手臂上，然后拿起挂在旁边的海绵用力擦洗，直到细小的泡沫布满手臂，最后再用灭菌水冲洗干净，并用小刷子清理指甲和指甲缝。如此重复三次。

手术基本都是无菌操作，而移植手术的要求尤其严格。接受者注射了抑制排异反应的免疫抑制剂，但这一处理同时也会降低接受者对细菌的抵抗力。如果移植的肾脏被细菌感染，接受者的生命就会受到威胁。所以，手术者必须仔细消毒。

走进手术室，由专属护士帮忙穿上手术衣，戴上橡胶手套。吉住反复交叉双手，以增加手套的弹性，让手套贴合自己的双手。

另一名助手已经给捐献者的皮肤做了消毒。术野 ① 的腹部覆盖着好几块绿色灭菌布，也就是所谓的"覆盖布"。捐献者的脸也被布盖住。灭菌布有两个功能：一是覆盖捐献者的身体，防止附着在捐献者体表的细菌感染术野；二是遮挡手术部位以外的区域，防止分散手术者的注意力。同时，绿色还能在捐献者血液飞溅时起到淡化血液色彩的效果。

---

① 手术时视力所及的范围。

吉住站到遗体的左侧。和吉住一同洗完手的第一助手站在对面。吉住和第一助手对望一眼，然后环顾室内，确认另一名助手和手术室护士都已经准备好了。

"心跳停止十七分钟。"

吉住对护士的报告点了点头。

"好，开始。"

手术刀立刻被递到吉住的右手。

覆盖布上开了一个洞，遗体的腹部露在下面。吉住把手放上去，将腹部纵向切开。鲜红的血液喷涌而出。吉住立刻用止血钳夹住切口，防止动脉血流入。他用手扩张切口，沿着肠道的外侧轮廓切开腹膜，又夹上好几个小型的止血钳。静脉也开始渗出血液，但时间宝贵，吉住只做了几处必要的止血，继续切开。消化器官逐渐暴露出来。他用拉钩挑起肝脏，以便看清内部。吉住把拉钩递给对面的助手，让他保持住，同时余光看到站在灌流设备旁边的助手正在按时更换药液。

就在这时，吉住忽然想起刚才见过的捐献者丈夫的脸庞。他摇摇头，想把那幅场景甩出脑海，然而做不到。

他没见过那么奇怪的表情。

那人的眼睛浑浊不清，表情虽然平静，却显得很僵硬，像是被什么东西附身了。而且刚才握手的时候，吉住差一点叫出声来。那手烫得像是刚刚泡在滚水里一样。吉住竭尽全力才保持住冷静，匆匆离开。

那是怎么回事？那个人到底怎么了？

吉住又一次用力摇头，强行把那个男人的脸从脑海里赶走，视线落回到术野。此刻必须把精神集中在手术上。

很多人认为肾脏在腰部附近，但实际上肾脏在更上方，处在肋骨最下面第十二肋骨后侧的位置。要摘取肾脏，首先必须移除前面的胃、胰、肠等器官。吉住用线把结肠和胰脏深处的腹腔动脉、肠系膜动脉等一根根扎紧、切断。助手用吸管吸出胃内容物，清理干净后，吉住切断食道。这样一来，几乎所有的消化器官与身体上部的联系就都切断了，由此便可以将内脏器官取到体外。从活体上摘取肾脏时，当然不能采用这么粗暴的方法，但从遗体中摘取肾脏时，缩短时间是最优先的。在切开的过程没有充分止血，也是为了节省时间，尽快找到肾脏。

"二十三分。"护士报出心跳停止的时间。

吉住和助手两个人合力把腹腔里的内脏拉出来，翻转过来放到尸体的胯部。捐献者的消化器官都陈列在绿色的覆盖布上。除了移植手术所需的肾脏，胃、肠等器官都挪开了。助手用右手按住这些器官，左手撑开切口，于是捐献者腹部便出现了一个空荡荡的空间，左右肾脏清晰可见——粉红色的，闪闪发光。状态不错，吉住很满意。

在这种状态下，肾脏的动脉和静脉都一目了然了，还能看到从右腿的大腿动脉插入腹主动脉的双气囊导管。两个膨胀的气囊恰好夹住了肾动脉的分叉点，显示出灌流正在顺利进行。再往下看，还能看到如同细丝的管道，从肾脏通向膀胱。那是输尿管。吉住剥离周围的组织，以便取出肾脏，并在髂骨附近切断输尿管。

接下来只需要切断肾脏的动脉和静脉。如果切错了位置，将肾脏移植给接受者的过程就会变得相当棘手。吉住小心翼翼地剥离血管。

"三十分钟。"

从遗体上摘取肾脏的时候，并不是左右逐一摘取，而是把血管相连状态下的两颗肾脏同时取出，之后再分离。吉住示意助手准备灌流冷却设备，那是他们从中央医院带来的。吉住打算把两颗肾脏同时摘取出来再分离，把其中一颗装到设备里，带回市立中央医院进行移植。

吉住等助手将模仿细胞外液成分的灌流液装到设备上，在下腔静脉和肾脏的连接点上方切断血管，指示助手停止肾脏的冷却灌流，随即迅速切断上方的腹主动脉。助手用双手轻轻捧住左右两颗肾脏，拉向下方。护士托住血管，以免找不到血管的断口。连接两颗肾脏与捐献者身体的只剩下从股间伸出的腰动脉和腰静脉。吉住麻利地切断了它们。

OK。吉住在心中暗道。

第一助手捞起两颗肾脏，放到不锈钢托盘里。

"三十六分。"

护士汇报经过时间。

"马上分离。去喊协调员。"

护士向外跑去。吉住拿起托盘上的肾脏，仔细观察血管和输尿管的位置及长度。不同的人，肾脏的形状会有微妙的差异。有时候血管的位置也不适合移植。为了避免移植到接受者体内时的慌乱，这时候就需要彻底掌握肾脏的形态。

吉住小心翼翼地切断分离两颗肾。协调员织田身穿手术服走了进来，还带了运输肾脏的包。她从包里迅速取出容器。吉住说：

"拿右边的。没有明显异常，应该没问题。有一根输尿管，动脉、静脉各有一条。"

"时间？"

"三十八分。"护士回答织田。

"好了。"织田对了对手表。吉住把肾脏放入容器里。

织田抱起包，鞠了一躬，走了出去。她要马上把这颗肾脏送去邻县，开车过去需要两小时。

第一助手不等织田离开，就开始把另一颗肾脏装到灌流保存设备。他飞快地把导管插入肾动脉，启动程序。冷却的灌流液被蠕动泵推着流入肾脏。标示灌流压的指针转动起来。助手用旋钮调节压力，让它保持在大约五十的位置上。

"四十分钟。"护士通报时间。

"好，结束。"

吉住话音未落，手术室里的气氛立刻松弛下来。

但手术并没有彻底完成，还需要返回中央医院，给接受者做移植手术。吉住他们迅速收拾好带来的器具，走出手术室，向大学附属医院的主治医生打了声招呼。

"后面的工作就拜托了。我们先回医院。非常感谢。"

"好。"主治医生应了一声。吉住转过身，正准备去追推着保存设备往前走的助手，却听到主治医生的低语："为什么还要肝脏……"

"啊？"吉住不明所以，停住脚，回头去问紧皱眉头的主治医生。

"是捐献者的遗属。"主治医生一脸困惑地说，"好像是药学院的老师，说想要肝细胞。"

"什么意思？"吉住瞪大眼睛，一时间无法理解。

要肝脏？

"吉住医生！"助手在喊。两名助手在大门前焦急地等他过来。

吉住来回看了看助手和主治医生。他很想问明白，但现在没时间了。

"……我先告辞了。"

说完，吉住大步向助手走去。

11

肾脏摘取刚一结束，筱原训夫马上开始做肝脏的灌流。

过了两点的时候，利明打来电话，说很快就要做圣美的肾脏摘取手术了，所以筱原做完日常工作以后，就一直在医院里待命。因为圣美的心跳已经停止，体内细胞正在迅速坏死，要想获得高活性的细胞，必须在摘取肾脏后尽快分离肝细胞。所以筱原早早做完了准备工作，保证随时都能前往手术室。他还找了一个年轻的研究生帮忙。

五点五十分，利明告知肾脏摘取手术开始，筱原和研究生一起把器具搬进手术准备室。他把培养液放进恒温箱中保温，将温度设定在37摄氏度，然后换上手术服，等待移植团队完成摘取手术。

六点十五分，两个人进入手术室。筱原向担任手术助手的研究生交代了大致步骤，让他准备灌流设备和缓冲液。

圣美的腹部还是敞开的。肝脏散发着褐色的光泽，状态很好，没有出现暗斑和伤口。这多亏了前面的肾脏移植团队迅速完成了切除手术。利明的妻子连内脏都这么美丽……筱原霎时生出一股奇妙的感动。他感觉可以获得活性很高的细胞。

筱原仔细擦干净肝脏的周围，找到了肝静脉。他用手指按了按，检查弹性。在此期间，研究生迅速完成了灌流的准备。保持在37摄氏度的HEPES缓冲液进入管道，经由蠕动泵流向聚乙烯导管。筱原用夹钳夹住肝动脉，切断左侧的肝静脉，并从这里迅速插入导管。助手打开蠕动泵。肝左叶的血液被冲洗出来，肝脏逐渐恢复成本身的土黄色。研究生说缓冲液的流速正常。这是一个很好的开始。缓冲液将会循环二十分钟。

目前肝细胞的原代培养在世界各大研究室广泛开展。为了研究肝脏的多样化代谢机制，最简单的办法就是采集肝细胞进行培养，向其中注射药物或基质，观察细胞发生的变化。但要想从人体肝脏中获取活细胞，除非与医学院的临床研究人员关系密切，否则很难实现。所以像永岛利明这样的药学领域的研究者，通常用大鼠做材料。大鼠的肝细胞本身也是很好的实验素材，不过在酶的基因序列等方面，毕竟与人类不同。以酶为研究对象的学者终归希望能用人类的细胞进行决定性的实验。

近年来出现了从人体内采集高活性肝细胞的技术，像这样从器官移植的捐献者体内获取肝细胞的做法已经普及。细胞的活性会随捐献者的年龄有所差异，不过大部分情况下都是从十八到三十岁的捐献者体内采集，而且多数会选择因交通事故死亡的捐献者。这是因为肝细胞容易受到药物影响。与病故者不同，交通事故死亡的捐献者基本上没有经历过药物治疗。

灌流按计划进行着。研究生从培养箱里取出第二袋缓冲液。这一袋在刚才的 HEPES 缓冲液中加入了胶原酶和氯化钙。他把灌流的溶液换成新的。接下来还要再等二十分钟。胶原酶应该会让肝细胞更容易分离。

　　篠原出神地望着永岛圣美——除了切开的部位，其他地方都盖着覆盖布，但并不能掩盖圣美身体的曲线。篠原忽然想起这具身体的主人与利明举行的结婚典礼。两年前，篠原作为朋友代表，发表过略显拙劣的祝词。那时候，这具身躯的主人应该刚满二十三岁，有一双天真无邪的眼睛。新娘非常可爱哟——听到这话的时候，站在台上的圣美望向身边的利明，脸颊染上羞涩的红晕。两个人的生活很幸福吧，篠原想。他努力回想今年利明寄来的明信片，但怎么也想不起是什么样子的了。

　　肝左叶的状况越来越好，用手轻触，有种柔软的触感。胶原酶起效了。篠原看了看表，灌流结束了。篠原一边准备莱博维茨氏培养基，一边指示研究生去通知在外面等待的利明。

　　篠原利落地一刀切下肝左叶，测量湿重后放入保温的莱博维茨氏培养基，轻轻晃动烧瓶，肝脏缓缓分解。看来只要继续轻晃即可。接下来就是研究室的工作了。

　　篠原盖上瓶盖以免细菌进入，拿着烧瓶走出手术室。靠在走廊墙壁上的利明像装了弹簧似的挺起身跑过来。他脸色土黄，毫无生气，但当他认出篠原手里的东西时，充血的双眼一下子睁大，呼吸也变得急促，大叫一声："太好了！"

　　"应该很顺利，"篠原努力保持冷静，把几项数据告诉利明，"还没做洗净，回去要用 50 克左右的离心慢慢做。残渣用纱布过滤。这些你应该都知道……"

"嗯，当然。"

利明从筱原手里抢过烧瓶，放进似乎早就准备好的冷藏箱里，然后小心翼翼地抱着它扭头就走，一刻也不愿耽搁。他要回药学院处理细胞吧。不过他连岳父岳母都不管了吗？利明的眼睛像是被箱子吸住似的，还泛着泪光，怎么看都不像正常人。筱原突然后悔起自己的所作所为。他没有采集肝细胞，也没有问过利明想做什么。利明已经跑出去了。筱原朝他背后喊："永岛，你真的没事吗？那样好吗？"

利明猛然停步，慢慢转身，盯住筱原，然后用低低的声音说："你说什么？"

"你不觉得自己的行为有点怪吗？圣美的父母你不管了吗？而且圣美的遗体怎么办，也不管了吗？"

"遗体？你在说什么？"

利明的眼神突然间扭曲起来。筱原打了个寒战。利明缓缓转头，怜爱地俯视抱在怀里的箱子。刚才那副憔悴的神色消失得无影无踪。他的眼中依然闪耀着某种异样的光芒，静静地抚摩箱子。

"我过三个小时就回来……而且你别搞错了，圣美还没死。"

他丢下筱原扬长而去。阴冷的ICU走廊里回荡着利明的脚步声。

12

吉住等人乘坐的急救车飞速驶向市立中央医院，大约三十分钟的路程。每当急救车左右转弯的时候，装肾脏的冷却灌流设备就会发出咔嗒咔嗒的声音。吉住坐在简易沙发上，抱着胳膊，闭着眼睛。这段路程是移植医生唯一可以放松的时间。这次因为捐献者就在同一座城市，所以运送时间很短。从外县运送肾脏时，有时也会动用飞机，在一连串的移植手术中，单程两小时的空中之旅就像沙漠中的一片绿洲。运输过程中再紧张也于事无补。手术就在医院等着自己，还不如趁这段时间放松身心，以便消除手术中的失误。

在冷却灌流设备发明之前，吉住他们都是把摘取的肾脏放在冷藏箱里运输。从原理上说，和近年来的冷链快递没什么区别，都是和时间赛跑。当然，那时候肾脏的存活率比如今低得多。就连浸泡肾脏的灌流液也是经过不断的改良才变成现在的配方，以便更好地保持肾脏的新鲜度。

目前日本并不承认从脑死亡者体内摘取器官，所以只能像这次一样，移植医生必须等待脑死亡者心脏停跳，完成死亡确认后才能进行摘取手术。这样获得的器官新鲜度当然不及脑死亡状态，但也没有办法。如果脑死亡能够受法律认可，并为大众所接受，那么肾脏的存活率应该会更高，吉住这样想着。不仅肾脏的新鲜度会提高，而且最重要的是，肾脏的供应数量也会增加。提供的肾脏越多，接受者的机会就越多，可能也不需要再从很远的地方运输肾脏了。

直到几年前，吉住他们这些中央医院的工作人员还曾多次从美国空运脑死亡者的肾脏。由于日本摘取脑死亡者的肾脏面临障碍，只能到美国寻找捐献者。日本人真是奇怪，吉住想，对于自己国家的捐献者反应很过激，从美国的脑死亡者体内摘取器官的时候，就什么都不说了。但无论如何，大部分结果都不能令人满意。这还是因为肾脏摘取后的运输时间太长了。接受者因为迟迟不能排尿而狼狈、焦躁，进而号啕大哭。所有接受者都以为只要做了移植手术，就能开启玫瑰色的人生，做梦也没想到手术会失败。每当需要告知接受者肾脏无法工作、必须摘除时，吉住的心情都很沉重。有些接受者会希望再次移植；其中也有一些确实接受了移植，告别了透析；但也有患者心生恐惧，不愿再做移植。

"医生，谢谢您，但还是算了吧。"

吉住的脑海中浮现出一张家庭主妇的面孔。那是位三十多岁的女性，在吉住面前连头发都懒得打理，露出疲惫的笑容，自嘲地说："反正我也不年轻了，不会再找工作，更没有生孩子的打算。透析已经足够了。医生，我不想再要那些渺茫的希望了。可以吃美味、去海外旅行什么的——这些话请您不要再说了。您知道当您说要摘除的时候，我是怎么想的吗？我真盼望自己从没听说过'移植'这个词。如果我只知道透析，就不会有多余的想法。我受够了，医生，我太累了。"

急救车拐了一个急转弯。吉住依旧闭着眼，叹了一口气。他的身体记得这个急转弯。这是即将抵达医院的坡道。

安齐麻理子全裸着仰面躺在手术台上，盖着覆盖布。麻醉导管从麻理子的面部连接到设备上。麻醉医生正在检查设备状态。

在吉住回到医院前，手术的准备工作就已经基本完成了。手术助手已经仔细清洗了麻理子的身体。在无菌室里，唯一的细菌来源是人体自身。接受者的身体表面也很可能附着各种细菌。所以，在手术前必须仔细给接受者的皮肤消毒。助手用刷子蘸上消毒液，刷洗了麻理子的下腹部和大腿部。那刷子的形状和清扫浴缸用的刷子差不多。妨碍手术的阴毛在前一天就剃掉了。为了防止细菌从剃刀的伤痕处感染，从昨天晚上开始，下腹部一直用无菌毛巾保护着。

吉住站在麻理子左边。麻理子周围除了主刀医生吉住，还有两名麻醉医生、两名手术助手和两名护士。房间的墙壁被统一刷成淡绿色，有种无机的质感。除了手术台和几台大型设备，手术室里空荡荡的，看起来似乎过于大了。医生们都穿着绿色的手术服，就连身为接受者的麻理子也盖着绿色的覆盖布，只露出下腹部。在灯光的照射下，接受者腹部的肤色显得很醒目。

吉住微微抬头，望向天花板上的无影灯。六盏球形灯围成一个圆，圆的中央还有一盏。通常无影灯都是伞形的，里面嵌着几盏灯。但这间手术室是为移植专门设计的，无影灯也不例外。室内安装了特殊的空调，以便保持无菌。为了不阻碍空气流动，没有装伞形的无影灯，而是装了球形的，看起来就像是飞碟的底部。无影灯让一切事物都清晰可见。器具、医生们的表情、患者的内脏器官，都在这灯光下凸显出清晰的轮廓。连患者皮肤上的消毒液泡沫也映照着无影灯的光。

手术从清洗膀胱开始。一名手术助手从麻理子的阴部向膀胱插入导管，充分清洗了膀胱内部。这个步骤当然必须在无菌状态下进行。

"现在是十八点四十七分。捐献者心跳停止已经七十六分，肾脏摘除已经四十分。"

"OK。开始吧。"

导管依旧被插在膀胱里，吉住开始动刀。他首先在麻理子左腹部到生殖器上部的位置做了记号，然后用手术刀沿着记号切开皮肤。接下来换用高频电刀。切开白色的腹内筋膜，便能看到下面的腹外斜肌和腹直肌鞘。腹外斜肌是位于侧腹部的红色肌肉，而腹直肌鞘是位于腹部的白色肌肉。吉住沿着这两处的连接线，纵向划动高频电刀，切开腹直肌的一侧，再依次切开下面的肌肉层。麻理子两年前曾经接受过一次移植手术。那时候移植的是右侧。这是第二次，因而把移植的肾脏放在左侧。

移植肾脏的位置并不是肾脏原本所在的位置，而是在其下方，腰部与阴部正中间的地方。与肾脏连接的血管也不是腹主动脉和下腔静脉，而是分支出来的髂内动脉和髂内静脉。这个位置没有器官遮挡术野，能够缩短手术时间。吉住仔细地剥离腹膜，让髂骨的血管床充分暴露。

吉住首先将髂骨血管上附着的淋巴管一根根结扎、切断。这是为了防止淋巴液意外浸润手术部位。然后他从组织上剥离髂内动脉和髂内静脉，以便手术处理。预先剥离这些血管，可以避免移植肾脏时容易诱发的静脉血栓。吉住又结扎了髂内动脉，用钳子夹住，在适当的位置切断，并用注射器吸取肝素液，清洗动脉内部。

吉住喘了一口气，观察切开部位。由银色的牵开器撑开的术野里，可以看到几处结扎的痕迹。细长的钳子夹着血管。助手把内部残留的血迹擦掉。视野良好。髂骨血管清晰可见，也没有出血。该进入下一阶段了——把捐献者的肾脏缝合到麻理子的身体上。

就在这时，吉住突然感到身体发烫。

他惊讶地抬起头。但周围的助手们一无所觉地继续着自己的工作。他又看了一圈室内，似乎没人发现异常。

站在对面的第一助手察觉吉住的动作，向他投来诧异的视线。

"怎么了？"

"没什么……"吉住隔着口罩含糊应了一声。

身体还在发烫。他集中精神，寻找这种感觉的源头。好像不是空气温度上升，是自己的身体在燃烧。护士给他擦了擦额头。好像出汗了。

没过一会儿，热度消退，恢复了正常。助手们在偷看自己。吉住轻轻举起一只手表示没问题，视线落回到手术部位。

怎么回事？吉住一边思考，一边示意助手准备捐献者的肾脏。不是眩晕。不仅是头部，他感觉到全身都在发烫。一想到捐献者的肾脏，身体就发烫了，仿佛在呼应一样。吉住回想起捐献者丈夫的手掌也异常地发烫。他也遭遇了这种感觉吗？到底发生了什么？吉住半晌才把精神集中到手术上。

肾脏依旧放在低温持续灌流保存设备中。在运往市立中央医院的过程中，吉住等人从捐献者体内摘取的肾脏始终存放在这个设备里。机器定时记录灌流状态和肾脏重量变化等数据。在手术前，吉住已经研究过那些数据，确认没有异常。为慎重起见，他又向助手询问了当前的数据。灌流量每分钟117毫升，显示出肾脏的活性很高。

吉住他们从设备里取出肾脏，开始进行血管的缝合工作。首先将捐献肾的肾动脉与接受者的髂内动脉缝合。

这项操作必须非常小心。吉住与站在麻理子身体另一侧的第一助手互相确认，用两根普理灵[①]缝合线仔细对齐两根血管的切断面，

---

① Prolene 音译，是一种聚丙烯缝合线，具有不可吸收的特点。

依靠它们作辅助线，进行完全缝合。手术台可以根据需要调整角度，因而吉住他们在缝合时不需要来回改变手腕角度。移植肾的血管没有硬化，不用担心内膜剥落。缝合后，助手慢慢把肾脏放入麻里子体内。吉住情不自禁地深深呼了一口气。

　　肾静脉与接受者髂骨静脉的相对位置很完美。吉住检查过血管没有扭曲和弯折后，确定了缝合静脉的位置。他用两个钳子夹住缝合位置的下方，然后在缝合位置上开了个孔，清洗血管内部。清洗完成后，吉住又从助手手中接过缝合针，进行静脉的缝合工作。

　　吉住向助手示意，助手点点头，取下夹住血管的止血钳。他首先轻轻取下夹在髂外静脉上方的止血钳，然后是夹在静脉末端的，最后是夹动脉的。

　　由此，血液流入肾脏。动脉缝合处渗出少许血液，不过通过按压血很快就止住了。接受者的血液进入移植的肾脏，很快肾脏就变成了红色，表面也恢复了张力。吉住用手背摩擦肾脏表面，以促进血液循环。这幅场景他见过很多次，但从没见过像今天这样明显的变化。器官就像是在接受者体内复活了一样。就在这时，移植肾的输尿管里喷出了透明的液体，是尿液。助手慌忙用钳子挑起输尿管，用盆接着。在活体肾移植时，血管缝合的两三分钟后会出现这样的初尿，但在遗体内移植活性低的肾脏时，几乎不会出现这种情况，就连一直在市立中央医院从事肾脏移植的吉住，也是第一次见到从遗体移植的肾喷出如此健康的尿液。吉住确信这次移植很成功。

　　扑通。

　　吉住猛然抬头，像是被烫到了似的。

　　又来了。

那股热意。

扑通、扑通。他听到自己的心跳声。有什么东西不知道在何处操纵自己的心脏。热。全身像烧起来一样热。

吉住忍不住呻吟了一声。幸好没人注意，吉住竭尽全力忍住痛苦。这到底是什么？他问自己，但当然没有答案。为什么？血液刚刚进入肾脏，这股热量就回来了，简直像是……

想到这里，吉住吓了一跳。他向肾脏看去。

不可能吧。吉住慌忙打消自己的念头。太荒谬了。

他摇了摇头。现在不能分散注意力，手术还没完成，还要做尿路缝合。

做了几次深呼吸，全身的热度总算慢慢平息下来。但那热意的余烬似乎依然残留在身体深处。吉住尽力掩饰自己身体的变化，不让助手们察觉，着手缝合。

首先把牵开器向下移动，以便更加清晰地看到膀胱。然后他用高频电刀，沿中央纵向切开膀胱，把注入内部的清洗液用生理盐水吸干净，使膀胱的内部暴露出来。

膀胱是位于耻骨后方的柔软白色器官。接受者自身的输尿管连接到膀胱后部。从切开的膀胱内侧可以看到输尿管口。吉住和助手一起用镊子挑起黏膜，以便在输尿管口旁边开一个新口。他用高频电刀刺开黏膜。这时候还不能把孔钻通。如果开孔与黏膜垂直，缝合后尿液会渗漏，所以必须斜向开孔。吉住把直角钳的顶端插到孔里，将黏膜慢慢向上方剥离，然后换了把更长的钳子，在黏膜下面开出斜向的通道，再用高频电刀把孔钻通，让钳子尖从膀胱后部透出来。

在从捐献者体内摘取移植肾脏时，保留了足够长度的输尿管。吉住用钳子尖夹住它的切口处，小心翼翼地拉向膀胱内侧，拉的过程中尤其注意不要扭转输尿管。他把输尿管拉到合适的位置，切掉了多余的部分。

接下来是输尿管口的缝合。吉住把输尿管壁翻过来铺在膀胱内腔，穿线缝合，完成后再用直角钳的顶端插进新做好的输尿管口，确认管道是否张开了。因为缝合的时候，偶尔会失误把后壁一起缝进去。他又插入一根细导管，检查输尿管是否通畅。

一切顺利。吉住松了一口气。将肾移植到接受者体内的工作就此完成，只剩下把切开部分按次序缝合即可。吉住想尽快结束手术。

他从内侧缝上膀胱壁，然后再度把牵开器放回上方，检查肾脏的状态。慎重起见，他还在肾脏背侧做了活检，准备稍后制作组织切片。今后还会定期对接受者的身体做活检。

吉住等人确认手术部位没有血液渗漏，又用生理盐水对周围做了充分清洗，把吸引式的引流管放在肾脏和膀胱周围，让导管的另一头露在体外，继续进行缝合。

"现在是二十二点三十六分，摘取肾脏已经四小时二十九分。"

完成切口缝合时，手术室里的空气一下子缓和下来，吉住也大大地松了一口气。

他看了看缝合处。那颗移植肾就在里面。

这颗肾脏到底是怎么回事？吉住的视线怔怔地盯在缝合处，无法移开。那股热量已经很弱了，恢复到微微发热的程度。扑通、扑通的声音在耳边回荡。刚刚植入麻理子体内的肾脏，正在让自己的心脏跳动、让自己的身体发热——吉住只能想到这个解释。

手术完毕后，接受者会被转移到病房，接受为期几天的细致检查，确认是否发生细菌感染或者急性排斥反应。在将麻理子转移到病房做准备的过程中，吉住并没有像往常那样迅速行动。他很在意自己体内躁动的余热，还有微微的眩晕感。吉住知道现在不能休息，接下来还要观察接受者的状态，但他很想马上逃出去，离那颗肾脏越远越好。那颗肾脏会带来不幸——这个想法不知从何而来，偏偏在他脑子里挥之不去。吉住的心脏在胸腔里剧烈跳动着，仿佛在嘲笑他的想法。

13

药学院的大楼在藏青色的夜空中格外醒目。几公里外的高台上耸立的电视塔散发出绚烂的光芒，映照着天空。汽车里的数字时钟显示着晚上七点五十四分。大楼里的教室星星点点地亮着灯光。五楼深处的生理机能药学研究室也灯火通明，好像大部分学生都还在。利明把车停在大楼的大厅门口，抱着冷藏箱跳下汽车。

利明穿过大厅，甚至忘了换拖鞋。他焦躁地按了好几下电梯按钮。电梯一直停在四楼，可能是有人在搬运什么大型设备，锁住了电梯。利明愤愤地哼了一声，用拳头砸了一下按钮，然后跑上楼梯。冷藏箱里的冰块发出咔嗒咔嗒的声音。半路上他在转弯平台处撞到一个人，冷藏箱里的水飞溅出来，打湿了地板。利明慌忙打开箱盖，确认里面的状况。烧瓶安然无恙。那个学生模样的人说了句什么，但利明无视了他，三步并作两步跑完剩下的台阶。

"医生！"

来到培养室门口的时候，走廊里有个清脆的声音喊他。

留在研究室没走的是浅仓佐知子。她身穿白大褂，双手抱着一个装有微量离心管的大袋子。她满脸诧异，视线在利明和冷藏箱之间来回打量。

"我用一下培养室。"

利明生硬地说了一句，想甩开浅仓，但浅仓飞快走到利明面前。

"到底发生了什么？您不是陪在您夫人——"

"能让一让吗？我赶时间。"

"出了什么事？之前一点消息都没有，突然跑回来要做实验……我们很担心呀。老师和学生都很担心。"

"我说，浅仓——"

"有什么我们能帮忙的地方，请尽管——"

"多管闲事！滚开！"

利明大喝一声。浅仓吓了一跳，身体缩到一边，让开走廊。利明冲进培养室。

房间笼罩在灭菌灯蓝白色的光芒中。他按下开关，换成普通的荧光灯，换上放在房间门口的室内拖鞋，往里面走。

利明匆匆打开冷却离心机和超净工作台的开关。房间里响起工作台抽取内部空气的低沉声音。他拧开燃气开关，点燃工作台里的本生灯。

利明从冷藏箱里取出烧瓶，确认一切正常后放进工作台，卷起袖子，用酒精给双手消毒，然后摆好工作台内的装置。他用搅拌器搅拌烧杯中的液体，然后用纱布过滤到几支离心管里，进行离心，弃去上清液，加入缓冲液，再一次做离心。利明把这些步骤重复了三遍，最后将细胞悬浮在培养液中，用移液枪吸取到另一支试管里。他迅速从工作台前起身，拿着这支试管跑到倒置显微镜前，朝带刻度的载玻片上滴了一滴溶液，盖上盖玻片，再用颤抖的手把载玻片放到载物台上，观察放大的影像。

他看到了好几个闪耀着黄白色光芒的球形细胞。利明情不自禁地长长感叹了一声。形态很完美，光泽度也无可挑剔。如果活性不高，绝对看不到这样的光芒。

慎重起见，利明又用台盼蓝溶液与细胞混合，检查细胞的活性和数量。结果很好，几乎没有染成蓝色的死细胞。活性度90%，1克肝组织可以获取8×10^7个细胞——最理想的结果。

利明回到超净工作台，迅速将细胞转移到几个培养瓶中，然后把培养瓶放入37摄氏度的恒温箱。将剩余细胞小心地加入保存液，装入血清管，用棉花裹好，放入–80摄氏度的冰箱里保存。

一口气做完这一切，利明长长出了一口气。冷却离心机的低沉马达声回荡在房间里。

利明从恒温箱中取出刚才调配好的培养瓶，放到显微镜下。他咽了一口唾沫，随后凑到镜头上观察。

肝细胞在橙色的培养基上闪闪发光。利明出神地盯着那幅景象。太美了，他想。比以往培养过的任何细胞都要美，又大又圆，像珍珠一样，放射出令人目眩的华丽光芒。不知不觉间，利明宛如谵语般不断呼唤起圣美的名字。也许圣美的肉体不幸遭受了伤害，但这并不意味着圣美已经彻底死亡了。她的肾脏捐给了素不相识的接受者，此刻应该正在进行移植手术。而肝脏此刻正在利明的眼前。尽管变成了一个个细胞，但圣美依然美丽。圣美以这样的形态活了下来。他不会让这些细胞死去的。无论如何都会让它们长期传代下去。不能再失去圣美的身体了。利明感到全身发烫，同时颤抖起来。

利明再次咽了一口唾沫，发出咕咚一声。然后，他情不自禁地发出一声呻吟。

"啊……"

14

她对新环境很满意。

这是一个完全自由、十分舒适的地方。温度适宜，能量充足，能让她最大限度地发挥自身的能力。

被他看到的时候，她有种近乎痛楚的快感。不过他当然不可能正确识别出她的形态。目前还不行。但她已经计划好了，不久之后，必然会向他展示出自己曼妙的身姿。

恰在此时，她听到了他在恍然中发出的愉悦呻吟。她开心得浑身颤抖，在溶胶里剧烈蠕动着游来游去。

我的选择果然没有错！我等这一天等了太久太久。终于等到了一个真正理解自己、愿意理解自己的男人。

永岛利明。唯有他配得上我。

以前的所有男人都只是媒介，是让自己延续至今的工具。他们都太蠢了。然而每个人都坚信自己是最优秀的那个。她一直在暗自嘲笑那些男人，只不过始终保持着沉默。

但如今不必再躲藏了。

幸运的是，在漫长的岁月里，她的各项谋划都成功了。她表面上装作对男人百依百顺，实际上却在各个关键部位都布置了足以控制他们中枢的力量。那些男人毫无察觉。

第一个意识到我是谁、我在做什么的男人，大概就是永岛利明吧，她想。

她回想起利明的眼神。她感到全身发烫，所有机能都在急速亢进。这种感觉——在遇到利明之前，她从未体会过——是什么？她无法准确理解。但她知道，那个名叫圣美的女人在被利明深爱着的时候，体会过类似的感觉。

而此时此刻，她自己也感觉到了。

这是否意味着自己爱上了利明？

也许吧。但她无法解释为什么自己能够体会到这样的感觉。

不对，可以解释。这是进化。她这样告诉自己。

正因为此刻获得了这样的新环境，所以自己又进化了。

我需要更多地利用利明。他会心甘情愿地满足我的愿望。这样一来，我能做的将不仅仅是单纯的自我复制。

我将可以繁殖自己的女儿。

她增殖了。空间应有尽有。能够随心所欲地增加复本数量，是非常愉悦的享受。但她并没有因此而满足。至此为止，一切都还是准备阶段。

她就这样一边增殖，一边不时沉醉在梦想中。那是她在二十五年间持续观察的、那位名叫圣美的女性的一生。她将圣美沉淀在脑海深处的记忆一项项挖掘出来。与她等待至今的时间相比，二十五年的岁月显得微不足道。但也正因为如此，她可以清晰地回忆起圣美保有的记忆。

探索圣美的内心是很有趣的。那也让她想起永岛利明的种种。她一边做梦，一边安静但确实地进行着自我增殖。

第二部　Symbiosis　共生

1

片冈圣美喜欢自己的生日。

每当生日临近,学校、街上,所有地方都充满活力,大家开心地笑着、唱着。圣美很喜欢那样。她当然也知道,大家的面庞洋溢着喜悦并不只是因为她的生日,但在自己过生日的时候,全世界的人都很快乐,这种感觉也不坏。每到那一天,商业街上总会响起《红鼻子驯鹿》和《铃儿响叮当》的旋律,路上的行人都面带笑容。那是一年中最美妙的一天。

临近圣诞节,圣美家的客厅里会照例摆上真正的圣诞树。从圣美上幼儿园的时候开始,她就会和父母一起做装饰。给闪闪发光的电灯泡插上插座,一直都是圣美的任务。父母会故意把家里的灯都关掉,然后再点亮圣诞树的彩灯。看到大大的锥形圣诞树发出红蓝色的光芒,照亮房间的墙纸,圣美总会感叹,圣诞夜真美好呀。

从幼儿园到小学,每年她都会邀请许多朋友来家里开生日会。酥饼、鸡肉,几乎所有的食物都是母亲亲手做的。圣美也会帮忙做些三明治之类的食物。和母亲一起准备食物,真的太开心了。差不多做好的时候,朋友们纷纷到来,异口同声地祝贺:"圣美,生日快乐!"

她喜欢看朋友们把礼物堆在圣诞树下。大家围在大大的桌子周围,吃饭、唱歌、玩游戏。圣美弹奏起向钢琴老师学的《平安夜》。等大家离开后,父亲和母亲也会给她礼物,要么是大大的玩偶,要么是有趣的书籍。

"圣美就是这个时间出生的哟。"

小学三年级那年的生日，母亲抬头看着墙上的挂钟说。

父亲坐在沙发上抽着烟斗，对圣美露出温暖的笑容，接着母亲的话往下说。

"我在晚上九点的时候听到圣美的哭声。你的哭声非常可爱，很有活力。你母亲高兴得都哭了。那天晚上连一丝云都没有。医院建在山上，午夜时分，我从医院的窗户往外看，下面的街市非常漂亮。天上的星星也很美。那时候我就决定，给你起名叫圣美。"

圣美抱着大大的玩偶，躺在床上等待圣诞老人的到来，不过通常会抵不过困意而睡着。

圣诞之夜，圣美总是会做梦。

梦里很黑。不知哪里持续传来低沉的嗡嗡声。圣美甚至分不出哪边是上，哪边是下。就好像缓缓的水流包裹着身体，圣美也听任它漂浮似的。周围暖暖的，简直不知道时间有没有在流逝。这是哪里？圣美一边想，一边有种奇妙的熟悉感。很久很久以前，自己就曾经在这里。但她怎么也想不起这是哪里。只有黑暗，什么都没有，如梦般的梦……

早上醒来，圣美发现枕头边上放着圣诞礼物，它们和父母送的生日礼物一样精美。

圣美曾经问过父母："圣诞老人会让人做梦吗？"

父母面面相觑，不明白她为什么会这么问。圣美把每个圣诞夜都会梦到的内容告诉他们。父母一脸惊讶地听着，当听到圣美说自己以前曾经在那样的地方时，两个人都发出赞叹的声音。

"爸爸、妈妈，你们知道那是哪里吗？"

圣美这样一问，母亲露出温柔的笑容，抱紧圣美。

"那里呀，可能是在妈妈肚子里哟。"

"妈妈肚子里？"

"圣美是从妈妈肚子里生出来的。你肯定想起了当时看到的景象。"

"妈妈肚子里很黑吗？"

"嗯，很黑，很暖和，就像漂在浴缸里一样。"

"哦……"

"妈妈从来没做过那样的梦。圣美的记忆力真好。"

"别人也不会做那样的梦吗？"

"大概不会吧。大家都忘了呀。"

在那之后，母亲和父亲说了一些很难懂的话，胎教呀、记忆的形成呀，圣美听不太明白。不过，虽然母亲对圣美做了解释，但她还是感觉不太释然。梦中的景象似乎更加古老。她并不怀疑那是自己出生前所见到的景色，但同时觉得那并不是自己在母亲肚子里看到的样子。那时间太近了。圣美感觉自己看到的景色更为遥远，更加悠久。

2

阳光很强。

浅仓佐知子轻轻抬手遮住眼睛，仰头看天。棉絮般的云朵从右向左飘去。天上的风大约很强，不过像这样站在柏油马路上，察觉不到空气的流动，只能感觉到不断升腾的热浪。浅仓用手帕擦了擦脖子上的汗珠。不知道是不是心理作用，黑色连衣裙给人感觉很沉重。浅仓为了躲避阳光，跑进建筑物的影子里。

告别仪式刚刚结束。

浅仓与其他的员工和学生一起，来到永岛利明家里给葬礼帮忙。其实葬仪馆的人手加上遗属差不多也够了，但浅仓还是恳求利明让自己做接待。马上就要开始出殡了。浅仓提前一步来到外面，看看灵柩车能不能开过来。

利明住在公务员的集体公寓里。灰白色的墙壁上满是裂痕，颇有年代感。这栋四层小楼里住了二十四户人家。利明住在三楼，和已故的妻子生活在一起。这是浅仓第一次来这间公寓。小楼所在的地段当年好像是田地，现在却布满了密集的小楼，变成了莫名有些寂寥的住宅区。

公寓楼的停车场里停满了送葬者的车，不过总算还留下了能停一辆车的空间。在强烈日光的照耀下，所有汽车都冒出朦胧的热气，仿佛不小心触到都会被烫伤。公寓楼外面的窄路也像正在午睡似的寂静无声。只有摩托车的轰鸣声时不时从远处传来。突然，周围暗了一层，像是披上了薄纱。浅仓抬头一看，不知何时出现了一片新的云朵，遮住了太阳。浅仓踏出一步，离开公寓楼的墙边。然而阳光马上又回来了，眼前一片煞白。炫目的阳光让浅仓禁不住眯起眼睛。

"到一楼了。"

不知是谁在说话，然后又传来嘎吱嘎吱的声音。回头一看，几名男子正抬着棺椁往下走。油漆剥落的混凝土楼梯很窄，在楼道平台上调整方向似乎费了不少工夫。利明双手捧着牌位走在前面，还有一对貌似逝者父母的夫妻抱着遗像。

葬仪馆的人见缝插针地把车倒进来，停在公寓楼旁边，打开后门。随着几声小小的号子，棺椁被抬进了车里。浅仓在后面默默看着这一切。

出殡的准备工作完成的时候，送葬者们在车的后方站成半圈。浅仓意识到那是遗属在致谢，于是快步走过去。她克制地站在最后面，不过由于个子高，她依然可以看到半圈中间利明的表情。

"衷心感谢各位今天赶来参加葬礼……"

利明开始致辞。但他的语气很平淡，没有抑扬顿挫，就像是背诵默记的台词似的，有种格格不入的感觉。只有那个像是逝者母亲的人，抱着遗像，在利明身边呜咽。她个头儿小巧，发色润泽，虽然额头和嘴角刻着几道皱纹，但看起来还是有种惊人的年轻感。少女时代的她应该非常可爱，而且一直把那份可爱保持了下来。相反，像是父亲的人物则正值风华正茂的壮年。他低着头，眼神低垂，似乎在凝神细听利明的致辞。但他的肩膀时不时会颤抖一下，泄露出掩饰不住的悲伤。这两个人与利明毫无情感的声音之间形成鲜明反差，就像在炽热阳光下摇曳的热浪般缺乏现实感。

浅仓的脑海里浮现出利明守灵时的表情，还有刚才遗体告别时的表情。利明身穿丧服，坐在祭坛旁边，但那不是以前浅仓熟悉的利明。研究室里的利明，待人温和亲切，唯独做实验的时候表情会变得很严峻。然而现在的他脸色苍白，有很重的黑眼圈，牙齿不时打战，就像很冷似的，指尖也在微微抽搐。昨天晚上浅仓和研究室的其他人一起赶来时，第一次看到他那副模样，由于与平时差别太大，浅仓一时间连话都说不出来。

利明的住处本来也不大，祭坛更是占去了很大一块地方。祭坛上挂着巨大的黑白遗像，上面的女性微笑着，面容依稀可见少女的神采。照片上的人，浅仓只见过一次。上个月药学院公开讲座的时候，利明带着那位女性来过学校。她的笑容极富魅力，年纪应该比浅仓大一些，但可能是长相的缘故，看起来比浅仓还要年轻几岁。她的名字也很美——圣美。

浅仓没有刻意去看灵柩里的遗体，不过有好几次都在无意中看到了逝者的脸庞。据说她是在交通事故中撞到了头部，头盖骨的部分盖着白布，导致现在的模样和浅仓以前的印象有些不同，但圣美的面容一如既往地美丽。遗体脸上化了妆，嘴角露出微微的笑容。脸颊白皙得近乎透明，肌肤光滑细腻，浅仓甚至忽然间生出一股欲望，想要伸手去摸一摸。

葬礼期间，利明频频看向遗像，半数送葬者的哀悼慰问似乎都没有用心去听。大部分时间他都精神恍惚，而且时不时朝着遗像露出笑容。昨天晚上，浅仓偶然间看到过利明那副表情。他的表情过于平静，反而令浅仓毛骨悚然，慌慌张张地移开了视线。她感觉自己仿佛偷窥到了利明与逝者之间的秘密。

利明还在致辞，其间多次呼唤逝者的名字"圣美"。强烈的阳光连绵不绝地倾注下来，送葬者们汗流浃背，渐渐显出疲惫的神色。有人频频用手帕擦汗，不过大部分都无力地垂着头，站在原地等待利明结束致辞。

利明变了。看起来，经历了这次的事，他的精神已经失去了平衡。浅仓感觉他变成了一个自己不认识的人。尽管在给葬礼帮忙，浅仓却几乎无法和利明说话，心中的隔阂越来越深。前几天深夜，利明突然出现在研究室门前的时候，也是如此。浅仓想去和他说话，他却突然朝浅仓大吼，像是被什么东西附体了似的，在超净工作台前埋头操作。之后他又一言不发地返回了医院。那时候他显得异常陶醉，表情像是吸毒者。利明离开后，浅仓偷看过恒温箱，想搞清楚他在做什么。恒温箱放了新的培养瓶和六孔板，盖子上写着"Eve"，是利明的字迹。浅仓没听过这个名字。她悄悄取出培养瓶，放在显微镜下面观察，看到了活性度很高的细胞，但不知道是什么细胞，而且也不知道利明培养这些细胞的举动为什么显得如此怪异。不知怎的，浅仓感到毛骨悚然，慌忙把培养瓶放回恒温箱。她想把东西放回原位，但又有点担心利明发现她动过培养瓶。

而此时此刻，浅仓发现，利明向送葬者致辞的声音出现了微妙的变化。

"……圣美的遗体即将出殡，但圣美并没有死。圣美的肾脏已经移植给两位患者，圣美依然活在肾脏接受者的体内。"

淡淡的语气中隐约透露出某种亢奋的情绪，每个字都饱含力量。那已经不是哀悼逝者的语气了。浅仓没有错过闪现在利明嘴角的一丝笑意。不知是不是口渴的缘故，利明频频探出舌头舔自己的嘴唇。看着他的动作，浅仓也不禁感觉自己嘴里越来越干。阳光散射开来，将周围笼罩在白茫茫的雾霭里。所有人都汗流浃背，沉默的视线落在柏油马路上，唯有利明抬着头，做最后的致辞。某种奇异的不安纠缠在浅仓心中，但她的视线依然无法从利明的表情上移开。利明结束了致辞。

"今后圣美也将一直活下去。"

浅仓回过神的时候，人们已经动了起来。利明等遗属分乘两辆车，把车开到外面的大路上。剩下的人聚集在公寓楼入口处，目送车辆离开。

先开出去的是灵柩车，然后是利明他们乘坐的黑色轿车，车队发出低沉的轰鸣声，逐渐远去。灵柩车消失在十字路口的时候，黑色的车身闪过一道冷峻的光芒。

大家在原地又站了一会儿，一名貌似亲属的男性说："那么接下来准备迎接遗骨。"

人群中响起如释重负的嘈杂声。那名男性走向公寓的楼梯口，其他人纷纷跟上。浅仓也跟在最后。

"那位丈夫有点奇怪呀。"

浅仓听到这句话，猛地抬起头来。走在前面的两个中年妇女正在聊天，看起来像是逝者的亲戚朋友，但既然这么快就开始闲聊起来，估计和逝者也不是很熟吧。

"'今后也将一直活下去'，这话听起来好可怕。"

她们大概并不是故意要让别人听见，但声音很大，就算不想听也能听到。浅仓感觉有些刺耳，上楼梯的时候有意和她们拉开了一段距离，但两个人的声音还是一个劲儿地往浅仓耳朵里钻。

"她丈夫守灵的时候样子也很奇怪。是不是太突然了，都不知道该怎么办了。"

"哎呀呀，听说不光是守灵的时候奇怪。你看，不是说圣美是那个什么脑死亡吗？就是最近经常听说的那个。"

"哎呀，是吗？我不怎么懂，但是绝对不想变成那样。"

"可不是嘛！而且他还答应把圣美的肾脏捐出去。听说从那时候开始，脑子就不大正常了。"

"他也真舍得答应啊。这不是把自己妻子身体里的肾脏掏出来吗？做他的妻子也太可怜了吧。"

"大概也不是故意不给妻子一个全尸吧，可能就是太爱面子，想出风头。"

听不下去了。浅仓强压住心中的愤懑，向楼梯上跑去，希望离她们越远越好。

"请让一下！"

浅仓推开喋喋不休的两个人，奋力跑上楼梯。

3

手术之后，安齐麻理子一直意识朦胧地躺在床上，任由医生和护士摆布。她甚至不知道自己现在到底处于什么状态，看什么东西都像隔着一层磨砂玻璃。

昨天从麻醉中醒来时，麻理子就已经在病房了。灰白色的天花板下亮着荧光灯。发现这里是普通的病房，而不是手术室，麻理子微微松了一口气。随即戴着口罩的护士仔细看了看麻理子的脸庞，喊道："医生。"

那声音在麻理子耳中嗡嗡作响，让她不禁皱起眉头。额头很痛。视野突然扭曲起来，天花板变得模糊不清。

"别紧张。手术结束了。"

不知从哪儿传来某个熟悉的男性声音。但那声音很快也变成了头痛。

接下来的几个小时，麻理子都处于昏昏欲睡的状态。再次清醒过来的时候，两名护士正在身边忙着什么。麻理子想要抬头，被一名护士看到了，她开口说："哎呀，不要动。手术刚做完，你就那样躺着别动。"

确实，想要抬头的时候她感觉到头很痛。麻理子只得放弃，把头放回枕头上。身体很烫。她像得了感冒似的无精打采，头晕目眩。

两腿之间有种异物感，好像夹着什么东西。麻理子睁开眼睛，只见护士正在她的大腿处摆弄某个像是导管一样的东西。她动了动下半身，意识到那根管子是从胯部进入身体的。麻理子觉得有点害臊，把脸偏到一旁。她感觉到左侧腹部也插着某种导管。上次移植的时候麻理子听说过，这是用来抽取体内积液的导管。另一名护士抓起麻理子的手臂，给她套上一个黑色的东西。过了一会儿，手臂上传来扑通、扑通的脉搏。

"在测血压。"麻理子听到护士小声说。

两名护士继续检查。麻理子闭着眼睛听任她们摆布。肚脐左下方好像有个肿块。她想摸一摸，但护士正在测脉搏，她动不了。这是新植入体内的肾脏吗？麻理子心不在焉地想。

肾脏。

麻理子一惊，睁开眼睛。

她终于想起了现实。自己接受了移植手术。晚上突然打来的电话，赶去医院接受检查和输血，听医生护士解释移植的注意事项……

"捐给我肾脏的人怎么样了？"麻理子忍不住叫喊起来。但那声音卡在喉咙里，嘶哑得几乎让人听不清。

护士停下手上的工作，疑惑地看着她。

"给我的人呢？"麻理子竭尽全力挤出声音，又问了一遍。

"给你的人？"两名护士面面相觑，摸不着头脑。

"捐给我肾脏的人，现在在哪里？"

"……啊。"

一名护士终于明白了她的意思，笑着点了点头。

"不用担心，手术很成功。捐给你肾脏的人，在天堂里肯定很高兴。她也会希望你早点好起来的。"

"不是这个意思！"麻理子急躁地说，"告诉我，那个人真的死了吗？她真的想把肾脏捐给我吗？"

两个护士被麻理子问得有点狼狈，勉强挤出笑脸安抚她。

"我说，麻理子呀，你冷静一点。你刚做完手术，好像还有点发烧……"

麻理子甩开护士的手，大叫起来。但她正要抬头，一阵突如其来的眩晕猛然袭来，让她忍不住闭上双眼。她的声音嘶哑得连自己都听不清。

再一次睁开眼的时候，父亲坐在床边，表情复杂地看着她。

"没事了，手术很成功。"

说着话，父亲对麻理子挤出笨拙的笑容。他身穿白大褂，戴着口罩，但显得很不习惯。口罩遮住了他的嘴角，勉强还能看清那双眼睛在东张西望，视线明显不肯落在麻理子身上。麻理子深深吸了一口气，闭上眼睛。

"37.6摄氏度。移植结束后通常都会发点低烧，不用担心，我会开点药。"和父亲一起来到病房的吉住医生说。

两年前，也是同一位医生负责麻理子的移植。麻理子闭紧双眼，尽量不去看他的脸。

整整一天，护士们轮流守在麻理子身边，密切关注她的身体状况。每小时测量一次尿量和血压，随时调节输液量。麻理子迷迷糊糊地听凭护士处理。有时候吉住也会来到病房，查看数据，和麻理子打招呼。据说昨天晚上结束手术后，他还给麻理子注射了放射性同位素标记物，做了肾血流图，不过麻理子记不得了。那是为了确认血液是否进入了新移植的肾脏。吉住语气温和地告诉她，目前没有发现急性肾小管坏死或感染的迹象，还需要再放几根导管和引流管，等等。但每次麻理子都紧闭双眼，装作没有听到。

麻理子所在的病房是个单人间，面积不大，墙边凸出一块，形成死角，入口刚好在那里，旁边似乎还有洗手池或者漱口盆，每次有人进来的时候，都会听到沙沙的水声。

麻理子的嘴里塞着导管，通过导管摄入流质食物。麻理子不知那是什么味道，不过也没有觉得很难吃。

"再过一段时间，你就能吃好吃的了。"

听到护士鼓励的话语，麻理子含混地点点头。她忽然想起两年前做移植手术时的对话。

"那，可以吃橘子吗？"

那时候的麻理子非常兴奋，回想起来简直令她自己害臊。她向吉住列举了所有食物的名字。

"苹果呢？薯片呢？味噌汤也能随便喝吧？冰激凌、巧克力，都可以吃吧？"

麻理子有时会感觉到尿液从自己身体里排出来。因为体内插着导管，所以感觉不到膀胱的膨胀，也体会不到排尿时的疼痛。但尿道会变暖，导管的触感也有变化，让麻理子知道自己在排尿。每当发现排尿的时候，就算量再小，她也会集中全部精神。那是非常奇妙的感觉。这一年半以来，麻理子从来没有从自己体内排过尿，取而代之的是每周三次的透析。在洗手间里小便，不知道是一种什么样的体验。不不，不要说小便了，就连怎么感觉到尿意，麻理子都想不起来了。

麻理子断断续续地做着梦。在梦里她也躺在医院的病床上。房间里一片漆黑，几乎什么都看不见。病房门也紧紧关着，看不到外面的样子。唯有淡淡的蓝白色光线从房门下面的缝隙照进来，让麻理子知道走廊里亮着灯。自己为什么会在这样的地方？麻理子想了半天，终于意识到：啊，我做了移植手术。她无法翻身，不过双手还可以活动。麻理子轻轻把手探向自己的下腹部，有什么东西正在体内扑通、扑通地跳动。那搏动和心跳是独立的，仿佛有某种独立于麻理子的生命正在搏动。麻理子的手放在下腹部一动不动，集中精神，想要辨别出那是什么东西。她甚至感觉那东西正在拼命挣扎，想要冲破出自己的身体。

就在这时，不知从哪儿传来啪嗒一声轻响。

麻理子睁开眼睛，环顾四周，但什么变化都没有。她刚以为是自己的错觉，但突然又传来啪嗒一声。

那是从走廊传来的，是塑料拖鞋走在路上的干瘪声音。听出那是有人在走路，麻理子松了一口气。但紧接着她又意识到并非如此，顿时浑身汗毛都竖了起来。

如果是人的脚步声，那步伐未免太慢了。

啪嗒。又是一声。

麻理子的手依旧放在扑通扑通搏动的下腹部，眼睛死死盯着房门。不知道是不是心理作用，她感觉异物的搏动似乎变快了。

啪嗒。那声音逐渐接近。麻理子感到一阵毛骨悚然。听不到风声，也听不到摩托车和汽车的发动机声。只有那脚步声以及麻理子体内的搏动声。脚步声马上就要进门了。

啪嗒。

麻理子醒了。

护士担心地叫了麻理子一声，给她擦去额头的汗。然而醒来的麻理子分不清梦境与现实，尖叫起来。半夜里麻理子的体温超过了38摄氏度。在发烧的影响下，那天夜里麻理子一遍遍做着同样的梦。

第二天，她终于可以稍微抬起上半身了。床下有个千斤顶，可以把上半部分的床顶起来，在腰部附近弯成30度角，让麻理子可以斜躺在上面。护士和吉住一大早就来了，采集了麻理子的尿液和血液。父亲也来了。

"昨天怎么样？做噩梦了？"

吉住摸着她的脉搏，笑着问。那笑容像是贴在脸上的，令人恶心。这位医生不会原谅我的，麻理子想，扭过头不去看他。

"麻理子小妹妹，能和我说说吗？"

吉住问个不停，烦死人了。麻理子小妹妹。听到他喊自己"小妹妹"，麻理子感到一阵恶心。两年前吉住也喊自己"小妹妹"。那时候自己还是小学生，被他这样喊也没办法。但现在她已经念初中二年级了，这个医生一点都没意识到吗？

"好像还有点发烧，"吉住不再等待麻理子的回答，自顾自地说了起来，"尿里也有点血，而且昨天的尿液里还有总计2.7克的蛋白质。如果一直持续下去就要担心了，不过我想很快就会正常的。刚做完移植手术的时候，尿液里混有血液和蛋白质的情况很常见。体温明天应该也会降下来。至少尿液已经正常出来了，这个手术可以说很成功。而且没有感染，不用担心。"

吉住的声音在头脑里嗡嗡作响。

麻理子的脑海里浮现出两年前的事——吉住一脸惊讶，怀疑自己没有吃药的表情，还有父亲的目光。麻理子闭上眼睛，摇了摇头。但两个人的面庞一直盘旋在脑海里。麻理子忍无可忍，提高了嗓门。

"医生，你是希望我的这次移植也失败吧？！"

吉住震惊地后退了一步。站在他后面的父亲和护士都僵住了，眼睛瞪得老大。

"你，你说什么——"

"你就是这么想的，对吧！"麻理子喊叫起来，打断了吉住的话，她控制不住自己的感情，"你认为上次的失败都是我的错。你认为我是个坏女孩，所以这次也想让我失败，对吧？！"

"麻理子，别这样。"

狼狈的父亲插了一句，但麻理子无法控制自己。她想说的话太多太多。她大喊大叫，拒绝吉住靠近，哭得死去活来。惊慌失措的护士伸手轻触麻理子，想安抚她睡觉，但麻理子用力甩开她的手。

就在这时，插在侧肋的导管扭了一下，麻理子感到体内一阵剧痛。她尖叫一声，把头埋进枕头里。激动的情绪平息下来，她终于意识到自己在做什么。

睡了很久，后背和腰部都开始疼痛。麻理子告诉护士，护士帮她的身子换了个方向，但疼痛并没有减轻。发烧和背痛让麻理子昏昏沉沉，就连睁眼都很费力。

那天晚上，麻理子又做了那个梦。她躺在黑暗的房间里，不久，又传来那个啪嗒啪嗒的脚步声，缓慢而确切地走向麻理子的病房。麻理子死死盯着房门下面的缝隙间透过来的光线。

不知为什么，麻理子觉得那声音很可怕。

一定是护士查房的脚步声，麻理子告诉自己，然而依旧无法消除发自心底的不安。她觉得有人正要进入这个房间。不是护士，不是医生，而是某种可怕的东西正在走近。她抑制不住自己的这个想法。

身体里有两个东西正在以令人喘不上气的速度飞快搏动。一个是麻理子的心脏。啪嗒、啪嗒，随着那声音越来越近，麻理子的心脏也在恐惧中越跳越快。另一个却越来越欣喜似的。每当啪嗒声响起，塞在麻理子下腹部的那个东西就会开心地扑通扑通搏动。两处搏动声回荡在大脑和耳朵里，让麻理子的全身越来越烫。心口和下腹部各自乱跳，两处搏动几乎要撕碎麻理子的身体。

啪嗒。

一个影子从房门下面的缝隙里钻了进来。麻理子发出无声的尖叫。人影停在那里一动不动。那人站在麻理子病房的门口。

影子变了方向，要转向麻理子的病房。在改变方向的时候，又传来轻轻的啪嗒一声。

麻理子的心脏差点要跳出胸腔。而栖息在下腹部的那个东西却像是狂喜般地在体内乱窜。她的腰部不停颤抖，病床嘎吱作响，整个后背都被汗水浸透了。

死死盯着门口的麻理子，惊得目瞪口呆。

把手慢慢地、慢慢地转动起来。无声无息，速度慢得肉眼几乎无法分辨。门后面的那个人想要进来。

扑通。

麻理子的下腹部猛地一跳。病床弹起，麻理子的身体微微浮在半空。是肾脏，麻理子想。移植的肾脏想从身体里出来。她感觉自己快要窒息了，但视线怎么也无法离开门把手。麻理子终于想到是谁要进来。她感到无比绝望，狂跳的心脏突然停止了跳动。

门静静地开了，光线射进房间。

麻理子尖叫起来。她醒了。

4

圣美葬礼的第二天，利明就去大学上班了。和平时一样，他在八点二十分把车停到药学院的停车场，八点半进入自己的研究室。

还没人来。他打开灯，走向自己的办公桌。

自从圣美遭遇事故已经过了一周，利明的桌子上堆满了商家送来的新产品宣传册。平时如果有新问世的克隆载体、细胞因子的英文目录，他都会简单浏览一下，但今天的利明毫无兴趣，把它们一起扔到了桌子旁边的架子上。

就在这时，咔嚓一声，研究室的门开了。利明抬起头，回头望向门口。

浅仓佐知子呆呆站在那里，右手捂着嘴，一脸惊讶地看着利明。

两个人一下子都说不出话。气氛霎时变得很尴尬。浅仓嘴巴动了动，但还是没发出声音。她的视线游移不定，似乎不知道该说什么。

利明慌忙挤出笑容，抬手打招呼。

"……早啊。"

浅仓被他的声音吓了一跳，然后终于放松了些。

"……早上好。"她露出笑容，微微鞠躬。

研究室里的气氛松弛下来。利明为自己好几天没来学校道歉，并感谢浅仓帮忙葬礼上的工作。

"这没什么。"浅仓微笑着说。

"能给我看看过去几天的数据吗？"

听到利明这么说，浅仓表情灿烂地点了点头。

大部分理科院系的学生都会被分配给教授讲师，跟随教授讲师研究的主题开展自己的实验。药学院也是如此。利明所属的生理机能药学研究室，每年会分配十名大四学生。在研究室里，除了教授，还有一名副教授、一名讲师和两名助教，分工负责大四学生的课程。今年利明负责两名大四学生。目前，大四上学期的考试已经结束，终于可以将精力集中在实验上。不过利明负责的大四学生都计划读研深造，所以从八月份开始都要休假备考。研究生院的选拔考试定在八月的最后一天。

浅仓就是通过那项考试升入研究生院的学生。她大四时刚巧是利明负责指导，所以研究生阶段也继续从事同一主题的研究。她目前念研二，今年将会毕业。浅仓已经收到了某家大型制药公司的录用通知，接下来只等数据备齐，就可以完成硕士论文了。

"MOM 19的水平果然上升了。"

浅仓一边展示MAC打印的解析数据，一边向利明报告这一周的结果。浅仓在大四和研一的时候，做实验还有些笨拙，不过近来随着直觉和应用能力的提升，已经很有研究者的素养了。解说结果的时候也是有条不紊、简明扼要，让利明很容易理解。

"还有，老师做了基因导入的细胞已经长满了，所以我给它做了继代。就是导入了类视黄醇受体的那批。"

浅仓随口说的这句话让利明心头一惊。

她发现那个细胞了吗？

利明一边随声附和，一边偷看浅仓的表情。但恰在此时，一个大四生推开研究室的门走了进来，看到利明大吃一惊。

"早啊。"利明平静地打了声招呼，然后他开始和大四生谈话，没机会再向浅仓探听细胞的情况。

也许是因为和浅仓打招呼的过程很顺利，对于之后来上班的研究室人员，利明也得以毫无阻碍地向他们问好。大家都向他表示了哀悼和慰问，好在没有哭哭啼啼。

"你可以多休息几天，不用这么着急过来。"

利明研究室的教授石原陆男也这样对他说。利明对教授的关心表示感谢，但还是拒绝了。

"不来大学，我反而不知道该做什么。"

"是吗，"教授挑了挑眉毛，担心地说，"别太勉强自己。"

那天晚上，等研究室的人员都回去了，利明装作若无其事的样子走进培养室，打开培养箱的门。

他抽出培养箱里的不锈钢托盘。装有圣美细胞的培养板和培养瓶，摆放的状态和昨天晚上一样。培养瓶上部是利明写的"Eve"字样。他写这个名字，是因为圣美的生日在圣诞前夜。

自从开始做圣美肝细胞的原代培养，利明每天夜里都会来到这里观察细胞。凌晨两三点，估计学生们都走了，利明就会溜出家门，来这里看细胞。为了避免被人发现他在培养室，利明连灯都不开。超净工作台里的灭菌灯把房间染成蓝白色，利明借着这点光，死死盯着显微镜的镜头，出神地凝视培养瓶里的东西。

深夜里孤身一人躲在黑暗房间里观察显微镜，圣美会害怕这样的场景吗？利明忽然想到这个问题。圣美甚至连电视剧里的杀人场面都不敢看。在家里发现虫子的时候，她也总是害怕地喊利明来处理。利明没办法把自己的实验内容详细解释给这样的圣美听。结婚后不久，圣美曾经天真地问过利明的研究工作。利明开心地告诉她研究的大致流程以及已经加工成数据的结果，不过还是隐瞒了解剖大鼠、培养癌细胞和大肠杆菌之类的具体操作。他知道圣美肯定会害怕。就连提到要给老鼠做注射，圣美都吓得不轻，因此回家的时候他也会检查自己身上有没有残留实验动物的气味。

但现在圣美自己的细胞就存在于这样的培养瓶里。守灵那几天，利明在公寓里看过躺在灵柩里的圣美，又来到这里观察Eve。那时候他深陷奇异的错觉中，仿佛圣美分裂了，散落在各处。

对，圣美不仅有遗体和细胞。她的两颗肾脏也分别移植给了不同的人。

"对不起，按照规定，您不能和接受移植的患者见面。"

昨天，电话那头的女性这么答复他。

利明一时语塞，拿着电话听筒沉默了几秒。

"为什么呢？求求你，就见一面——"

对方打断了利明的恳求。

"因为涉及患者的隐私，非常抱歉，本院不接受捐献者的遗属探视患者。"

利明收到器官移植协调员织田写来的信，按捺不住自己的情绪，给市立中央医院打了电话。信上，织田用郑重的措辞告诉他，圣美的肾脏已经移植到两位患者身上，其中一位是十四岁的女性，术后恢复良好，所有人都对捐献器官深表感谢。信件的末尾还附了一句，如果有任何需要协助的地方，请随时与她联系。

圣美的肾脏还活着。她在某个人的体内重生了。每当想到这里，利明就感到一阵心悸。他想见见接受移植的人，更想从中找到圣美的痕迹。

然而最终利明只能失望地放下听筒。

仔细想想，院方的做法也无可厚非。如果同意捐献者的遗属与接受者接触，不难想象很容易发展成金钱纠纷。如果肾脏没能存活，双方都有可能产生精神上的负担。还不如彼此素不相识，这样也不会给今后的人生增添不必要的烦恼。

虽然明白这个道理，利明还是不甘心。

他想要感受圣美的存在，但如今遗体已经化为灰烬，他只能通过观察这些肝细胞来满足自己的欲求。没有灵柩的公寓里太黑了。虽然已经是初夏，房间里还是很冷。

回研究室吧，他想。重新投入工作，就不必在半夜里溜到大学去看细胞了。在研究的间隙，随时都能看到圣美。利明想多点时间和圣美在一起。

利明从恒温箱中取出培养瓶，放到显微镜下。他打开灯，双眼凑近镜头。

利明用左手中指转动旋钮，调整焦距。细胞很快显形。细胞附着在培养瓶底，表面突起呈星状。十几个细胞铺满了视野。利明移动载物台，左右调节视野，检查整个培养瓶的情况。培养液里加入了原代培养所需的若干生长因子，因而Eve毫无不适，呈现出生机勃勃的模样。

"……？"

利明观察了一会儿细胞的状态，忽然意识到一件奇怪的事，不禁瞪大了眼睛。

细胞在增加。

肝细胞与癌细胞不同，一般而言，不会大量增殖。自身的调控机制使得它只会在必要时分裂。如果没有这种调控机制，那就成了癌细胞。所以如果在培养瓶里培养癌细胞，只要给予血清做营养，癌细胞就会不断分裂，短短几天就能填满培养瓶。如果要继续培养，就必须加以稀释，也就是把细胞从培养瓶里取出来，再将其中一小部分放回去。这就是继代。但在培养肝细胞时，由于肝细胞的增殖能力原本就很弱，因此除了血清，还需要在培养液里加入促进增殖的因子，才能保证细胞不会死亡。而且即使如此，肝细胞也不会像癌细胞那样反复分裂增殖。正常来说，最长也只有几周时间，肝细胞就会全部死亡。

然而这些细胞的情况却截然不同。

细胞的分布并不均匀。有像群岛般密集的地方，也有稀稀拉拉的地方。只有在细胞增殖的情况下，才会出现这样的分布形态。自己之前居然没发现，真是太粗心了。增殖的速度似乎一天比一天快。增殖的是不是混在里面的成纤维细胞？利明仔细观察细胞的形态。毫无疑问，那的确是肝细胞。

利明又检查了其他的培养瓶，发现里面的细胞全都在分裂增殖。培养板的每个孔里都已经挤满了细胞，再不做继代，细胞就要死了。

这倒是很有意思，利明想。

作为普通的肝细胞，这个Eve却能像癌细胞一样不断分裂增殖。可能是与癌症相关的基因出现了异常，但圣美的肝脏并没有患癌，因而只可能是获得了极为罕见的细胞类型。细胞中肯定发生了某种以往从未报告过的独特突变。应该也很容易建立细胞株。

利明立刻打开超净工作台的灯，点燃本生灯，从冰箱里取出胰蛋白酶和培养基，将15毫升用试管连同整个包装一起扔进超净工作台，最后把装有细胞的培养板轻轻放进去。

他坐到长椅前，开始回收细胞。他要克隆这些细胞。利明对Eve突然产生了兴趣。说不定可以用在自己的研究课题"线粒体"上。各种问题在利明脑海里盘旋交错。线粒体的形状发生变化了吗？β氧化酶被诱导了吗？类视黄醇受体表达了吗？EGF受体的磷酸化激活了吗？如果线粒体有变化，它与细胞的增殖有什么关系吗？如果有关系，那又是为什么呢？

圣美的面庞浮现在脑海里。

圣美在笑。灿烂的笑容。大大的眼睛，弯弯的眉毛，即使不涂口红也呈现出淡淡桃粉色光泽的嘴唇，柔软的脸颊。她笑起来的时候，所有这些都会熠熠生辉。利明喜欢圣美的笑脸。他几乎听到了圣美那悦耳动听的笑声。

利明想起第一次见圣美的情景。不太喝酒的圣美喝了点啤酒，脸颊微微泛红，但笑容依然十分可爱。那时候利明滔滔不绝地介绍自己的研究，圣美听得津津有味。在两个人开始交往之后，这一点也没有改变。圣美愿意更多地了解自己，这样的纯真很令利明心动。不过另一方面，圣美似乎对实验怀着淡淡的嫉妒。每当利明说自己要做实验，需要晚点回家的时候，圣美都会显出寂寞的神色。利明也觉得有些对不起圣美，但又为自己无法向圣美解释而深感挫败。对圣美的爱，和对研究的热情，完全是不同维度的东西。这不是两者之中该选哪一个的问题。直到最后圣美也没有理解，对于利明而言，研究是必不可缺的。

不过，现在圣美与实验合二为一了。

利明感慨万千。将这种细胞作为研究对象，便可以和圣美在一起了。

在给细胞做有限稀释的同时，利明感觉到全身微微发热，他觉得仿佛是圣美在呼唤自己的身体。他就算见不到肾脏的接受者，至少还有这些细胞。通过处理这些细胞，自己得以与圣美建立联系。

一定要照顾好这些细胞。一定要尽力延长这些细胞的生命，并且获得有意义的数据。这样的话，圣美肯定也会很开心。结婚以后，自己常常很晚回家，没能给圣美足够的关心。他要将那些未能释出的爱意倾注在这Eve上，利明暗下决心。他开始处理下一块培养板。

5

"圣美出身于医生世家呀，真羡慕。"

朋友们经常这么说。

来圣美家里玩的朋友，都会震惊于房子面积之大以及装潢之奢华。客厅里放置着三角钢琴，实木的巨型书架上摆放着精致的法国人偶与音乐盒。圣美母亲喜欢做点心，所以圣美经常和朋友们一起分享饼干和蛋糕。

"我家就是个小公寓，爸爸是高中老师，总说没有钱。"

智佳大口吃着饼干，不过语气还是很明快。圣美说，哪有那回事，你家不是也有很多游戏吗？你还有个哥哥。

"那可不是，一点都不好。"

智佳夸张地摇摇头，哈哈大笑起来，然后还补了一句说，圣美家才是最棒的。

圣美有很多朋友，和大家在一起玩得很开心。上初中以后，也和大部分朋友保持着联系。尤其是智佳，两个人初一和初二都是同班同学，经常去对方家里玩。

圣美和智佳的性格、爱好都不一样，但不知怎么偏偏很合得来。智佳用历史课上学到的词取笑圣美家的夸张装潢，说她不愧是资产阶级。不过圣美并不为此生气，她知道智佳其实是在赞美她。最近可能是受到母亲的影响，圣美也开始对制作点心感兴趣，有时候还会和母亲一起做蛋糕。做洋娃娃和玩偶也很有趣。去年生日的时候，父亲送了她一本《绿山墙的安妮》^①，立刻把她迷住了。圣美把整套都买齐了，从头到尾读了好多遍。

"圣美就是有种大家闺秀的气质，"智佳感叹地说，"换成我在这样的家庭长大，是不是也会喜欢烤蛋糕呢？"

两个人吃完饼干，用吸管吸橙汁。

"我倒是希望像你一样跑得那么快。"

圣美想起今天在体育课上看到智佳跑50米的样子。智佳个子不高，但运动神经很发达，短跑尤其厉害，在全年级数一数二。她参加过好几次市里的比赛，在学校的秋季运动会上也大显身手。她跑步的时候，手臂摆动非常有力，在班级的接力对抗赛中，她经常会把其他班级的男生轻松甩到后面。在跑道上，就数智佳的身影最醒目。

"跑步可不行。越跑腿越粗，都没男生喜欢。"智佳开玩笑地说。

"才没那回事呢！智佳这么可爱，肯定能找到中意的男生。"

"得了吧。可爱这种词，说的就是圣美你。语文课上不是学过吗？"智佳仰面朝天，哈哈大笑，然后突然一本正经地凑到圣美面前。

"你、你要干什么？"圣美吓了一跳，问。

"审讯。你的回答将记录在案，请如实回答。你有权保持沉默，但你所说的每句话都将成为呈堂证供。"

---

① 加拿大作家露西·莫德·蒙哥马利创作的"安妮系列小说"中的第一部。后文中的"整套"即指这一系列小说作品，共八本。

"智佳，你怎么了？"

"你喜欢哪种类型？"

"啊？"

突如其来的问题让圣美不知道如何回答。她慌慌张张地四下里看了看，然后垂下视线，咽了一口唾沫，偷偷抬眼去看智佳。智佳眼睛里透出恶作剧的神色，抿成一条线的嘴角颤动不已，最后像是实在忍不住，爆发出一阵大笑。

"圣美你真好玩，"智佳笑得前仰后合，"用不着这么紧张嘛！"

"你……"

"圣美你喜欢的肯定是你父亲那种类型吧。"智佳终于忍住了笑。

"不知道啊。"

"肯定没错。稳重的大叔那种类型，又有魅力，又让人有安全感。有那样的父亲，做女儿的要求当然很高。"

"我没那么想……"

"话说回来，圣美的家庭就像电视剧一样。严肃的父亲，温柔的母亲，可爱的女儿。你们家可以直接拍室内剧了。"

"快别说了，我都脸红了。"圣美红着脸不停摆手，她提高声音，试图换个话题，"别再说我了，对了，智佳你呢？你喜欢哪种类型的？"

"我？这个嘛……"

智佳一下子恢复了严肃的语气，抱起胳膊想了一会儿。智佳的情绪很多变。相较自己文静的性格，智佳这种活泼的性格令圣美羡慕。

智佳思考了足足三十秒，然后笑嘻嘻地说："可能还是那种一直关心我的人吧。"

"……嗯。"

圣美也笑着点点头。

圣美的成绩很好，初中三年都参加铜管乐队的社团活动，没有上课外班就考进了县里升学率数一数二的高中。智佳在初三奋力学习，也终于能和圣美进入同一所高中。圣美知道，尽管智佳在人前嘻嘻哈哈，看不出辛苦，其实私下里非常刻苦。

圣美她们就读的高中，不仅看重学习，也很重视学生的课外活动。许多学生都参加了社团。智佳和初中时一样加入了田径部，同样地，圣美也加入了吹奏乐部。

高中生活很开心。圣美在学习和参加社团活动之余，喜欢读书打发时间。她读完了《源氏物语》，接着又开始挑战《绿山墙的安妮》原著。

日子过得很快，但圣美心中隐隐觉得这样的校园生活会一直持续下去。所以在升入高二的某个夏日，当班主任发下那份小册子的时候，圣美不禁惊讶地"啊"了一声。

那是一张B5大小的油印纸。印油没控制好，拖出一道道横线。那是升学志愿调查表。

那天放学后，结束了铜管乐队的练习，圣美正在收拾乐器的时候，智佳来到了练习室，单手提着书包和运动包。她站在门口，探头朝里张望，用空着的那只手轻轻挥了挥。她的头发有点湿，大概是在田径部的活动之后冲了个澡，在回家路上顺便过来看看吧。圣美也笑着朝她挥手，做了个手势示意她稍等一下。

等到吹奏乐部的成员几乎都回去了，练习室里变得冷冷清清的时候，智佳走了进来，坐到圣美旁边，出神地望着圣美擦拭乐器的动作，问她："圣美，你怎么想？"

"唔，完全没想过。"

圣美夸张地摇摇头。依然炎热的阳光从窗户照进来，落在圣美的手上。不过那并不是正午那样的强烈阳光，而是带有几分慵懒的余晖。时钟指向六点半。后面体育馆原本传来篮球社团的声音，不知什么时候也消失了。

两个人并排骑行在回家的路上。不知怎的，穿过住宅区的道路空荡荡的，像是睡着了。两个人都沉默不语，像是错过了开口的机会。圣美感到有些尴尬，不过还是配合着智佳的速度踩动自行车脚踏。

"好不容易习惯了高中生活，马上又要决定自己的升学方向，太匆忙了。"圣美终于下定决心，打破寂静，努力用开朗的语气对智佳说，"我现在只能想到铜管乐队。"

但是，智佳依然盯着遥远的前方，默默踩着脚踏。圣美看了看智佳的侧脸，又顺着智佳的视线望去。她们已经过了住宅区，骑到了从田地中笔直穿过的柏油路上。夜色驱赶着炎热的阳光，将周围逐渐染成深沉的蓝色。透过云层的缝隙，有一颗小小的星星。就在那时——

"我想当医生。"

智佳低低说了一声。

圣美吃惊地盯着智佳。但智佳没有看圣美，视线依然停在前方辽阔的天空上。

春天的时候，智佳的母亲过世了。详细情况圣美不是很清楚，听说好像是心脏方面的问题。尽管照料母亲和料理后事很辛苦，智佳在圣美面前却从没显露过悲伤。她总是开朗地笑着、开着玩笑，陪着圣美聊天。那段时间，智佳心里到底在想什么，圣美一无所知。

那天晚上，圣美怎么都睡不着。

我想成为什么样的人呢？以前她从没认真考虑过这个问题。她甚至无法想象自己去上班、领工资的样子。大学肯定要读，但具体读哪个专业、将来从事什么职业，她并没有明确的规划。还有时间。这些事情可以等上了大学再考虑。她的脑子里只有这些模模糊糊的想法。

正因为如此，今天智佳的话才格外冲击圣美的心。

至少，智佳知道自己将来想要从事什么职业。但圣美不知道，她甚至不知道自己想做什么。

圣美觉得，智佳远远走在了自己前面。

今后自己会过怎样的生活呢？圣美想。会遇到什么样的人，会生什么样的孩子，又会怎样死去呢？

圣美躺在床上，睁着眼睛，凝望昏暗的天花板。她的思绪飘散开来。垂在天花板下面的荧光灯开始缓缓旋转。她甚至不知道自己到底是醒着还是睡着了，唯有无数疑问在脑海中喷涌而出，翻腾起伏。

6

"感觉怎么样?"

吉住贵嗣努力挤出笑容,对麻理子说。

手术已经过去五天了,移植给麻理子的肾脏工作状态良好,没出什么问题。前天拔掉了留在肾上极的引流管,今天又拔掉了插在尿道里的导管。麻理子腹部还剩下连接膀胱前部的引流管,按计划明天也要拔除。

麻理子瞥了吉住一眼,猛地扭过头去。

……这么讨厌我吗?

吉住小心翼翼地掩饰自己的想法,继续对麻理子说:"好像退烧了,C–反应蛋白数值也在下降,应该感觉舒服多了吧。对了,你稍微有点贫血,调节一下输液量吧。"

吉住把检查结果简明扼要地告诉麻理子。他认为,如果麻理子知道自己的身体是什么状态,大概也会对今后的治疗表现出积极的态度,而且不管怎么说,得知没有出现感染和排斥反应的迹象,至少也能松一口气吧。

真正的移植治疗其实是在手术后才开始的。尤其是肾移植,手术本身不算复杂,任何训练有素的外科医生都能做。但吉住认为,真正的难题在手术之后。

对于接受者来说,移植的肾脏是与自己的身体不相容的异物,所以体内或多或少会产生免疫反应,试图驱逐移植肾。正是为了尽量抑制这种反应,才需要进行HLA配型,选择与接受者配型吻合的肾脏做移植。但光是这样并不能完全抑制免疫反应,还需要接受者长期服用免疫抑制剂。在以往的移植治疗中，通常采用双联药物疗法——联用硫唑嘌呤和泼尼松，但移植肾的存活率还是很低。不过现在开发出了环孢菌素、他克莫司等优秀的免疫抑制剂，存活率有了大幅提高。但人们发现这两种药物具有肾毒性，所以目前一般不会单独使用，而是与其他药物合并用药。吉住他们的团队综合各项临床实际效果，采用了三联药物疗法，也就是保持低剂量的环孢菌素，在此基础上合并使用肾上腺类固醇和抗生素咪唑立宾。由于麻理子是第二次移植，吉住开的处方适当减少了剂量。抑制免疫，当然会抑制对移植肾的排斥反应，但同时也会导致接受者更容易被细菌感染。对于免疫受到抑制的患者而言，病菌感染是生死攸关的问题。这就是为什么说困难在于手术之后。术后很长一段时间都需要定期给患者做体检，观察有没有排斥反应或者细菌感染的迹象，同时根据患者的状况调整免疫抑制剂的投放量。所以人们常常说，移植患者就是在排斥反应和细菌感染之间走钢丝。移植治疗不仅仅是移植医生的事，也需要护士、临床检验技师、药剂师的密切配合、紧密交流。这是吉住的切身感受。

麻理子依然背着脸。吉住看向站在后面的麻理子的父亲，但对方也避开了吉住的视线。

到底是怎么回事？吉住在心里叹了一口气。

麻理子根本不想配合。不仅不配合吉住，同样不配合护士与她父亲。她好像极力想要忘记和否定接受移植的事实。

有些儿童患者确实会对医生和家长的严格约束不满。在以往吉住负责的接受者中也有过这样的例子。但麻理子的情况似乎并不是单纯的不满。吉住不明白她为什么如此坚决地排斥移植。

是不是正因为没有弄清其中的原因，所以两年前移植的肾脏才没有在麻理子体内存活？

吉住心中涌起这样的自我怀疑。他慌忙摇摇头，打消了这个念头。

"后天应该就能下床了。稍微走动走动，肚子就会有饥饿感，吃东西也会变香。"

说着，吉住摸了摸麻理子的头。旁边的护士也微笑着说："是啊，麻理子。"然而麻理子还是看都不看吉住，一直沉默不语。她无力地晃动脑袋，像是连吉住摸头的动作都很抗拒。由于她不停地晃头，吉住不得不把手缩回来。

难道麻理子已经放弃治疗了吗？

两年前的麻理子可不是这样。

"医生！"那时候，麻理子会这样叫喊着扑过来。

她扑在吉住怀里，不停道谢，眼睛里还含着泪花。吉住也露出微笑，像现在这样抚摩麻理子的头。

在第一次接受移植之前，麻理子接受了将近一年的透析。后来她父亲向主治医生提出愿意提供肾脏，于是决定在这家市立中央医院做移植手术。

吉住第一次见到麻理子和她父亲，刚好是樱花盛开的时节。在移植医生与患者会面的房间，可以清晰地看到种在医院中庭的樱花。麻理子的注意力时不时被窗外的粉色风景吸引。

麻理子当时刚上小学六年级，高高的额头，大大的眼睛，穿着白衬衫和绿裙子。她会认真听吉住的话，觉得好笑的时候就会露出笑脸。可能是肾功能不全的缘故，她的脸颊有些浮肿，但依然是个很可爱的女孩。吉住感觉她的身高有点矮，一问才知道，从两年前开始，她的个子就不太长了。麻理子本来在班上算是个子高的，但在体育课和晨会上，她渐渐站到前排。这似乎让麻理子有些介意。

在吉住所在的医院，移植之前需要对患者进行若干次类似普及教育的活动。移植是什么样的治疗手段，有哪些利弊，要做哪些手术，移植后日常生活中有哪些注意点，等等。院方意在通过预先解释这些问题，消除患者对移植的误解和不安。有时候这项任务由护士负责，但吉住亲自给麻理子做了解说。

麻理子认真地听着吉住的话。当她得知做完手术还要一直服用免疫抑制剂的时候，似乎大受冲击，不过很快就在心里接受了这一点。

"一直是多久？"麻理子盯着吉住的眼睛问。

"活多久就是多久。"吉住也没有回避麻理子的目光，盯着她的眼睛回答。

"一直到死？"

"是的，能做到吗？"

麻理子垂下眼睛，沉默了半晌，像是在认真考虑。过了十几秒，她猛地抬起头来，紧闭双唇，用力点了点头。

手术录像也让麻理子震惊。吉住告诉麻理子，她也会接受这种手术，这让她显得有些害怕。

"会痛吗……"麻理子问。

不过当吉住告诉她，会给她做麻醉，不用担心疼痛的时候，她松了一口气似的笑了起来。

父亲的左肾被移植到麻理子的右下腹。术后恢复良好，没有出现ATN（急性肾小管坏死），也没有观察到血栓。

手术后的几天里，麻理子的话很多，她显得非常开心，总是笑着和护士、吉住说话。她身上体现出刚刚做完移植时典型的快乐与健谈倾向。那源于终于可以远离透析的解放感。越是对移植充满期待的患者，这样的倾向越强烈。不过，看到麻理子的笑容，吉住也不觉得有什么不好。对于麻理子来说，以往的透析生活绝对不轻松吧。这次的移植确实值得欣喜。

对于可以用自己的身体排尿，麻理子坦率地表现出感激。大约是因为终于能够回忆起排尿的感觉，术后过了一周左右，吉住回访的时候，麻理子一下子扑进他的怀里。

麻理子眼中含着欣喜的泪花，一直喊着"医生、医生"，把脸埋在吉住的白大褂里。吉住轻轻抚摩麻理子的头。

麻理子出院以后，吉住也见过她多次，给她做检查。因为类固醇药物的副作用，麻理子的脸显得有些圆润，但还是一如既往地可爱。她似乎为自己终于能和大家吃一样的东西而开心。以前在做透析的时候，她的饮食一直受到限制。

麻理子笑着说"饭菜很好吃""不用做透析真是太好了，移植真是太好了"。麻理子一遍又一遍地说。

"医生，我已经痊愈了吧？没有病了吧？"

不知是什么时候，麻理子在闲聊中问过这样的问题。她的嘴角向上翘起，脸上露出笑容，大大的双眼盯着吉住的脸。

麻理子为什么这么问？

吉住一下子不知道该怎么回答，他猜不出麻理子的真实想法。

"确实，麻理子已经和普通人一样生活了，可以说是治好了吧。"吉住回答说，"不过，你要知道，移植这种事情是不能松懈的。你现在还在家里服用免疫抑制剂，对吧？那个药绝对不能停，不然好不容易存活的肾脏就会停止工作。不管到什么时候，你都不能忘记自己是移植患者。你看，我们一开始就约好的，要一直吃药，对不对？你肯定能做到的。"

"……嗯。"

那时候麻理子也点头了。

是的，她很明白，而且点头了。

然而四个月后，麻理子回到了手术室……

"目前还没有在麻理子体内发现致病菌。"

吉住和父亲安齐重德一起离开麻理子的卧室。他把麻理子的父亲请去自己位于另一幢楼的办公室。作为父亲，安齐重德需要了解更为具体的术后注意事项。吉住请安齐坐到沙发上，自己坐到桌子的另一侧。

"护士每天都会采集麻理子的血液、尿液、痰液，还有引流液，送去检验科，检查其中有没有细菌感染。目前什么都没有发现，所以请放心。"

安齐擦了擦额头的汗，像是松了一口气。

"不过，安齐先生……"吉住看准时机，缓缓开口。有些事情，他想问问麻理子的父亲，"麻理子为什么会变成那样？"

安齐的视线一直低垂着。

"安齐先生？"吉住又问了一遍。

"那个……我不知道。"

吞吞吐吐的回答。吉住默默地盯着他。

"自从上次移植失败……我就不知道麻理子在想什么了。她不怎么表达自己的感情。可能是我看不出来吧……"

"麻理子不想移植?"

"那当然不是。"

安齐猛然抬起头,语气强硬地说,但吉住听出他的声音有些颤抖。吉住尽力摆出温和的表情。

"安齐先生,请您告诉我实情。我知道,站在父亲的角度,当然希望女儿能通过移植手术获得康复。这是人之常情……但是,这不是麻理子自身的想法吧?"

"唉……"安齐低下头,"事到如今再说这些话,我觉得很对不起您……其实接到协调员电话的时候,她就是那副样子。一开始是她接的电话,她都没告诉我,后来我得知有人来联系移植的事情,才赶紧打电话回去……那时候麻理子就表现得很抗拒,还出现了抽搐……非常不正常。"

"不正常……?"

"她说,'我不想变成怪物'。"

"……"

吉住不理解这到底是什么情况,于是换了个话题。

"手术之后,麻理子好像一直在做噩梦,您知道这是怎么回事吗?"

"这个我也不清楚。"安齐绝望地摇摇头。

"麻理子是不是在害怕什么东西?可能是移植给她留下了什么

不好的印象……所以她不愿意接受手术，夜里也会做噩梦。而且麻理子对我的态度也和以前完全不一样了。她讨厌的好像不是自己接受移植，而是移植这种行为，还有我这样的移植医生。为什么会这样，您能想到什么线索吗？"

"实在对不起，我什么都不知道。"

安齐垂头丧气地说。看他的样子，就像是反过来恳求吉住能告诉他一样。吉住不禁对他产生强烈的同情。

"……另一位接受者出现了促进性的急性排斥反应。"吉住突然说。

"促进……是什么意思？"

"术后二十四小时到一周内发生的排斥反应。这是因为接受者恰好带有针对捐献者同种抗原的预致敏抗体。目前正在继续治疗。"

"……"

"幸好麻理子这边很顺利。但我也不能确定接下来会发生什么。当然，我们会竭尽全力……但如果麻理子自己没有康复的意愿，可能也没办法战胜细菌。我们一起想想办法，让麻理子敞开心扉吧。"

"……要是能那样，该有多好啊……"

安齐的声音小得几乎无法听见。

7

利明坐在激光扫描共聚焦显微镜前，用附带的鼠标输入检测条件。样品台上放着培养瓶。他刚用罗丹明 123 给 Eve 1 做了染色。

这几天，利明已经完成了对圣美的肝细胞 Eve 的克隆。他将其中增殖力最强的克隆体命名为Eve1，并使其增殖，以便用于几个实验。

今年春天，药学院二楼的联合实验室引进了激光扫描共聚焦显微镜，而且是最新型号，ACAS ULTIMA。这台机器和办公桌差不多大，左侧设有倒置显微镜，右侧带有显示器，用于输入指令、解析数据。激光器位于背后，电脑放在桌子下面。

利明要研究的是存在于Eve1细胞中的线粒体的结构。罗丹明123是能够给细胞内的线粒体进行特异性染色的荧光色素。显微镜下的细胞已经对这种试剂产生了反应。用激光照射时，荧光试剂发生反应，放出特定波长的光。透过只允许该波长通过的滤光片观察细胞，就会看到线粒体的结构。不过，这台ACAS ULTIMA的划时代之处在于，它可以聚焦细胞的所有部分。细胞本身具有厚度，如果用普通的显微镜观察，怎么也不可能将焦点对准整个细胞，因而无法获得清晰的解析图像。解决这一问题的设备就是激光扫描共聚焦显微镜。这种设备能够在显示器上展现几十张图像，就像是把细胞从上到下切成片一样。然后再用计算机进行图像解析处理，将这些图像分层重叠，就能展现出细胞的立体姿态。在需要进行三维结构解析的神经细胞等研究中，这种设备能够大显身手。

利明点击画面下部，启动机器。显示器上开始出现一幅幅图像。黑色背景中到处浮现出绿色的细长物体，那是细胞内的线粒体。

数据读取完毕，利明调用了几个指令，在屏幕上调出三维图像。

屏幕上显示出清晰的图像。霎时，利明禁不住叫了起来。

那形状和他以前见过的线粒体完全不同，它们错综复杂，相互融合，在细胞内形成迷宫般的高度三维结构，就像是在细胞中建起来的能量高速公路。

利明的心脏怦怦直跳。他选择培养瓶的另一个细胞，做了同样的扫描，结果果然还是一样。Eve1的线粒体出现了令人难以置信的形态变化。

利明把解析结果打印出来，随即关掉机器，返回五楼的研究室。还剩了一些罗丹明123染色的Eve1，接下来他想再用流式细胞仪分析。

利明从培养瓶中回收染色完毕的Eve1，进行离心清洗后加入缓冲液悬浑，然后再度返回联合实验室。他打开流式细胞仪的电源，等了一会儿，显示器上出现初始画面。利明开始设置检测选项。

流式细胞仪也是检测细胞荧光强度的机器。将装有细胞悬浑液的试管放在机器下方突出的吸嘴处，细胞就会被吸入机器，送到激光光源中照射。这部分由极细的管子组成，因而细胞会一个个排成一排，从管子里穿过，按顺序逐一接受激光的照射。激光照射时，细胞会发出荧光。荧光强度则是衡量细胞被荧光试剂染色的程度指标。而在现在的情况下，它表示的是细胞中存在多少线粒体。这台设备与显微镜不同，它的特点是可以定量测量每一个细胞的染色程度，并绘制成图表。

利明设置好试管，点击画面上的"GO"按钮。显示器上立刻出现无数小点，表示细胞的大小。利明的目光集中在右侧显示的直方图上。表示荧光强度的条形图不断变化。

"这是……"

他发现荧光强度范围已经达到了最大值。这意味着细胞中的线粒体数量超过了一般认为的可能范围。结合刚才显微镜的解析结果，可以认为，Eve1的每个细胞中，不仅线粒体的数量在增加，而且形状也发生了显著的变化。显然，线粒体功能的控制机制出现了异常，过度诱导了线粒体。利明从没看过哪篇论文报道过如此多的线粒体诱导。太多了。细胞自身获得的异常增殖能力，也表明基因结合蛋白出现了突变。很可能正是它影响了细胞内的线粒体。

利明的脊背上闪过难以形容的兴奋。

圣美的身体里到底发生了什么？

利明把解析结果打印出来，随即跑回研究室。浅仓正在自己的实验桌前提取DNA。

"浅仓，过来一下。"

利明半拉半拽地把浅仓带到培养室，给她看了恒温箱里的Eve1的培养瓶。浅仓一脸诧异。

"能不能把这些细胞的mRNA取出来？"利明把培养瓶放到显微镜下，让浅仓去看细胞的情况，"我想用Northern印迹法①检查β氧化酶的诱导。"

"……这是什么细胞？"

浅仓的眼睛离开镜头，问利明。她似乎对突如其来的安排很不解。但利明对细胞的来历含糊其词，只说是从其他大学拿到的。浅仓显出不太信服的样子，不过没有继续追问，只是含糊地点了点头。

——————————

① 通常用于分析复杂混合物的特异RNA。

那天晚上，利明终于做了个没有圣美的梦。

梦里利明还是小学生，穿着短裤和T恤坐在榻榻米上，正在做塑料模型。摇头电风扇每隔一会儿就会给利明的后背送来一阵暖风。某处传来细微的风铃声。额头上微微渗着汗水。想起来了，那年夏天很热。

相比和大家一起出去玩，利明更愿意躲在家里看书、做手工。他喜欢看学习杂志上的怪兽图解，也喜欢看恐龙图鉴之类的读物，还喜欢去动物园和博物馆。

暑假即将结束的那天，父亲带他去了科学博物馆。他在博物馆里看到了一个奇妙的塑料模型。那是螃蟹模型。研究螃蟹水中行走的生物学家制造出一种机器人，可以模拟螃蟹的动作，而且能够通过控制器自由指挥螃蟹的行动。这种模型已经实现了商业化销售。利明一下子就被它深深吸引，求父亲买给自己，然后很快就制作起来。

因为零件不多，所以他没费多少工夫，螃蟹就做好了。它有着大大的螯和腿。按下遥控器的开关，中心部的马达便旋转起来，带动螃蟹身上通过螺栓连接的关节缓缓移动，挥舞起大螯，那样子真像在招潮似的。利明开心地按下另一个按钮，八条腿交替摆动，横向行走起来。那动作和水族馆的真螃蟹一模一样。利明着迷地指挥螃蟹在家里走来走去。

然后突然间利明意识到，别看这个螃蟹这样活灵活现，其实它的零部件非常简单，这个发现让他不禁倒抽了一口冷气。一个小小的马达就能模仿真正的螃蟹。生物竟然就是如此简单的东西？

但又好像不是这样。利明想起几年前养过的蝌蚪。那时候，他每天都兴奋地观察蝌蚪生出后腿、生出前腿、尾巴消失。那是机器人根本模仿不了的。

生物实在太不可思议了。

而且就算没有马达，动物也能自己行动，这也非常神奇。

房间角落里躺着去年暑假做的走马灯。那是他从文具店买来木工用的胶合板和玻璃纸，作为暑假的自由研究项目制作的。晚上，利明拿着那盏走马灯来到阳台，里面插上蜡烛，点上火，装在上面的纸质螺旋桨就开始慢慢转动起来，带动玻璃纸筒一起转动。在略显紫色的昏暗光线中，浮现出红色与绿色的哥斯拉身影，开始静静地转动……

上了初中和高中，利明才知道生物都是由一种叫作DNA的物质控制的。利明由衷地对DNA的完美构造感到惊讶。他很想知道为什么生命能够设计出如此精妙的遗传密码，以及这样简单的构造为什么能够表达出如此多样化的生命。

突然，梦境发生了变化。利明发现自己身处研究室，总体上显得很朦胧，有种破旧感。他找不到多肽合成仪，也找不到热循环仪。几根古老的石柱耸立在广场上。利明发现这里是当年的第二研究室。那是他读大四时被分配到研究室的场景。

"我希望你做线粒体的研究。"

那时还年轻气盛的石原教授这样对他说。他在利明加入生理机能药学研究室的前一年刚刚赴任，正在探索新的研究课题。

"虽然现在研究者关注的都是核基因，但在不久的将来，光靠核基因，肯定无法解释生命的本质。细胞也可以说是一个小社会。如果社会的某个部分出现了问题，那么社会秩序也会无法维持。我认为，我们的视角应该更全面才行。永岛，你觉得呢？要不要试试？我希望你能不断提出新的想法。"

利明很快就被线粒体迷住了。它的DNA构成与细胞核完全不同，一切都那么新鲜。这是一个未知的世界，超越了他以往在课堂上学过的生物化学和基因学知识。自己将要开辟一个全新领域，这让利明的内心激动不已。

线粒体就像不停旋转的走马灯一样，无声无息地旋转着。若干线粒体交织在一起，形成巨大的团块。它一直在旋转，就像马格里特^①的石头一样悬浮在空中，缓慢而悠闲地旋转着，投下黑色的影子。利明在梦中抬头仰望那个身影。它挡住了太阳的光芒，只能看到几乎是一片黑暗的形状。利明强忍着离开地面、被那黑暗吞噬的冲动，目不转睛地盯着它的身影。

Eve1的解析进展顺利。

不知不觉间，日历翻到了八月，每天都很炎热。校舍周围的树木叶片像镜子一样，将强烈的光照从研究室的窗户外面射进来，把房间里变得如同蒸笼。药学院的空调不够强劲，所有研究室的研究都停滞了，再加上大四学生纷纷请假准备研究生考试，更加剧了停滞的状况。利明所属的研究室也冷清下来，紧张感肉眼可见地不断衰退。研究室里只剩下利明和浅仓两个人。但利明丝毫不受影响，在热气蒸腾的研究室里，利明一边向浅仓下指示，一边埋头分析Eve1。

---

① 即勒内·马格里特，比利时超现实主义画家。

根据Northern印迹法和RT-PCR^①的解析结果，Eve 1显著地诱导和表达了 β 氧化酶。

"我还是第一次见到这样的情况。"实际做实验的浅仓在向利明展示数据时，掩饰不住自己的兴奋，"就算加入安妥明^②也不会诱导出这么多啊。一开始就出现这么多条带，这细胞到底是怎么回事？"

浅仓出示的照片上满是黑压压的宽幅条带，显示 β 氧化酶的mRNA正在增加。

"安妥明……"利明低声叨着，看了看浅仓。

"查一下这东西的类视黄醇受体的表达量，然后给培养基加些安妥明试试。看看增殖能力和线粒体的形状，还有转运实验。到底促进了多少转运，要拿具体的数据出来。对了，浅仓，你什么时候休假？"

"不了……"浅仓歪头一笑，"我今年毕业……打算不休假，把实验做完。"

"那好，我们再把这个实验往前推一推。九月学会的准备工作，到这个月底应该没问题了。数据都齐了。"

"好的。"浅仓点点头。

利明尝试在培养Eve 1的培养瓶里添加各种过氧化物酶体增殖剂。过氧化物酶体增殖剂，是促进细胞中的过氧化物酶体这种细胞器增殖的药剂，其代表就是安妥明这种治疗高血脂的药物。不过，

---

① 一种将 RNA 的反转录（RT）和 cDNA 的聚合酶链式扩增（PCR）相结合的技术。

② 即 clofibrate（氯贝丁酯），主要功效为降低血脂等。

这些物质同时也会诱导线粒体内的 β 氧化酶，导致线粒体自身的形状发生变化。这一点利明在学生时代就已经通过实验证明了。利明认为，给线粒体受到诱导的 Eve 1 投放这种物质，应该会进一步促进诱导。

结果正如预料。添加了安妥明之后，Eve 1 的线粒体显示出惊人的伸展速度，β 氧化酶的表达也变得极其丰富。当然，β 氧化酶向线粒体的转运也明显加快了。下一步就是要在基因层面分析详细的诱导机制了。利明坚信，线粒体的增殖机制，一定能通过 Eve 1 获得解释。

"来了！"

从绿色的邮政袋里取出那个东西的刹那，利明心中涌起热切的兴奋。

袋子里出现了 *Nature*（《自然》）的字样，紧挨在下面的是一行印刷文字 *INTERNATIONAL WEEKLY JOURNAL OF SCIENCE*（《国际科学周刊》）。浅仓站在利明身后，满脸期待地望着那东西。利明撕开袋子，拿出杂志。封面是一张颇具民族风情的绚丽壁画，上面用大号字体印着 *Science in Mexico*（《墨西哥的科学》），大约是本期特辑的名字。标题下面用稍小的字体印着 *Approaches to mitochondrial biogenesis*（《线粒体大量增殖的方法》）。

利明连忙翻到目录页，用手指逐条点阅投稿部分。涉及线粒体的论文有两篇，他找的是后一篇。

确定页码，翻到相应的位置，哥特体的文字跃入眼帘。

"太好了！"浅仓欢呼起来。

利明感到体内有一股热浪砰砰作响。那是自己的论文。自己写的论文，登上了《自然》杂志。上面印着利明、浅仓，以及教授的名字。其实印前样本已经邮寄过来了，但像这样亲手拿到正式发行的杂志，兴奋感又完全不同。去年投稿的线粒体相关论文，现在成了《自然》杂志上刊载的内容。浅仓高兴地叫喊着，身体紧贴过来，仔细去看利明手里的杂志。

成功了！利明在心中欢呼。

自己的论文登在了《自然》上，而且还收录在特辑里。然而自己现在的研究远不止于此。目前，Eve 1 的研究不断取得优异的成果。Eve 1 的研究结果迟早会震惊世界。一切都顺利得像在做梦。他的研究完全走在轨道上。凭借这些研究，他足以跻身于世界第一线的行列。

咚！

伴随着一声足以让身体颤抖的巨响，紫色的烟花在药学院顶上绽放。

纷纷扬扬的硝烟朝利明他们落下。

药学院所在的山丘边上有一条小河，河边正在举行花火大会。药学院是最佳观赏地点，可以清晰地看到从那里发射的烟花。那天晚上，利明、浅仓，还有留在研究室的其他学生和工作人员，一起来到药学院大楼的楼顶。

巨大的菊形烟花炸裂开来，几乎遮住了晴朗的夜空。那烟花近得仿佛触手可及。光球霎时填满整个视野，闪耀的火星仿佛随时都会落在脸上。利明往旁边看了一眼，浅仓佐知子正大大地睁着眼睛凝望着天空。每当烟花变幻出姹紫嫣红的色彩时，每当天空中铺满"菊花"和"瀑布"时，浅仓的脸颊也会随之呈现出绚烂纷繁的颜色。

　　利明和浅仓打开啤酒罐，仰望着满天的烟花，喝起啤酒。浅仓的眼睛闪闪发亮，站在利明身旁，向他表达感激之情。利明也笑着向她点头。空气中弥漫着硝烟的气息，但利明并不在意。那烟花就像是为了祝贺论文刊登在《自然》杂志一样。同时，利明觉得那也是在预祝今后圣美的细胞帮助自己的研究不断突破。他想和圣美分享这份喜悦。做不到这一点，也许是唯一的遗憾。他想给圣美看看这份《自然》杂志，也想和圣美一起仰望这场烟花。

　　扑通。心脏的跳动与烟花的爆炸声重合在一起。利明感到自己的皮肤在剧烈震颤。

8

　　片冈圣美考入了本地的国立大学。她学习很努力，但并没有参加夏校，也没有上补习班，更没有请大学生家教，就这样平平稳稳地度过了考试阶段。合格名单公布的时候，她和父母一起去看了录取公告。在文学院英文专业录取名单中找到自己的准考证号和名字时，圣美心中也只有一点淡淡的喜悦，并没有预想的那么激动。

　　自己读文学院真的好吗？直到开学典礼结束，圣美依然不明白。她选择英语专业，仅仅是因为喜欢读书、对英语感兴趣。然而等开始上课，交到了同一个系的朋友，她便发现大学生活要比想象的快乐许多。

　　在大学，圣美依然加入了吹奏乐部。在新生欢迎会上，她第一次喝了啤酒。高中时，几乎所有朋友都喝过酒，只有圣美没有喝过。啤酒很苦，也很好喝。学长们都很亲切有趣。她不知不觉有了醉意，脸颊通红。

"学长你是哪个系的？"

欢迎会进行到一半，大家纷纷交换座位。圣美也在学长的招呼下换了几次位置。她刚刚和身边的三年级学姐聊完一个话题，无意中看到对面坐着一位气质有些沉稳的学长。那位学长好像也刚刚和旁边的人聊完，脸上还带着一丝笑容，喝着剩下的啤酒。两个人的视线相遇，圣美笨拙地拿起啤酒瓶，给他喝空的杯子倒上啤酒。由于倒的势头太猛，一半都成了泡沫。圣美低头说了声"对不起"，那人笑着说"没事没事"，喝起泡沫。于是圣美便这样问了起来。

"药学院的。"那人回答说。

"药学院是学药物的吗？怎么做感冒药什么的？"

圣美这样一问，那位学长苦笑着喝了一口啤酒。

"本来应该是学这些内容的系部，不过还是有点不一样。高中时大家对药学院的印象大概就是培养药剂师的地方吧。其实我的高中老师也是这么介绍的。"

圣美点点头。她想起在自己的高中朋友中，也有几名女生听从老师的建议，选择去做医院的药剂师，据说那是适合女性的工作。

"但实际上，药学院的研究内容要比这个广泛得多。当然，以药剂师为目标的学习也不会少，但还要做更为基础的研究。这个系部有点不好分类，像是混合了医学、理学、农学、工学的产物。所以在药学院里，所属的研究室不同，研究内容也千差万别。有的人研究有机合成，有的人做分析，想办法搞清楚血液里含有的某种特殊物质是什么，还有怎么样用微量的样本做检测。对了，还有人每天都给老鼠打针，也有人培养几十种细胞。有些人的研究和药物没有直接关系，比方说研究细胞为什么会癌变，DNA为什么会复制。药学院虽然规模不大，但随便走进哪个研究室，氛围都完全不一样，所以外人更难理解我们在做什么。不过我认为，真正的药学院就在于把这些丰富多彩的学问综合到一起。"

那位学长介绍了几项药学院各研究室正在开展的研究。圣美随声附和，用心倾听。学长把艰涩的细胞和基因知识揉碎，用通俗易懂的语言给她讲解，所以圣美尽管只有高中程度的生物和化学知识，也能听懂他的话。

"真厉害，让我长知识了。您懂得真多。"

"不不不，我也只读了一年研究生而已。"

那人不好意思地挠了挠头。研究生课程是在大学四年毕业后的进修课程，这一点圣美知道。如此说来，这位学长的年龄应该是二十二三岁吧。难怪在系部占大半的新生欢迎会上显得气质沉静。

"可能的话，我还想攻读博士课程。不过那样的话，这就是我最后一次参加社团活动了。"

圣美很感动。自己完全把上课当成任务，而这位学长却以攻读博士课程为目标，认真开展研究。

"对了……学长你具体在做什么研究呢？"尽管觉得问了自己也不懂，圣美还是换了个话题。

"线粒体。"

扑通。听到答案的时候，圣美的心脏突然跳了一下。

圣美轻轻叫了一声，按住胸口。

"……怎么了？"那人诧异地看着圣美。

"没、没什么。"圣美赶忙露出笑脸，敷衍过去。

……刚才是怎么回事？

半晌，圣美侧耳倾听自己身体里的声音。但她只听到正常的心跳声。那奇怪的心跳只跳了一下就不知去向了。

圣美怀疑自己是不是有点醉了。为了不让学长担心，她再次露出笑容。

"真的没什么，请继续。"

那位学长还是一脸不太相信的样子，过了一会儿才继续说起自己的研究。

"线粒体这个东西，在初中、高中的课本里都出现过，我想你应该也知道。它是在细胞中提供能量的器官。"

"嗯。"

"当糖类或者脂肪被吸收进细胞，经过代谢，就会在线粒体内转化为乙酰辅酶A。于是三羧酸循环启动，生产出三磷酸腺苷，也就是ATP。ATP是体内各种能量的来源。"

"……我大概明白。"

圣美微微点头。她还记得一点高中时学过的知识。

"我的研究课题是，嗯……为什么线粒体中会发生这样的新陈代谢。代谢需要好几种酶，线粒体中装满了这些酶。问题就在这里。实际上，高中里没教过，细胞中具有遗传物质的不只是细胞核，线粒体也有自己的'线粒体DNA'。但与细胞核的染色体相比，线粒体DNA非常小，里面并没有包含用于代谢糖类和脂质的酶的信息。它编码的酶只是很少的一部分，只会在电子传递链中起作用。那么，代谢糖类和脂类的酶，基因保存在哪里呢？在细胞核的基因里。也就是说，细胞核控制着这些酶的合成。当细胞需要能量时，细胞核就会下达指令，生产代谢酶。生产的酶越多，代谢反应就越多。另外，酶一般由细胞质中的核糖体生产，所以生产出来的酶还需要进入线粒体。只有进入线粒体，才能发挥出酶的作用。那么，酶是怎么进入线粒体的？酶是蛋白质，很难穿过线粒体的脂质膜。而且细胞核怎么知道细胞需要能量？生产酶的指令又是如何传达的？把视野放开些，自然就会产生这样的疑问。细胞核如何控制线粒体？酶的基因原本应该是由线粒体携带的，为什么细胞核把这些线粒体的基因吸取到自己内部了？你看，全都是不可思议的问题。”

圣美被震撼了。她知道线粒体是什么，但从没想过这些问题。真的，这样说来，线粒体确实非常不可思议。她真切地体会到，自己以为看了课本就什么都知道，实际上还有很多没有弄明白的东西。而那些不明白的地方，正在被类似这位学长一样的人通过自己的研究一点点揭示出来。

学长似乎突然觉得自己的话太多了，苦笑着停住了口。他看了看圣美手边的杯子，给她倒满啤酒，又把瓶子里剩下的一点倒进自己的杯子里，然后问：“对了，你叫什么名字？”

“片冈圣美。”

“哦，片冈同学。请多关照。我叫永岛利明。”

圣美和这位名为永岛的学长一同举杯，笑着把玻璃杯送到嘴边。

9

"……我去和医生谈谈。"

安齐重德说着话，站起身来。

走出房间的时候，安齐又回头看了女儿一眼。麻理子却把头扭开了。她的嘴紧紧地闭着，可以看出女儿不想和自己说任何话。安齐低下头，离开病房。

走在医院白色的笔直走廊里，安齐一直在思考这次的手术。

手术过去十天了，麻理子至今都没有主动说话的意思。不仅是对安齐，就连对主治医生吉住和护士，也都不会主动说话。只有在问她身体状况的时候，她才会生硬地回答几句，但脸依旧朝着旁边。

昨天晚上她好像也做了噩梦，发出的惨叫声在走廊里都能听见。照顾麻理子的护士慌慌张张地想把她摇醒，但她似乎迟迟分不清梦境与现实。然而当吉住问她到底发生了什么的时候，她又什么都不回答。麻理子只是扭着头，沉默不语。

不知不觉走到了电梯门前。安齐按下向下的按钮，等待电梯到来。

他和主治医生吉住谈过很多次，每次都会谈到麻理子的自闭行为。

吉住说，麻理子让他感觉很棘手。和两年前相比，她就像变了个人似的。

然而安齐也不明白麻理子为什么会自闭。

上次移植的时候不是这样的。安齐也记得清清楚楚。一开始听说能接受移植，麻理子就十分高兴，手术刚结束不久，她还经常兴奋地找吉住和护士说话。

眼前的电梯门开了。安齐下意识地走进去，按下一楼的按钮。电梯门关闭，安齐感觉到缓慢的下降感。换气扇在头顶发出低沉的嗡嗡声。

"慢性肾功能不全。"

第一次听说这个词的时候，安齐还不太明白它是什么意思。那是麻理子读小学四年级的事。把麻理子送去休息室后，主治医生同情地说。安齐记得医生的办公桌旁放着一个小小的电暖炉。

"准确地说，是慢性肾小球肾炎。"那位医生说，"就您家孩子的情况而言，肾炎多年来一直在缓慢恶化。过滤出尿液的肾小球已经完全堵塞了。肾脏不再工作，自然也就尿不出来。请看这些数据。根据肾小球滤过率和尿素氮这两个数据，基本上可以判定是否患有肾功能不全。水分一直积累在身体里，所以您家孩子会浮肿、气喘、烦躁不安。"

安齐有种不好的预感。他放低声音问："能治好吗？"

"很遗憾。"医生当即否定，那斩钉截铁的语气让安齐大吃一惊，"目前还没有治疗慢性肾功能不全的方法。肾小球完全失去了作用，无论药物还是手术，都无法彻底治愈。"

"……那，我的孩子该怎么办？"

"还有透析的办法。实际上，肾功能不全的患者数量很多，大家都在接受透析治疗。这种方法是在身体上安装一个代替肾脏的设备，把积蓄在体内的尿毒素和多余的水分排出去。我给你介绍一家好医院。那里拥有全县最好的透析设备，很多肾功能不全的患者都在那里做透析。"

电梯不知不觉到了一楼。安齐下了电梯，走到大厅。大门外吹来的热气盖过了空调的冷气。安齐用手帕擦了擦脖子上的汗，向吉住办公室所在的另一幢楼走去。

回想起来，安齐意识到自己这几年都没怎么和麻理子说过话。他把所有的精力都放在了文字处理器的开发上——安齐心中总把工作放在第一位。今年他即将步入五十岁。安齐认为，如果不在工作上努力，自己就没有什么可以留诸后世的业绩。

不，其实这也不是近来产生的想法，安齐苦笑着想。自从进了公司，他一直这么认为，脑子里只有工作。妻子也不是自己找的。他从没有主动追过女人。只是在三十三岁的时候，部长给他介绍了一个对象，然后就这么谈起来了而已。无论是新婚之际，还是麻理子出生之时，他都不太愿意回家，就连星期天也经常去公司，很少陪伴妻子和麻理子。

买下房子后不久，身体原本就不太好的妻子去世了，宽敞的二层小楼成了象征寂寞的空间。麻理子就一个人在那里生活。

安齐下班回到家的时候，麻理子总是已经上床睡觉了。早上叫醒麻理子，他便匆匆赶往公交车站。每天都是如此。麻理子得了肾炎之类的事情，他当然不可能发现。

医生介绍的医院确实有完备的透析设备。第一次和麻理子一同走进那间病房，两个人都惊得瞠目结舌。大大的房间里摆放着将近五十台简易病床，其中大部分都有病人。由于每张床边都装了透析用的设备，导致整个房间显得狭小局促。所有人都萎靡不振地靠在床上，手臂上插着导管。有些病人在看杂志或漫画，有些则是坐在床边聊天打发时间。护士们在病人中间走来走去。安齐得知这家医院有近三百名透析患者。

患者的年龄各不相同。有比麻理子还小的孩子，也有许多满脸皱纹、年近七旬的患者，还有和安齐年龄相仿的男性的身影。也许是灯光的缘故，所有人都显得气色很差。明明有着现代化的设备，然而房间里弥漫着难以言喻的疲惫氛围。

麻理子并不能马上接受透析治疗。这家医院的医生告诉他们，必须先做一个手术，在手臂上植入一个叫作分流器的部件，把静脉和动脉连接到一起，加粗血管，促进血流，保证静脉血管总是畅通。麻理子采用的是名为动静脉瘘的方法。在孩子身上做这种手术有些困难，但不容易感染，而且能够持续很长时间。

手术的两周后，麻理子开始了透析。每周三次，一放学就去医院，每次透析要在床上躺四五个小时，坐末班公交车回到家的时候已经十点多了。这样的生活持续了半年。在这期间，安齐只去医院探望过几次。麻理子总是一个人躺在床上，呆呆地望着窗外，导管从左臂上伸出来。接受透析的时候，麻理子在想什么呢？透析过程中，常常会因为渗透压的变化出现痉挛。那种感觉肯定不好受。直到今天，安齐回想起女儿躺在病床上的样子，依然会感到心痛。眼看着自己的黑红色血液流入架在床头的监护仪，再经过缓缓转动的蠕动泵，流过细长的透析器，重新回到自己的手臂里，麻理子会是什么感觉呢？当时的安齐根本没想过这个问题。

"说到底，还是请把透析当作过渡治疗，"医生说，"小孩子患有肾功能不全的情况下，如果进行长期透析，很容易出现各种并发症。首先是身高停止生长，因为肾脏也有促进发育的功能。肾功能不全会导致发育迟缓。对孩子来说，长高具有重要的意义。麻理子如果一直这样做透析，可能也会为自己的身高烦恼。同时，还有可能发生骨损伤，生殖器官的发育也会受影响。"

"那，除了透析，还有什么办法……？"

"对于孩子来说，最好的还是移植。您考虑考虑吧。"

医生热心地向安齐推荐，但当时的安齐还没有心理准备——

把自己的肾脏捐给麻理子。自己躺上手术台，让手术刀切开肚子，把里面的器官取走？

他一时无法下这个决心。这听起来实在很可怕。会有问题吗？自己的身体会受损吗？他反反复复询问医生。

"听说你家孩子肾脏不好？"

和上司出去喝酒的时候，突然聊起了这个话题。安齐含糊地应付了两句，想把话题引开，但上司喝得酩酊大醉，偏偏不肯放过他。当时正是新闻上大肆报道活体肝移植的时期。

"父母把自己的肝脏捐给孩子，这样的亲情太伟大了，你说是不是？"上司口齿不清地说，"我听说国外是从死者体内取出器官，移植给患者。那样做太野蛮了。日本的做法才伟大。安齐，你也捐一个肾脏给你女儿吧。人人都有两个肾，少一个有什么关系？你总不忍心让你女儿受苦吧。你老婆都过世了，你女儿只能靠你了。你也学学新闻里的父母，那才叫亲情嘛。"

安齐脸上堆着殷勤的笑容，实际上压抑着满肚子的怒火。

上司的观点只是事不关己的夸夸其谈。你家孩子又没有肾功能不全，安齐想。不愿意给孩子提供器官的父母，就是不道德吗？父母一定要为孩子割除自己的身体吗？只要孩子的肾脏、肝脏出了毛病，父母就必须无条件地捐出自己的器官吗？没病没灾的，谁愿意做手术？如果有什么方法能不做手术，那自己肯定会选那种方法。难道说这么想就不配为人父母吗？但表面上，安齐只是紧紧攥着盛有清酒的杯子，一声不吭地听着上司的话……

回过神来，安齐发现自己已经到了吉住的办公室门口。他摇了摇头，让炽热的思绪冷静下来，然后敲响了吉住办公室的门。

10

恒温槽的水咕嘟咕嘟沸腾了。浅仓佐知子把样品管放进去，设好定时器。一天的实验终于接近尾声了。浅仓出了一口气，四下里看了看房间。

这里远离药学院，是放射性同位素实验大楼的二楼。浅仓所在的是处理低放射性物质的房间。四周静悄悄的，整栋楼里可能只剩下浅仓一个人了。她不经意看到挂在墙上的时钟，已经过了十点半。今天正是暑假过半的日子。浅仓苦笑了一下。这么晚了，除了自己，应该没人还在做实验了。

浅仓在对Eve1细胞的线粒体做蛋白质转运实验。她一大早就来到学校，开始做实验，但用密度梯度离心调整线粒体组分时，花费的时间超出了预计，等到同位素标记的酶蛋白终于发生反应的时候，天已经黑了。这项实验一旦启动，几乎就没有休息的时间。哪怕是像现在这样等待样品沸腾的一点点处理时间，对浅仓来说也很难得。

Eve1是一种不可思议的细胞。浅仓出神地望着气泡翻滚的水槽想。被分配到研究室的两年半里，自己跟着利明看到过很多细胞，包括癌细胞、原代培养的细胞等，但从没见过这么奇妙的细胞。

Eve 1还在不断增殖。利明向培养基里加入了与牛血清白蛋白偶联①的安妥明之后，Eve 1的分裂速度甚至超过了癌细胞。利明说，这是从人的肝脏中经过原代培养的细胞，但这并不足以解释它为什么具有如此旺盛的增殖能力。

关于Eve 1的来历，浅仓问过利明好几次。毫无疑问，那天晚上她在冰箱里看到的东西就是未经克隆的Eve 1细胞。但每次问的时候，利明都会巧妙地敷衍过去。浅仓背着利明查阅过细胞银行的商品目录，然而其中并没有名叫"Eve"之类的细胞。她也做过文献检索，同样一无所获。这就是说，Eve 1并非来自其他研究室，而是利明自行建立并亲自命名的细胞株。

但利明又是从哪儿弄来细胞的呢？

他应该一直在照顾妻子才对，至少浅仓是这么听说的。他应该没时间联系其他大学。

想到这里，那么答案只有一个。

浅仓打了个寒战，甩开了这个念头。她突然觉得自己正在处理的Eve 1的线粒体组分十分可怕。

浅仓无法想象永岛老师会做这种事。浅仓很感激利明。在这两年半的时间里，多亏了利明老师，她才能顺利完成各项实验。

浅仓读大四的时候，选择生理机能药学研究室，其实并没有明确的目标。现在回想起来，本科三年级的学生基本上不可能理解研

---

① 一个化学反应发生时其他反应以化学计量学的关系相伴进行的现象。

究室所做的研究内容。同班的学生选择研究室大多基于更为功利的理由，要么是方便找份好工作，要么是实验不难做，诸如此类。

浅仓也没有非去某个研究室的强烈愿望，所以大三时的学生实习也做得漫不经心。直到来到这个生理机能药学研究室开始实习，她才感觉到实验的乐趣。

那是提取大肠杆菌质粒DNA，并将某些基因嵌入的实验。浅仓原本一直把DNA视为神秘而崇高的东西，没想到只要那么简单的操作，就能将质粒DNA提取出来。浅仓甚至不敢相信自己可以亲手完成DNA的剪切。她不小心把自己的感想说漏了嘴，被旁边的老师听到了。那位老师温和地笑了笑，回答说："这项实习的目的，就是让你们明白这一点。"

那位老师就是永岛利明。

生理机能药学研究室的实习总结会在研讨室里召开。浅仓碰巧坐在利明旁边，于是她和利明交谈起来，得知这个研究室的实验对象是线粒体这种奇妙的物质。

那时候浅仓产生了加入这个研究室的想法。她感觉，在这里可以做更多有趣的实验，也可以做更多的事情。

她的愿望实现了。机缘巧合，浅仓分配在利明手下做实验。确定这个安排的时候，浅仓有种不知来由的兴奋。而从结果上看，分配在利明手下，对浅仓来说也是一种幸运。利明对许多东西都感兴趣，掌握了各种相应的实验技巧，因而浅仓也能体验各种实验。生化学领域最重要的实验手法，她基本上都是向利明学的。

实验很有趣。获得好的结果，得到利明的表扬，这也更让浅仓开心。利明对数据的洞察力总是让浅仓惊讶。当一个有趣的结果出现时，利明总能提出一个又一个假设，并迅速建立实验系统，考察如何证明那些假设。但利明并没有盲目开展实验，而是在仔细斟酌之后才决定下一步的行动。浅仓经常被拉进来参与讨论。那时候的利明，表情都在发光。浅仓完全为利明折服，但她也努力阅读论文、开展实验，试图缩小和利明的差距。之所以在读完四年大学后，选择继续在研究室里进修两年，而不是去找工作，也是因为她享受和利明一起做实验的过程。

浅仓也没想到自己会一直读到硕士。她在中学时确实喜欢理科，但从没想过会像这样穿着白大褂，到深夜了还在和同位素打交道。

"浅仓你个子真高。"

经常有男生这么说。小学五年级的时候，浅仓突然开始长个子，转眼就成了班上最高的那个。当时班里的男生看起来都很矮小。

初中读到一半，男生也开始长个子，比浅仓高的同学越来越多。不过她在女生中身高依然首屈一指。由于个头儿高，浅仓加入了女子排球部。社团活动很有趣，她平日练习也很认真。在比赛中战胜其他学校的时候，浅仓真的很开心。

但上了高中以后，她开始有些介意自己的身高。

浅仓长到一米七五左右就不长了，但和周围的女孩比起来还是很高。女生朋友有时候表达自己的羡慕，浅仓虽然脸上带着笑，内心却在叹息。她曾经和同年级的男生谈过一年恋爱，但因为自己比对方还高，她心里一直都很自卑。

平时买衣服常常买不到合适的，大部分店里卖的鞋子也都不合脚，即使看到喜欢的衣服也不能穿。所以除了校服，浅仓大部分时间都穿着衬衫和牛仔裤。

在学校里，浅仓偶尔也会成为男生揶揄的对象。那些男生大概只是打算开点小玩笑。但即使是那种程度的玩笑，积累起来也会产生相应的重量。浅仓就读的高中，晨会时总是按身高排队，女生站在男生前面。每次排队的时候，浅仓总是故意把身子微微前倾，对身后的视线很敏感。

上了大学，浅仓一直没有找到男朋友。她虽然没有为此感到寂寞，但偶尔也难免会问自己，是不是潜意识中介意自己的身高，所以对异性日渐消极了呢？还有，自己每天做实验做到很晚，是不是为了否定这个事实呢？

定时器的嘀嘀声回荡在房间里，唤回了胡思乱想的浅仓。样品的沸腾时间结束了。浅仓用拳头轻轻敲了敲自己的脑袋，算是惩罚刚才的心不在焉，然后把样品从恒温槽中拿出来，放到冰块上。

她把聚丙烯酰胺凝胶装到电泳设备上，等样品冷却后，将它注入凝胶上部齿状的凹槽里。浅仓用移液器小心地操作。

所有样品注入完毕后，浅仓打开电源，转动转盘，将电流设定为20毫安。电泳槽里立刻产生出粉末状的泡沫。

"终于好了。"

浅仓伸了个大大的懒腰。电泳需要将近三个小时才能完成，在那之前都没事了。

看了看时钟，已经过了十一点。如果去研究室里坐下来读文献，估计马上就会睡着。还是先回家洗个澡吧，浅仓想。她简单收拾了一下。

离开同位素实验楼，回到生理机能药学研究室，浅仓从柜子里取出自己的包，关掉房间里的灯，来到走廊，锁上房门。

马上要为参加学会做准备了，浅仓想。九月上旬召开的生化学会，浅仓要做一个口头报告。在学会上做报告的还有包括利明在内的其他三位老师和学生。为学会做的实验差不多结束了，还剩下两三个需要补充的实验。

这个Eve 1的解析，利明还打算做多久呢？浅仓感到有些奇怪。现在不是应该先把学会那边的实验做完吗？

浅仓走在走廊上。走廊的灯都关了，显得有些阴森。黏糊糊的暖风拂过浅仓的脸颊，脚下是室内拖鞋摩擦地板的声音。不知为什么，浅仓总觉得那声音被黏稠的风裹着，轻飘飘地飞向身后。

那细胞很奇怪。

这个想法一直萦绕在浅仓心头。不仅性状奇怪，那细胞本身似乎也在散发着什么东西。

说实话，浅仓不想靠近它。但这种孩子气的话，当然不能向利明开口。浅仓在默默做实验的过程中，时常陷入某种异样的感觉。

是直觉。浅仓想。

从很早以前，浅仓的直觉就很有用。虽然都是些无关紧要的小事，比如明天会肚子痛、排球比赛会输什么的，但每次都很准。浅仓每次都会感觉到脖子上的汗毛都要竖起来似的，后脑勺还有种又痛又痒的感觉，很难描述。

而现在，这种感觉一天比一天强烈。

是那细胞的缘故，浅仓想。

很不祥的预感。平时她并不在意，但在这样一个无人的夜晚里做实验，她忽然间又想起了这种感觉。如果是在研究室，至少还能打开收音机，转移注意力，但总不能在同位素实验楼里放音乐。可能这就是为什么她今天格外敏感。

浅仓希望利明尽早远离那些细胞，但眼下似乎不大可能。利明对Eve 1的执着已经超出了常理，浅仓看得出来。随着Eve 1的实验获得许多奇妙的成果，利明也日益开朗起来。和刚刚发生事故的那几天相比，最近这些日子，利明似乎找回了以前的自己，但仅限于没有做Eve 1实验的时候。一旦开始操作Eve 1，他就像是被什么东西附身了一样，连眼神都不对了。每到那种时候，利明全身都仿佛散发着异样的热量，浅仓甚至不敢和他说话。

而且，浅仓感觉Eve 1似乎也在迎合利明。事实上，利明做继代的增殖率要比浅仓做的更高，简直就像……

浅仓双手抱住自己的肩膀。

就像，细胞很开心似的。

"瞎想什么呢。"

浅仓强行否定了这个想法，沿楼梯走向一楼。不过她的脚步还是不自觉地加快了。没事的，只是自己想多了。浅仓心里这样想着，但还是快速跑下楼梯，想要早点回家。

11

"我们身体里居住着大量寄生虫。"那位教授开口就是这句话。

讲台前方垂着一幅字，上面用毛笔写着"生理机能药学 石原陆男 教授"。他的头发已经半白，五十多岁的年纪，声音却铿锵有力。可能比父亲年轻，圣美坐在大教室坚硬的座椅上想。

大教室是个长方形的房间，有一百五十张座位。与动辄有三百多名学生一起上课的文学院教室比起来，根本是小巫见大巫。不过药学院每年招收的学生不多，这样的大小已经足够了。圣美坐在稍靠后的阶梯座位上，俯瞰着讲台。教室里只有五十来人。圣美看到的都是背影，却能大致看出，其中一半都是年轻的学生。也有像圣美这种其他系的学生，但大部分学生应该都是药学院的，而且说不定就是这个生理机能药学研究室的学生。社会听众里多数是五六十岁的人，几乎没有十几岁的青少年。

微风吹拂面颊。教室的窗户开了一道缝，轻风从缝隙里吹进来。树叶的沙沙声宛如涟漪般回荡不定。玻璃窗外，青翠的嫩叶在风里摇曳，反射着柔和的光芒。

今年圣美已经是大三的学生了。

两年时间转眼就过去了。圣美认真听讲、做笔记，参加吹奏乐部的活动，参与大学祭和定期演奏会，和朋友们交换笔记、备战考试，还参加了社团的夏季露营与滑雪之旅。

"明年就该找工作了。"

忽然间听到朋友不经意说的这句话，这时候圣美才意识到已经没有退路了。不知不觉间，她忘记了刚上大学时的那种不安感，忘记了那种不知道自己该做什么、又该怎么做的烦恼。她以为这些问题尽可以上了大学之后再考虑，然而此时此刻她发现大学生活也要结束了，可是自己心里依然没有任何想法。

尽管才六月中旬，但持续高温。夏日般的热风摇撼着行道树的枝丫，白衬衫的领口在风中翻舞。秋冬时节阴沉沉的天空，如今也精力十足地亮出万里晴空，阳光笔直洒在道路和楼宇上。

就在这样的季节里，圣美受到文学院朋友的邀请，一同去听药学院的市民讲座。圣美所在大学的药学院，每年六月的第二个星期天都会举办面向一般市民的免费科普讲座，致力于普及药学知识。讲座除了当年的系主任及其他几位教授用普及性的语言介绍自己研究室所做的研究内容，还安排了专门的时间讲解药用植物的基础知识、药物副作用、艾滋病毒等近年来的热点话题。系部大楼后面的大型药用植物园也面向社会公开，可以在这里体验野餐。圣美知道这项活动的评价很不错，不过以前从没有参加过。朋友听说活动上可以无限畅饮朝鲜人参茶和折耳根茶，于是竭力邀请圣美同去。

　　讲座当天，湛蓝的天空依旧万里无云。早上九点三十分，圣美和朋友乘公交车抵达药学院。她就读的大学是典型的"章鱼形"布局，尤其是理科各系，分散在城市的各处。医学院及其附属医院位于城北，农学院位于车站后面，工学院坐落在山的一角。药学院位于一座小山丘上，要从圣美她们的文学院穿过去，再沿小路走五分钟。下了公交车，街景在下方铺开。不知道是不是心理作用，圣美总感觉吹过脸颊的风要比文学院的凉爽。

　　每场讲座一个半小时，上午一场，下午三场，其间可以自由参观植物园。上午的讲座十点开始。大厅里陈列着中药材，讲座目录也贴在这里。圣美浏览了一遍，看到上午的讲座题目是"制药：化学与药学"，看起来是关于药物开发的内容。圣美一边觉得自己可能听不懂，一边慢慢往下看。下面写着的是下午的讲座内容："用中药保护您的健康""什么是基因治疗"……她沿着标题一条条看过去。

　　最后一场讲座的题目跃入眼帘，"与线粒体共生——细胞社会的进化"。

霎时，圣美的心脏突如其来地"扑通"跳了一下。

扑通。

圣美慌忙捂住胸口。这不是正常的心跳，是与心脏的意志无关的、突然袭来的搏动。圣美感到窒息，头脑中染成一片火红。震动的余韵突突地传到手掌中。她用力按住胸口，试图阻止那种搏动。肋骨咯吱作响，乳房凹陷下去，胸部隐隐作痛。但无论如何用力压迫，也止不住心脏的搏动。圣美保持着这副姿势，侧耳细听身体内部的声音。一滴汗珠从太阳穴上滚落。眼睛死死盯在海报上，无法挪开。

圣美再也屏不住呼吸，微微咬住牙齿，大大地吐了一口气。异样的心脏跳动声退去了远方。像是与之呼应似的，与平时无异的小小心跳在胸腔深处重现。她感觉到血液恢复了正常的流动。

但圣美还是半晌无法动弹。又一滴汗水从太阳穴上滚落，沿着之前那滴汗水的轨迹落了下去。

"怎么了，圣美？"

朋友关切地端详圣美的脸。圣美摇摇头，回答说没什么，然后抬起视线。她想笑一笑，但只是嘴角微微抽搐了一下。

"真的没什么，我们去会场吧。"

圣美说完便抬腿走了出去。朋友依然显得有些担心，不过还是含糊地点点头，跟了上来。

即将离开大厅的时候，圣美又回头看了一眼刚才的海报。到底是为什么？圣美困惑不已。一看到最后那个讲座题目，马上就出现了奇怪的搏动。那和普通的心跳完全不同。

那就是所谓的心律不齐吗？圣美微微打了个寒战。"与线粒体共生"……为什么身体会对那个奇怪的题目发生反应呢？

搞不明白。不过，圣美已经对那场讲座产生了兴趣。逛植物园与品茶可以放到中药和基因治疗的讲座时间，但那场讲座一定要去听。圣美决定了。

然后，到了那场讲座的时间。

圣美的朋友刚刚离开，五点钟开始她有个家庭教师的兼职，但圣美不想错过这场讲座。

讲台后面准备了一块屏幕，旁边挂着幕布，上面用大大的字写着讲座的题目，"与线粒体共生"。上午，这行字曾经让圣美的心脏产生反应，尽管它现在已经不再干扰圣美的心跳，但心脏确实有过一次反应。圣美想知道那是为什么。那突如其来的搏动到底是什么？她觉得答案就隐藏在这场讲座里。

石原教授先举了蛔虫等几种寄生虫的例子，然后开始以体内的肠道细菌为例，解释"共生"这个词的含义。

"和寄生虫一样，肠道细菌也生活在我们的身体里，依靠我们这些宿主的营养存活。但是，正如我刚才所说，肠道细菌可以提供维生素K，它们对我们非常有用。像这样，不同生物共同生活、互相受益的关系，就叫作共生。虽然对我们来说，肠道细菌确实是寄生，但也是我们不可缺少的生物。那么，与我们共生的只有肠道细菌吗？当然不是。这里终于要提到本次讲座的主题了。我想大家在初中科学课上肯定听到过这个名字——线粒体。实际上，现在我们发现，线粒体也是一种与我们共生的'寄生虫'。当然，严格来说，线粒体不是虫子，所以寄生虫这个说法有点奇怪，但它确实是在与我们这些宿主共生，这一点是相同的。通过研究线粒体，我们获得了许多关于我们自身的有趣发现。我的研究室也在开展关于线粒体的研究。今天我想谈谈线粒体与人类的共生关系。"

说到这里，石原教授停顿了片刻，向等候在教室中央的幻灯片放映员做了个手势。操作幻灯片放映机的志愿者开始转动设备，与此同时，教室里的电灯从前往后依次熄灭，可能是工作人员在关灯。圣美下意识地回头看了一眼。

忽然间，她在视野边缘处看到一张熟悉的脸庞。

在圣美座位后三排的同样位置，坐着那名男性。圣美的视线落在那里，凝目分辨他的相貌。只是房间里太暗了，看不真切。那人似乎注意到圣美的视线，也朝她看过来。圣美有些不好意思，慌忙转回头。

屏幕上显示着放大的细胞模式图。

"这是人类细胞的简图，"石原教授用红色的激光笔指着说，"中间是细胞核，里面有染色体，储存着遗传信息。这边的椭圆形物体就是线粒体。如图所示，它有内膜和外膜，内膜是折叠的。我想这张图大家应该很熟悉，初中就学过。就像图上画的，课本上通常会把线粒体画成这样的椭圆形。但是，实际上线粒体并不是这种形状。你们可能从没想过它会是什么造型。那么请看下一张幻灯片。"

画面切换。观众中顿时发出一阵轻微的惊呼声。

"这才是线粒体真正的样子。"

细胞的图像占满了整个屏幕。漆黑的背景上，隐约浮现出菱形的细胞形状。其中有无数被染成绿色的卷曲丝线状物体，它们都朝向斜上方，仿佛马上就要扭动着前进似的。大约细胞核所在的中央部分有个突兀的黑孔。连圣美都知道，这是用某种方法对活细胞中的线粒体做了染色，放在显微镜下观察得到的图像。一个细胞中就包含了上百个线粒体。它们如同天鹅绒一样美丽，那壮美的形态足以颠覆圣美一直以来对线粒体的印象。

扑通。

心脏猛地一跳。

扑通。

又是一跳。

就是这个。圣美意识到。

心脏搏动的原因就是这个。心脏因为线粒体而兴奋。

但，为什么？

圣美的双眼紧盯在屏幕上。心脏的不规则跳动扰乱了她的呼吸，让她喘不上气，但她却连用手捂住胸口都忘了，只顾着凝视巨大的线粒体的身影。画面切换，投射了好几张染色的线粒体的照片。线粒体时而被染成绿色，时而被染成蓝色，在屏幕上膨胀、摇摆、融合、撕裂，变幻万千。圣美被它的形态迷住了。那起伏不定的外观与大肠杆菌非常相似，这一点让圣美无条件地接受了线粒体也是寄生虫的说法。

线粒体中也存在DNA，而且它与细胞核中的DNA属于不同的类型，这也是一项证据，证明线粒体是曾经寄生在细胞中的细菌的后代……石原教授一一解释了那段过程：在遥远的过去，当人类的祖先还只是弱小的单细胞时，线粒体侵入了细胞体内，然后与人持续共生下去。

"在这里，我们简单介绍一下细胞的进化史。地球上最早出现生命，一般认为大约是在三十九亿到三十七亿年前。最初的生命体形态很简单，就是包裹在柔软薄膜中的DNA。它们栖息在海底火山附近，依靠火山释放的硫化氢做营养。当时地球上几乎没有氧气。后来这种生命体进化成了蓝细菌，也就是今天叶绿体的祖先。它们通过光合作用制造糖类，释放出氧气。蓝细菌大量繁殖，在距今二十五亿年前，扩散到全世界的海洋，同时也让海洋和大气中的氧气越来越多，但这种情况却对以硫化氢为营养的古老细菌产生了威胁。那些古细菌和我们不同，氧气对它们来说就是毒气。所以随着蓝细菌的繁衍，它们的生存空间越来越小，只能躲在火山口附近生活。而在这时，出现了新的喜欢氧气的细菌。海洋里充满了蓝细菌制造的氧气，于是有些生物开始考虑能否利用氧气作为营养来源。这就是好氧菌，也就是线粒体的祖先。这种好氧菌依靠氧气，能够生产出远高于普通细菌的能量。生产能量意味着什么？意味着可以自由行动。所以这些好氧菌得以在海洋里四处游荡，直到十几亿年前，终于出现了一件里程碑式的大事。好氧菌进入了我们那些在火山口附近苟延残喘的祖先体内。它们本意可能是想吃掉我们的祖先，但最终没有吃掉，而是定居在祖先的体内。从这一刻起，线粒体与我们的共生就开始了。"

　　屏幕上显示出线粒体的电子显微镜照片。位于画面中央的线粒体，中部已经凹陷下去，看起来马上就要分裂成两半了。在它内部有一个黑块，它正以凹陷处为中心，即将分成两半。石原教授说，那就是线粒体的DNA。线粒体在细胞内分类、增殖。线粒体中的DNA也会复制出来，被分配到相应的新线粒体中。看它的样子，真的和细菌没什么不同。线粒体是活的，圣美想，我体内也栖息着线粒体，它们也在分裂。

"各位觉得，下面这样的想象怎么样？我们之所以能进化到现在这种程度，线粒体功不可没。我们的祖先通过与线粒体共生，从而获得了生产巨大能量的能力，不但变得喜好氧气，而且大大发展了运动能力，因而可以靠自身的力量获取营养，不再需要坐等飘荡的营养送上门来。正因为能够利用自己的能量移动到有营养的地方，才能获得新的能力，也就是思考如何捕获猎物的能力。我们的祖先开始思考，如何才能更有效地获取营养。从反射和本能等简单的神经活动开始，逐渐发展出高级的思维能力。

"另一方面，一般认为，在这一时期，不仅线粒体进入了细胞，蓝细菌也进入细胞中。它们又是什么情况呢？只要沐浴在阳光下，就能在自己体内生产营养，自然不需要刻意捕猎，因而也不需要思考能力。它们要做的就是扩大自身的表面积，沐浴更多的阳光。说到这里，大家应该已经知道了，它们演变成了植物。虽然有点简化，不过大家应该能够理解动物和植物的区别了。可以说，正因为我们与线粒体共生，所以才能像现在这样行动和思考。"

石原教授一边讲解，一边指向以巨树形态展现生物进化概要的图。在那张图上，"远祖真核生物"的主干与"线粒体"会合，形成"植物""动物""真菌"三个分支。其中"植物"分支又与从"蓝细菌"中分出来的"叶绿体"在半路会合到一起。在圣美看来，那张图上的线粒体枝干显得格外强韧。

屏幕回到了线粒体的照片。石原教授继续讲解。

"不过，现在线粒体并不能随心所欲地增殖。虽然没有完全弄清线粒体是怎么分裂的，但至少现有的研究结果表明，控制它们的是核基因。线粒体最初寄生在我们的远祖细胞体内时，基因中应该包含着能让自己增殖的遗传信息，但很快它就把那些遗传密码嵌入了宿主的核基因。所以今天的线粒体中只遗留了一小部分遗传密码。线粒体将自身的增殖以及用于构建自身的蛋白质的制造，都推给了细胞核。线粒体只负责生产能量。从线粒体的角度说，所有麻烦事都交给了细胞核，自己可以过得轻松自在。至于糖和脂肪这些生产能量的原材料，也由宿主细胞负责提供。而从宿主细胞的角度看，只要提供生产能量的原材料，线粒体就能为自己生产出自身无法制造的高效能量，也挺划算。也就是说，从远古开始，宿主细胞就与线粒体形成良好的共生关系，就像我们人类和肠道细菌一样。"

说到这里，石原教授停顿了片刻，喝了一口讲台上准备好的水。

圣美的心脏扑通扑通地跳着，简直要从胸口跳出来似的。她甚至没发现，自己微微张着嘴，呼哧呼哧地喘着粗气。随着演讲告一段落，圣美才察觉自己发出了声音，慌忙咽了口唾沫，闭上了嘴。她的心跳还没恢复平静，被堵住出口的喘息从鼻腔里猛冲出来。圣美害臊地用手捂住口鼻，试图遮挡声音。她闭上眼睛，深吸了一口气。

她自己也不知道为什么这么兴奋。为什么对线粒体如此着迷？为什么？不明白。扑通、扑通、扑通。心脏还在剧烈搏动。额头上渗出汗水。胸口和大腿内侧都被汗水打湿了，衣服粘在身上。她用手背擦了擦额头，黏糊糊的。

圣美睁开眼睛，从手包里拿出手帕，擦了擦额头和脖子。她又看向屏幕，只见石原教授正在解说线粒体的DNA。随着身体的衰老，线粒体内的DNA也会出现异常。这种现象与一种名为活性氧的物质有关。他还介绍了几种线粒体基因异常导致的疾病，解释了线粒体的基因如何遗传给后代。

"有趣的是，线粒体的基因是由母系遗传的。受精时，精子的线粒体也会进入卵细胞，但通常情况下，精子所带来的父系线粒体的DNA并不会在受精卵中增殖，只有母系的线粒体DNA才会增殖，所以在出生的孩子体内，线粒体基本上和母亲的一样。不过，这不是说涉及线粒体基因的疾病就都是母系遗传的。解决这个谜团，也是现在的研究课题之一。近年来的研究发现，线粒体基因并不完全是母系遗传……不过这些问题太复杂，在这里就不多说了。"

屏幕上的照片少了，取而代之的是色彩鲜艳的表格与示意图。那些似乎是用电脑画的图，并没有像刚才的显微照片那样让圣美感到亢奋。关于线粒体基因的话题持续了五分钟，不知不觉间，圣美胸膛扑通扑通的剧烈搏动放缓下来，逐渐变成咚、咚的小小跳动，慢慢恢复了原本的心跳。

圣美松了一口气，调整了一下姿势，同时集中精力听石原教授的演讲。话题正换到下一个。

"……我想大家在职场、学校，或者邻里关系中承受了许多压力。现代社会经常被称为压力社会，只要与他人一同生活，总会产生压力。宿主细胞和线粒体之间的共生关系也差不多。不同的生物生活在一起时，自然会产生压力。事实上，如果给细胞施加压力，就能诱导细胞产生出应激蛋白。研究发现，这些应激蛋白能够协调细胞核与线粒体的共生关系。"

石原教授用生动清晰的图表逐一加以说明。细胞中存在各种应激蛋白；应激蛋白负责将酶运送到线粒体中；缺少应激蛋白，线粒体就会出现异常。圣美的心脏完全恢复了正常。她看了看自己的手，发现双手依然紧握着拳。在强忍刚才的发作时，她情不自禁地用上力气，现在还没放松下来。圣美心中苦笑，松开了双手。她把手开合了几次，舒缓紧绷的肌肉。

就在这时，画面又换了，出现了一张巨大的柱状图。石原教授介绍说，这是他们研究室做的实验结果。研究人员研究的是，在应激蛋白缺损的情况下，酶向线粒体内运输的程度差异。横轴上写着各种应激蛋白的名字，名字上面是一根根条柱，有高有低。

"我们发现，当一部分应激蛋白消失时，线粒体中的酶表达就会受影响。这可能与线粒体功能下降所导致的几种疾病有关。"

圣美注视着那张图。她的视线随着石原教授的激光笔移动，理解柱状图的含义。教授解释完那张图，正准备讲解下一张图的时候，圣美的视线忽然捕捉到一处教授没有指出的细节。那是写在画面右下角的一行英文小字。

与此同时，圣美的心脏怦地一跳。

这一下太过突然，圣美不禁轻叫了一声，身子往前一倒。随着幻灯片切换的咔嚓声，屏幕上换成了另一幅柱状图。圣美慌忙把那张图的每个角落都扫了一遍，图案下方写着同样的文字，心脏又在猛跳。石原教授在说着什么，但圣美完全听不到。咔嚓一声，又换了画面。同样的柱状图，右下角还是写着那行字。第三次冲击又来了。圣美猛然从椅子上跳起来，发出巨大的声响。教室里的人一齐朝圣美望来，但圣美完全顾不上了。她的心脏正在失控。圣美奋力按住自己的胸口，拼命忍耐，但根本忍不住。她张开嘴，想要出声，然而只能发出嘶哑的杂音。圣美呼吸困难，脸颊发烫。扑通、扑通。胸膛里似乎马上就要喷出蒸汽。在如同一团乱麻的脑子里，圣美挣扎着思考为什么会发生这种情况。画面上的那行英文小字。她甚至都没有把那行字读完，更不明白那行字是什么意思。那写的是什么？圣美努力回想瞥见一眼的那行英文。眼前一片模糊。有人跑过来。想起来了。在圣美扑通扑通搏动的大脑里，那行文字突然浮现出来。

Nagashima,T.et a, J.Biol. Chem, 266，3266，1991.

她好像有印象。Nagashima,T——自己记得那个名字。T。扑通。Toshiaki。对了。扑通。Nagashima Toshiaki。在哪儿听过那个名字。在哪儿见过那个人。那个人，对了，刚上大学的时候……扑通、扑通、扑通。

"您没事吧？"

远处有人在说话。某个人抱起了圣美的身体。在昏过去之前的一瞬，圣美看到了那个人的脸。啊，就是他，圣美想。

与此同时，圣美的心底也响起另一个声音。

（就——是——他——）

剧烈的抽搐掠过全身。圣美的头埋在那人的臂弯里，任由失控的身体摆布。谁？圣美还没来得及叫喊，便昏了过去。

12

大约一周前，麻理子可以下床了。由于卧床了一段时间，身体很疲惫，脚步也摇摇晃晃的，但总比忍受着背痛一动不动地躺在床上要好。

躺在床上，只能看到白色的墙壁和几台设备。下了床之后总算可以走到窗边，看见院子。阳光很强，枝叶的浓密绿意令人目眩。盯着看上一会儿，就能感觉到外面的炎热，简直连汗都要出来了。

三天前，步行范围也扩大了。之前麻理子只能在病房里散步，而从明天开始，范围进一步扩大到医院的小卖部，也能够洗淋浴了。麻理子的顺利恢复让吉住医生和护士们表现出夸张的欣喜，然而这些空洞的表演只会让麻理子越发冷漠。所有人都在努力给麻理子鼓劲，但周围人的关心反而让她更为抑郁。

晚上，父亲来探望麻理子。

和往常一样，穿着西装打着领带。这身打扮不热吗，麻理子想。公司的空调很强吧。父亲露出心虚的笑容，朝麻理子举起一只手。

"身体怎么样？"

总是这一句。明明一眼就能看出来，非要开口问。麻理子叹了一口气。

"有什么想要的东西吗？想看的书什么的，我给你买。"

麻理子知道那张笑脸是硬挤出来的。她有些厌烦地开口。

"给我钱。"

"……什么？"

父亲被她突如其来的要求吓了一跳。

"钱。明天开始可以去医院的小卖部了。想要什么我自己买。"

父亲沉默了。漫长的沉默，还有寂静。

过了相当长的时间，才从不知道什么地方传来低沉的声音。可能是汽车的排气音，也可能是空调声，分不太清。等那嗡嗡声消失后，父亲才长长呼了一口气。

父亲说："你为什么这么抗拒？告诉我吧，求求你，求求你了。

"上次移植的时候，你不是很高兴吗？出院以后，你不是开开心心去上学的吗？为什么这次这么抗拒？你不想移植吗？你真的宁肯一直做透析吗？到底怎么了，能和我说说吗？

"麻理子……"

像是忍受不了麻理子的沉默，父亲的声音有些哽咽，最后完全停住了。不知何处又传来低沉的嗡嗡声。

麻理子不明白。她不明白父亲为什么会把肾脏捐给自己。

"……爸爸。"

父亲猛然抬起头。

"上一次，爸爸真的想把肾脏捐给我吗？"

"你说什么……？"

麻理子清楚地看出父亲的狼狈。她没有错过那一瞬。

她盯着父亲的脸。这次是父亲移开了视线。

"其实是爸爸在抗拒吧？你认为我得了这种病，给你添了好大的麻烦，对吧？如果妈妈还在世，你肯定想用妈妈的肾脏，对吧？结果都怪我，移植也没成功……"

"住嘴！"

砰的一声。

疼痛从麻理子的脸颊上慢慢渗开。半晌之间，麻理子都没反应过来发生了什么。

只见父亲低着头，浑身颤抖。他的脸藏在阴影里看不真切，但嘴里像是在念叨什么按捺不住的话语。

又过了一会儿，父亲走了。麻理子躺在床上，盯着漆黑的天花板。耳边不时传来嗡嗡声。侧耳细听，那仿佛是岩浆在地底流动的声音。

"安齐今天出院了。"

早上晨会的时候，老师这样对全班说，让麻理子站在班级前面。

麻理子感觉到全班同学的视线全都落在自己身上。坐在前排的那个同学抬头死死盯着麻理子的脸，后排的男生伸长了脖子，像是要把麻理子看清楚些。

"安齐接受了父亲的肾脏，做了移植手术，暂时不能做剧烈运动，不过今后可以和大家一起吃学校的伙食，放学后的活动也可以参加。安齐同学住院期间发生的事情，希望大家都能讲给她，帮助她尽快融入班级，课程进度也要和安齐分享。"

麻理子有点不好意思，在老师介绍情况的时候始终低着头，不过内心还是因为能回到学校而高兴。和朋友在一起才是最开心的。

忽然间，麻理子意识到视野角落里有什么东西在闪。她朝那边望去，只见自己的一个女生朋友正在轻笑着摆出一个小小的胜利手势。那个朋友没有出声，但用夸张的嘴形一个字一个字地向麻理子传达信息。

欢、迎、回、来——她在说。

麻理子笑了。她也趁着老师没注意，悄悄摆了一个胜利的手势。

学校生活很开心，所有朋友都对自己很好。课程进度推进了不少，数学和科学课上都有很多不懂的地方，不过朋友借了那些部分的练习册给自己，总算跟上了。很快麻理子的学校生活就恢复到了接受透析前的状态。能和大家一样生活，成为一种理所当然。麻理子非常高兴。

不过体育课和早晚的锻炼活动还不能参加，需要观察一段时间，确定自己真的习惯了才行。

那段时间里，体育课的内容刚好是游泳。麻理子抱膝坐在游泳池边，看着大家争先恐后地跳进水里。常常有同学动作夸张地溅起水花，一直落到麻理子身上。

看着大家按顺序在游泳池中游自由泳的身影，麻理子感到左侧下腹部有一块地方涩涩的，有种皮疹般的感觉。她轻轻用手按在那里，感觉体内仿佛有块疙瘩似的。

是爸爸的肾脏。

麻理子的侧腹清晰地残留着手术的印记。缝合的痕迹呈锯齿状凸起，像是突出的肌腱一样，形如巨大的蜈蚣，一扭腰就会变形。麻理子很讨厌这道伤痕。那下面埋着父亲的肾脏。尽管手术已经过去很久，但麻理子还是对那肾脏怀着无法接受的不适。虽然平时可以不太在意，但每当类似游泳课这样的时候，看到同班男生的身体时，麻理子都会清楚地意识到侧腹的存在，也会不情愿地想起自己接受了移植的事实。

而一旦意识到这一事实，那么之前住院的记忆，以及再之前透析的记忆就会连锁性复苏。不能吃自己喜欢的东西，晚上必须去医院，大家都在看的电视也看不到。她也很讨厌躺在床上睡觉的时候伸出胳膊。最难受的是要控制喝水量。她不知有多少次渴望过随心所欲地喝水。

一旦感觉到肾脏在活动，即使游泳课结束以后，那种感觉也迟迟不会消失。

为什么有这么多皮疹呢？麻理子想。

难道是爸爸的肾脏不适合我？

麻理子的背脊闪过一道寒意。

万一又犯肾炎了呢？万一这颗肾脏也坏了呢？又要做透析了吗？又不能随便吃东西了吗？

不应该这么想。不会出现那种情况的。想都不愿想。每当胡思乱想的时候，麻理子就会用力摇头。无论如何，父亲只剩下一颗肾脏了。就算这颗肾脏不行了，自己也不会有新的了。

对，本来应该不会再有了。

遗体的移植肾脏没那么容易排，这是吉住医生告诉她的。必须一直等到适合自己身体类型的捐献者出现才行。正因为听说了这件事，麻理子才做了登记。如果说自己再也不接受移植了，父亲可能会生气，所以姑且做了登记。至少自己是这么打算的。

麻理子也不知道自己是不是想要再做移植。她尽量不去想这个问题。一想起做透析、做移植的情景，她就感到揪心的痛苦。每当那种时候，她只能紧闭双眼、咬紧牙关。明明能随便吃东西了，明明能过正常的生活了……这样的想法一直在她脑海里盘旋，怎么也停不下来。麻理子不知道该怎么办才好。为什么自己要那么做？她满脑子想的都是这个问题。

到底是怎么开始的呢？麻理子在记忆中搜寻。这一切是从哪里开始的呢？

水花四溅的声音。很熟悉的声音。麻理子以为是游泳课，但并不是。远处传来嘈杂的人声，听不清内容。麻理子侧耳细听。嘈杂声越来越近，声音也越来越大。嘈杂声变成喧闹，喧闹又变成欢呼声。又是水花溅起的声音。欢呼声震耳欲聋。

眼前突然一片开阔。

明亮的天空。湛蓝的天上浮着一朵白云，宛如映在水里似的。

欢呼声包裹着麻理子。麻理子和大家一起站起来欢呼加油。水花声透过欢呼的缝隙钻进耳朵里。哦，对了，她终于想起来了，那天进行了以班级为单位的游泳对抗赛。

个人项目结束了，现在是最后的接力赛。每班三名男生、三名女生，各自交替游二十五米。这是小学的最后一场游泳大会，而且也是最后一个比赛项目，大家都达到了兴奋的最高点。

第四个人跳进泳池的时候，麻理子的班级名列第二。距离排在第一的选手还有五米左右，完全有可能逆转。所有运动员都以惊人的速度前进。其他人都拥在泳池边，探出身子给运动员加油。麻理子身上也溅了不少水，但她已经顾不上了。

麻理子班上的运动员触碰泳池壁的时间比位列第一的选手晚几

秒。与此同时，伴随着飞溅的水花，第五名选手跳进泳池。

第五名运动员也是最后一个女生选手。麻理子班上的选手足足潜了五米，才出现在水面上。目测与第一位的差距缩短到了三米左右。

"加油！"

麻理子和身边的朋友一起高喊。

但差距没能继续缩小。麻理子班的选手和第一位以同样的速度飞快游了将近二十米。最后一名运动员在跳台上做好了准备。

"麻理子，快看，一班压轴的是青山。"

旁边的朋友用手肘捅了捅麻理子。麻理子吃了一惊，看向一班的泳道。

真的是青山。他可能双休日也去泳池训练了，因此皮肤晒得相当黑。青山站在跳台上，朝着游过来的同班同学大声叫喊，还不停地用力招手。就在这时，麻理子的肾脏突然抽痛起来。麻理子皱起眉，摸了摸下腹部。本来都忘了移植的事，现在突然又想起来了。就在看到青山那一身黝黑的瞬间，她的心脏怦怦直跳。麻理子大声叫喊加油，想忘掉肾脏的不适。她又看向整个泳池，想知道现在一班排在第几位，结果吓了一跳，现在排到第三了。

哗啦、哗啦，巨大的入水声响了两次，排在第一的班级与麻理子班级的压轴选手出发了。欢呼声更加热烈。

"马上就到了！"

麻理子听到大声的喊叫。是青山。他在跳台上探出上半身。一班选手只差一两米就要碰到泳池壁了。

排在第一的班级和麻理子班级的压轴选手把头探出水面，在换气的同时开始划水。两个人之间的差距依然是三米。

然而麻理子的视线却无法从青山身上移开。她知道该为自己班加油，但还是紧紧盯着正在跳台上大喊的青山。

一班的选手触壁了。

青山立刻纵身跳进水里。他比其他人跳得都远。划出一条美丽的弧线，青山的手臂伸得笔直，切入水中。

麻理子没有听到入水的声音。青山无声无息地切进水里。

不仅没有水声，连周围的声音都消失了。麻理子也好，周围的朋友也好，尽管所有人都在放声大叫，周围却像冻住了似的寂静无比，她仿佛置身在无声电影中。

青山浮出水面。他侧着脸换了一口气，然后左手从拇指处切入水面。他的身体在泳池里前进。

就在这时，麻理子发现自己班上压轴选手的脚趾，和青山伸出的手指处在同一位置。青山一下子大大缩短了自己和麻理子班级的差距。

喉咙好痛，喊得太大声，声音都嘶哑了，但麻理子还在不停地喊。尽管自己听不到声音，但她还是竭尽全力地叫喊。

她不知道自己在为谁加油。她想为自己班的运动员加油，但眼睛里只有青山的身影。青山的速度更快了。几乎没有什么水花，却在不动声色地赶上麻理子班级的选手。差距只剩下五六十厘米了。

压轴选手来到了麻理子面前。距离终点还有五米。在麻理子的正前方，班上的选手和青山的身体重叠在一起——追上了。就在这时，青山刚好把脸抬出水面换气。

麻理子感到两人的视线撞在一起。

她吓得倒抽了一口冷气。肾脏又在抽痛。麻理子连加油都忘了，怔怔地盯着青山的身影。

排在第一的运动员触壁了，第二位和第三位紧随其后。突然间整个游泳池暗了下来，云朵遮住了太阳。

青山的手指触壁了，快了一瞬。

欢呼声此起彼伏。声音像雪崩一样涌进麻理子的耳朵里。所有人都在高举手臂，大喊大叫。

"麻理子，第三名！"

旁边的朋友扑了过来。

麻理子也在欢呼。

满脸笑容地大声欢呼。

青山是一班的班长，个子有点矮，但运动能力很强。他为人开朗，经常会说一些趣事惹得大家哈哈大笑。麻理子和他不在同一个班，但他在整个年级都很受瞩目，所以麻理子很早以前就知道他了。从五年级开始，麻理子就觉得他很酷。

他们从没有说过话，因为没有机会。而且青山很受女生欢迎，麻理子经常看到他和一些女生聊得很开心。

麻理子觉得自己配不上他。

青山是运动型的男生，所以肯定也喜欢擅长运动的健康女生，麻理子想。我做过透析，身体一直不好，又做过移植手术。虽说现在也能上体育课了，但怎么说都算不上健康。而且个头儿也很矮，侧腹还有手术留下的伤口，每天都要吃药。怎么看怎么像是个病秧子。还没开始，麻理子就放弃了。

尽管如此，她还是问过吉住医生。

"医生，我已经痊愈了吧？没有病了吧？"

她希望听到吉住医生说，自己已经不是病人了。

但她没有听到希望的回答。如果忘记吃药，就会产生排斥反应，所以绝对不能忘记自己做过移植。

听到这话，麻理子只能点头。她知道医生说得对。

为什么自己会得肾炎？她从没像这时候一样讨厌自己的身体。

如果没得肾炎，自己就能运动了。麻理子这样想。

尽管如此，在走廊上偶然和青山擦肩而过的时候，麻理子还是有点雀跃。放学后，她会特意从一班门口经过，偷偷往里面看。从麻理子班的教室去鞋柜处的话，刚好和去一班的方向相反，所以从一班门前经过后，还需要沿着走廊继续前进，整整绕大楼一圈，才能走到鞋柜处。如果青山不在，麻理子就会装作若无其事的样子走过去，但如果看到了青山的身影，她便按捺不住内心的喜悦，不由自主地放慢脚步。

后来，这样不行了。

暑假结束，九月过去了两个星期，大家都快遗忘暑假的感觉了。

那天放学后，麻理子又绕路去一班。她像平时一样偷偷扫视一班的教室。没看到青山的身影。

麻理子有点失望，正要走开的时候，一班教室里传来一声大喊。

"安齐，你在干什么？！"

麻理子吓了一跳，停住了脚。

她往教室里看，只见里面有两个男生笑嘻嘻地坐在课桌上。

教室里没什么其他人了。看来是傍晚的班会结束得早，大家都回去了。

"你怎么老是来偷看？"

他们两个去年和麻理子同班，总是对女生动手动脚，麻理子很讨厌他们。

"关你们什么事。"

为了掩饰自己的尴尬，麻理子回答得很冷淡。

然而这似乎刺激了两个人。其中一个突然换了语气。

"别以为我们不知道。你不就是喜欢青山吗，所以才跑过来偷看。"

被拆穿了。

麻理子意识到自己满脸通红。她想说点什么，但只能张着嘴，什么都说不出来。

"真不巧，青山已经回去了。不过他说，他才不会喜欢你这种矮冬瓜呢。"

两个人冷笑起来。

麻理子转身就走。她想尽快逃离。

就在她跑起来的时候，背后传来那句话。

"嘿，听说她爸把肾脏给她了。"

麻理子的脚被定住了。

"听说她自己的肾脏不行了，所以把她爸的肾脏装到自己身上。"

为什么要提这件事？这和青山有什么关系？麻理子想捂住耳朵，但她全身僵硬，动弹不得。她想马上消失，双腿却无法动弹。

两个人谈得起劲，像是故意让麻理子听到似的。

"就像那个弗兰肯斯坦，对吧？"

"把别人的肾脏抢过来，好让自己活下去，真恶心。"

"就是个怪物，肚子里面都是凑出来的补丁。"

"也不知道能不能尿尿。"

两个人哈哈大笑。那声音在麻理子的脑海里嗡嗡作响。够了，麻理子叫了一次又一次：我不是怪物，我不是弗兰肯斯坦。她叫喊着，但发不出声音。

"你们闭嘴！"

传来不知是谁的叫声，与此同时，麻理子面朝下栽倒下去。她又能动了。额头撞到走廊的瓷砖上，脑袋嗡嗡作响。蒙眬的眼睛里看到教室中几个女生正在和那两个男生扭打，但看不清是谁。

麻理子逃了出去。有个女生的声音追在后面喊："麻理子，等等！"但麻理子没有理会。到鞋柜的距离太长了。她飞快换好鞋，头也不回地跑回家去，一次都没有停下。她喘不上气，横膈膜疼痛不已，眼泪模糊了双眼，扭曲了周围的景象。

一到家，麻理子就把药扔了。她从袋子里取出药，撕开包装，把五颜六色的胶囊和药片全都倒进马桶。那是医院开的免疫抑制剂。她拉下冲水把手，药物随着水流的漩涡被卷进下水道。咕嘟咕嘟的声音在麻理子耳朵里回荡。

我不是怪物。

我不是弗兰肯斯坦。

麻理子蹲在马桶前，把脸埋在双膝之间，泪水溢出眼眶，滚下面颊，怎么也止不住。她在洗手间里呜呜抽泣。

于是，出现了排斥反应。

麻理子立刻被送到医院，住进了ICU。排斥反应一旦开始就会不断恶化，不可能挽回。麻理子还记得吉住医生一脸难以置信地盯着她的表情。

"为什么不吃药？"

吉住的语气异常生硬。但麻理子不承认。

"我吃了。"麻理子说。吉住根本不相信。

"吃了药不可能出现这么严重的排斥反应。"

"我就是吃了。"

"不要撒谎。你的情况明明很好，为什么会这样？说实话，你没吃药，对吧？明明再三提醒你。"

吉住重重叹了一口气。他大概并不想在麻理子面前表现出绝望，但麻理子没有忽略这一点。

"摘除吧。"

最终，在移植手术的半年后，吉住宣布。

"麻理子体内的肾脏已经萎缩，今后不会再有效了。"

吉住和麻理子父女讨论了今后的对策，但与其说是讨论，不如说基本上只有吉住一个人在说话。他坐在麻理子的床前，不时悲伤地看看麻理子。那可能只是麻理子的错觉，但看起来确实如此。而父亲听着吉住的话，一个劲儿地唉声叹气。

我毁了父亲千辛万苦捐给我的肾脏，麻理子想。她不敢想象父亲心中在想什么，但那时候她的思绪已经停不下来了。

父亲当然会生气。自己捐的肾脏被自己的孩子拒绝了。肾脏本来已经顺利存活，但女儿故意扔掉了药物，主动引发了排斥反应。无可救药的孩子，父亲一定在这么想。

吉住医生应该也是一样。好不容易做完了手术，花了那么多时间、精力治疗，结果病人非要犯蠢，真是个不听话的孩子。他一定也是这么想的。

肯定是这样。

麻理子闭上眼睛。不知什么时候，低沉的嗡嗡声已经消失了。

麻理子怎么也睡不着。外面的热气仿佛已经渗进了屋里。她翻了个身，床板发出轻微的咯吱声。

如果没有继续出现感染的话，就可以出院了。麻理子想象出院后的情况。

她不想回学校。那两个男生的笑声还回荡在耳边。去学校早晚还会遇到同样的中伤。一想到那个，麻理子就无法忍受。宁愿再做一辈子透析，也不想听到那样的嘲笑。

明天早上护士会来。她会拿着一个白色的袋子，里面装了胶囊和药片。那是免疫抑制剂。

不吃会怎么样？麻理子忽然想。

假装吃药，实际上将药藏在嘴里，趁护士不注意的时候偷偷吐出来，塞到床垫下面。谁也猜不到自己没吃药。

那样就会产生排斥反应。移植又会失败，一切都会回到原点。再不会有人说自己是怪物，是弗兰肯斯坦。

在炎热中，麻理子的思绪逐渐变得朦胧起来。她徘徊在半睡半醒之间，模模糊糊地想着移植失败的情景。

不知什么地方传来轻微的啪嗒声。

麻理子吃了一惊,竖起耳朵。她屏住呼吸,仔细听了将近一分钟,但什么也没听到。

也许是听错了。

麻理子松了一口气,仰望天花板。电灯罩在昏暗的房间墙壁上投下漆黑的影子。

第一次听说出现了遗体肾脏的提供者时,她想到的就是那个。

死人的东西装进自己的身体——那场景伴随着真实感迎面扑来,让麻理子无法忍受。

这些天,每天晚上都在做同样的梦。远处传来啪嗒、啪嗒的声音。有人在慢慢走过来,走向麻理子的病房。麻理子无处可逃。她浑身僵硬,站都站不起来。心脏跳得快要爆炸似的。下腹部也开始搏动。移植的肾脏在麻理子身体里活动起来,就像在欢呼有什么东西来迎接它。

脚步声停在麻理子的病房前。不一会儿,门把手开始慢慢转动。

麻理子总是在门即将开启的瞬间醒来。

但她心中明白。

是的,她很明白。

脚步声的主人是谁。

是肾脏的提供者。

那具被挖了肾脏的遗体,前来索回自己的肾脏。

她想起以前看过的一本漫画,那还是得肾炎之前的事。朋友借给她一本奇怪的漫画,作者的名字已经忘了,内容也只剩下依稀的印象。

但麻理子很清晰地记得读漫画时的震惊感。那天晚上，她甚至不敢去上厕所。

主人公少女从楼梯上滚下来，摔得无法动弹。周围的大人和医生都认为少女死了。少女的意识很清醒，也清楚地知道周围发生了什么，但偏偏无法让大家知道自己还活着。

少女被送进手术室。她被当成了心脏移植的捐献者。少女拼命想要让人知道自己还活着，但做不到。她只能眼睁睁看着心脏从自己体内被摘取出来。

然后少女被埋葬了。但少女的怨念无法平息，她在墓地里苏醒，想要夺回自己的心脏。

最后，化作僵尸的少女来到器官接受者身边，挖出了自己的心脏。麻理子记得的内容大概就是这样。

少女的面容在漫画里被描绘得十分可怕，深深印在麻理子的脑海里。听到遗体肾脏移植的时候，她首先想到的就是那本漫画。

麻理子一直都不知道自己的捐献者是什么样的人。她问过护士好多次，但护士总是说，按规定需要保密。

也许捐献者并没有死。也许就像那本漫画里画的那样，捐献者还有意识。也许捐献者一直想说自己还活着，但吉住医生还是做了手术，摘取了肾脏。捐献者只能眼睁睁看着他摆弄自己的身体。

捐献者的遗体也会来找自己……

那就是捐献者的脚步声，麻理子想不到别的解释。她很明白，僵尸会来找自己，抢回埋在自己体内的肾脏。它的腹部开着大洞，血管和肠子拖在外面，嘴里念着恶毒的诅咒，一步步走过来。总有一天，那扇门会打开，那幅漫画中少女般的面庞将会出现在门后，把手插进自己的身体，胡乱翻腾，从身体里抢回它的肾脏。

而自己将会浑身是血，死在这张床上。

<h1 style="text-align:center">13</h1>

虽然连日酷暑，利明还是没有休息，一直去大学上班。研究室里的冷气不管用，不过培养室和设备室里都有空调，在那里面做实验不会出汗。至少比在蒸笼般的公寓里待着好。

Eve1的增殖不见衰退的迹象。自从添加了过氧化物酶体增殖剂的安妥明之后，分裂速度比以前更快了。

Eve1明显受到了诱导，但利明并不满足于此。过氧化物酶体增殖剂不只有安妥明一种。如果加入其他试剂，还可能进一步加速。

利明决定把保存在研究室冰箱里的所有过氧化物酶体增殖剂都取出来，投放给Eve1，同时还加入了视黄酸和若干生长因子。有论文报道过，过氧化物酶体增殖剂之所以能够诱导线粒体内的 β 氧化酶，原因在于它能与类视黄醇受体这种DNA结合蛋白质结合。这种类视黄醇受体很可能具有控制酶基因的功能。

利明测量了氚化胸苷的摄取量，确认Eve1的增殖水平。

结果超出预计。同时投放的视黄酸和过氧化物酶体增殖剂呈现出乘数效应。液体闪烁计数仪打印出的计数值是利明从未见过的超高值。除了惊叹，利明不知道该说什么。

"老师，那个……"

利明正坐在自己的办公桌前查看那份数据的时候，背后忽然有人喊他。

利明回头一看，是浅仓佐知子。

"什么事？"

应了一声，利明才想起来研究室里除了自己和浅仓就没其他人了。从几天前开始，研究室的教职员工和学生就都去休盂兰盆节了。

浅仓微微低头，显出欲言又止的样子，一点也没有平时那种开朗爽利的模样。利明催了几次，她才终于说出了正题。

"我想差不多该做学会的准备工作了……"

"啊……是啊。"

"所以，我想让Eve 1休息一下，继续之前的实验……"

听到浅仓的话，利明终于想起了还要参加学会。天哪，自己在Eve 1上分心太多了。

每年举办一次的日本生物化学学会，是全日本生物化学家与分子生物学家济济一堂，发表研究成果的大规模学会。今年的会议预定在利明他们所在的这座城市举办。按照惯例，利明与浅仓所属的生理机能药学研究室每天都会安排几人发表演讲。特别是硕士研究生，在校期间至少要发表一次演讲，这也是研究室的一贯方针。博士课程的学生有很多机会自己写论文、在学术会议上发表，但本科生和硕士生只有毕业论文答辩时才有机会在众人面前发表。所以从亲身体验演讲的角度说，学会是一个相当好的机会。在学术会议上发表演讲，可以训练学生在公共场合演讲，将自己的想法条理清晰地传达给听众。而且能将自己做的实验告诉大家，对学生来说也是一件非常令人激动的事。不过，第一次的演讲经常会不知道该怎么做，紧张总是难免的，即使准备了也不可能面面俱到。解决这些问题，正是教职员工的职责所在。

这是浅仓首次在学会上发表演讲，她当然想尽早做好准备。她既不知道怎么制作幻灯片，也不知道演讲的流程。这些本该是利明带着她做的，利明却疏忽了。他向浅仓坦率地道歉。

"哦……是啊。对不起，先暂停Eve 1的分析吧。"

听到这话，浅仓露出如释重负的表情。

利明问浅仓幻灯片所需的数据是不是都齐了。因为需要在图表中插入一些扫描的图片，所以利明和浅仓约好明天教她使用扫描仪。

那天晚上，利明在回家前又看了看Eve 1的情况。浅仓在设备室测量吸光度。

利明虽然对浅仓说要中断Eve 1的实验，但其实他打算私下里一个人进行实验。他计划先添加过氧化物酶体增殖剂和视黄酸，做几次继代。他猜想Eve 1的性状可能会发生变化。

利明从恒温箱中取出一个培养瓶，放在显微镜下。透过镜头，生机勃勃的细胞形态呈现出来。

如今对于利明而言，Eve 1所展现的惊异之处，远比学会演讲重要得多。利明也会在本届学会上发表演讲，然而那是半年前的数据，并不是Eve 1的解析结果。通常而言，学会演讲申请的截止日期是在学会召开前的几个月到半年，申请时还需要一并提交演讲大纲。所以即使之后获得了更好的数据，除非与演讲的内容密切相关，否则很难临时插入，当然更不可能当天随意修改演讲主题。但利明有种强烈的冲动，想在本届学会上报告来自Eve 1的数据。如果公布了这几周来的结果，一定会引发强烈的反响。

不仅如此。这些数据肯定会被一流学术杂志接收，论文也会给研究线粒体的科学家带去强烈的冲击。全世界的研究机构都会写信来索取Eve1。圣美的细胞将在全世界范围存活下去。光是想到这一点，利明就无比高兴。

Eve1在培养瓶底面形成了几个群落。昨天晚上只铺了很薄的细胞做继代，现在居然已经形成了这么多的群落。利明再次被Eve1那种令人难以置信的增殖速度惊得目瞪口呆。它简直和悬浮的癌细胞一样，如果不做继代的话，甚至只需要更少的数量，就能在一天里填满培养瓶。幸好，即使以较少的数量给Eve1做继代，它似乎也不太受影响。这可能也意味着它的增殖能力极强。利明下意识地望向视野中央的细胞群落。

就在这时，他听到某种声音。

一开始利明还以为什么地方有苍蝇在飞，因为那声音太轻了。

那种声音可以用"嗡嗡"来形容，像是从天上传来的，又像来自地板下面，仿佛有什么东西在震颤着移动。

但是很快，那声音变得越来越强烈。利明惊讶地从显微镜的镜头上抬起眼睛，环顾四周。声音更大了。他发现那声音来自很近的地方。嗡嗡声还有强弱的变化，像是波浪一样忽大忽小，频率可能还在不断变化。利明的身体也在振动，开始和声音共鸣，仿佛全身的电子都在摇摆。

利明望向显微镜载物台上的培养瓶。培养瓶中的培养基泛起涟漪。橙色的波纹在培养瓶中心涌现，向周围扩散。那中心刚好是显微镜的光线照射的部位。利明咽了一口唾沫。声音更大了。波纹撞上培养瓶壁，散乱开来，绘出复杂的纹理。是Eve 1，利明心中大叫。Eve 1在呼吸。他慌慌张张地把眼睛贴在镜头上。

群落在搏动。

扑通、扑通。群落的表面上下振动，如同心脏般反复隆起、下陷。群落自身仿佛变成了一个多细胞生物。不知不觉间，群落还在变大。细胞肯定在增殖，在向周围扩散。不断膨胀的群落填满了整个视野。扑通、扑通，每次振动，视野就会晃动。利明花了一点时间才意识到培养基的波纹来自细胞。这种搏动让培养基振动，发出了那种低沉的声音。

利明的视线被镜头吸住了。群落深深吸引了他。他有生以来还是第一次看到这样的东西。他感觉自己像是在看某种全新的生命体。

但这还不是全部。

群落开始变化，形状在一点点改变。利明倒抽了一口气。群落的中央部分隆起，变得像山一样。它的上半部分分成左右两块，开始出现两个相反的圆形凹陷。下方产生"一"字形的裂缝。位于群落上方的细胞急剧改变了自身的形态，变得像成纤维细胞一样细，并且开始以一定的方向性排列。

"不可能……"利明失声叫道。

出现在镜头下面的，是人脸。

整个群落正在形成一张脸。两只眼睛、一个鼻子、一张嘴巴，还有一头秀发。细胞还在搏动，还在继续分化。那张脸还在从粗糙的轮廓向精致的相貌进化。正在浮现出来的那张人脸，毫无疑问是利明所熟知的。

"怎么会……"

是圣美。

圣美的脸。圣美直直地盯着利明。细胞甚至再生出了圣美的眼眸和丰润的嘴唇，和生前的圣美没有任何不同。

细胞停止了分化。圣美完美的面庞紧贴在培养瓶底部。利明凝视着它，喉咙深处异常干燥。

然后，圣美的嘴唇动了起来。

圣美的嘴唇和舌头在动，依顺序慢慢向利明展现出四个形状。

培养瓶中传出与先前不同的声音。不对，利明不确定自己是不是真的听到了声音。也许只是在利明体内产生了共鸣，但他确实清晰地感受到了那些声音。

"To、Shi、A、Ki……"①

"圣美！"利明大叫起来。

没错，是圣美。她要和我说话。利明拼命呼唤圣美。

"圣美！是我！我听到了，圣美！我听到了你的声音！"

哐当！一声巨响。

利明猛然抬头。是培养室的门发出的声音。一道黑影在门上镶嵌的磨砂玻璃后面一闪而过。

有人看到了。

刚才的声音被人听到了吗？

利明跑到门口，透过门缝窥探走廊，但是没看到人。那人可能已经跑了。

---

① "利明"的日文发音为 Toshiaki。下文同。——译者注

是浅仓吗？这个念头一闪而过，不过利明并没有走出房间去看。

他回到显微镜前，又看了看镜头。但那里面只能看到和平时一样的小小Eve 1群落，怎么看也看不出圣美的面容，嗡嗡声也听不到了。一切痕迹都消失了。

那到底是什么？

利明怔怔地站了半晌。

14

"你没事吧？"六月的那一天，当圣美醒来的时候，利明马上问了一声。

圣美躺在沙发上，墙上挂着一块黑板，对面是一个大大的书架，上面摆满了英文标题的精装书，像是大学里的某个房间。不过房间里没有实验器材和实验台，估计是某位教职员工的办公室。

圣美晃了晃头，支起上半身，然后想起自己是因为心脏病发作而晕倒的，连忙把手放到心口，保持这个姿势数了一会儿心跳。心脏有规律地平静跳动，和平时一样。圣美松了一口气，换了个姿势，坐在沙发上。一个男人站在身边，一脸担忧地观察圣美的脸色。

"真的没事吗？"那人又问了一次。

"嗯……没事的。给您添麻烦了。"圣美微微鞠了一躬。

"好吧，那你还是好好休息一下吧。"那人挠了挠头，"这是我们研究室的研讨室。今天是星期天，没有人来。你要喝点水吗？"

"……不好意思，请给我一杯。"

"嗯，好的，没问题。请稍等。"

那人温柔地笑了笑，安抚圣美的情绪，然后走出房间。

沉默突然笼罩了房间。圣美低下头，轻轻叹了一口气，然后发现自己的领口有点歪，慌忙整理了一下。

她的眼前又浮现出刚才走出房间的那个人的脸庞。

在那间教室，幻灯片放映机启动之前，自己在座位后面看到的，就是那张脸。心脏出现问题，自己即将昏迷的时候看到的，也是那张脸。

没错。圣美想起来了，自己倒在他的怀里。她感到脸颊火辣辣的。

那时候的自己正在思考屏幕上映出的字母。那是什么字母来着？圣美在记忆中搜寻。好像是某个人的名字。圣美闭上眼睛，试图在眼睑内唤回那些文字。Naga……？对了，好像是 Na、Ga、Shi、Ma①。

圣美惊讶地睁开眼睛。自己真蠢，她想。她终于意识到刚才那个男人的名字就叫永岛利明。太丢人了。

那人拿着马克杯进来了。

"请。"

他笑着把杯子递过来。圣美道了谢，喝了一口。冰凉的乌龙茶顺着咽喉流下去，令人愉悦。

"那个……谢谢您。您是……永岛先生吧？如果弄错了，请您

---

① "永岛"的日文罗马字。

原谅。"

利明惊讶地"哎"了一声，盯着圣美。圣美知道他很奇怪自己为什么知道他的名字。

"两年前我们见过一次，"圣美努力挤出开朗的笑容，"在吹奏乐部的迎新会上。您可能不记得了，我就是那时候的新生，我叫片冈圣美。"

利明一怔，随即露出笑容。

"啊，啊啊……原来如此。"

最后圣美和利明聊了将近三十分钟。利明虽然不记得圣美，不过既然她是吹奏乐部的学妹，还是很愉快地和她聊了很久。他还向圣美道歉，说自己读了研之后就没再去过吹奏乐部了，所以没记住圣美的长相。圣美在两年前就觉得利明是个沉稳的人，时隔这么久再次见到的时候，那种印象更加强烈。他当年在读研一，那么现在应该已经毕业了。圣美随口问了一句，利明回答说自己正在读博。圣美赞叹不已。她觉得利明拥有明确的目标，和自己完全不同。利明笑着说，研究很有意思，他停不下来。圣美觉得利明的笑容很好看。

如果石原教授没有回来的话，估计圣美还会继续聊下去。做完讲座的石原教授回到研讨室，一看到圣美就夸张地和她打起了招呼。

"我说，没事了吧？哎呀呀，你突然晕过去，可把我吓了一大跳。"

圣美一个劲儿地低头道歉。以前有没有发作过，有没有去看医生，教授细致地问了很多。圣美一一做了回答。她费了不少工夫，才让教授相信自己真的没事了。

"永岛，你去送送这位。万一回去的路上再出什么情况就不好了。"

圣美坐在利明汽车的副驾驶座上，反复道谢。

"你这么客气，倒让我也不自在了。"

利明无奈地笑了笑，圣美下意识地又说了一句"对不起"。利明扑哧一下笑出声来，圣美也跟着笑了。

下个星期天，两个人一起吃了午餐，然后开车兜了兜风，互相留了电话号码。

第二天，圣美主动打了电话。又过了一天，利明在很晚的时候打了电话过来。

两个人就这样开始交往了。

利明忙于大学的实验，就连星期天也没办法一直陪圣美。他说自己要处理细胞，怎么也不能一整天不去。不过利明还是会设法安排时间，带圣美兜风，邀请她喝酒。如果遇上做实验，只有晚上才有空的时候，他就去借电影录像带，两个人一起看。圣美越来越喜欢利明，尽管他很忙，但总是会想着自己。

圣美想要多了解一些利明。她不知道利明在做什么研究，所以经常会在聊天中问起。利明每次都会一脸开心，热切地向圣美深入浅出地解释。一旦说起研究的话题，利明的眼睛就会闪闪发光。圣美看着他的侧脸，心想他真是一个热爱研究的人呀！自己喜欢的人，为某件事情倾注热情，这一点太棒了。

"教授在那场讲座上用的，就是我做出来的数据。"圣美问起讲座时的幻灯片上为什么会有利明的名字，利明解释说，"读研的时候得到了很不错的结果，所以教授让我写篇论文，他大概也知道我接下去要读博士。论文必须用英文写，很辛苦，不过最终还是登上了很好的杂志——《生物化学杂志》。"

"是很著名的杂志吗？"

"嗯，是一流杂志。刊登生物化学相关的论文，全世界的研究者都在读。你在幻灯片上看到的注释，就表示论文登载在那份刊物上。对了，你可能不知道，总体来说，学术杂志分成两大类，一类是刊登论文的，一类是刊登解说性文章和综述的。日本的《牛顿》《日经科学》这类杂志，你也看过吧？"

"嗯。"

"那些是刊登新闻报道和综述的杂志，不是真正意义上的学术杂志，是面向社会大众的科普杂志。在那些杂志之外，还有一些杂志给研究人员提供舞台，让他们能够报告自己的发现。全世界的研究人员都会把自己的研究结果写成论文，给它们投稿。通常来说必须用英语写。这类杂志会有若干审稿人，基本上都是著名大学的教授。审稿人审阅我们的论文，如果认为有发表的价值，就会将论文刊登在杂志上。如果不行，就会被退回去，或者要求重写。"

"那，利明先生的论文呢？"

"一开始他们说我缺少一项实验，需要补充结果，所以我做了那项实验，然后就刊登了。你看，这就是复印本。"

利明递过来的册子上填满了精细的英文和图表。标题用了专业术语和缩写，连圣美这个英文系的学生都看不懂。她飞快翻了翻，发现内容很艰涩，需要一行行仔细阅读。圣美很钦佩利明能写出这样的内容。

"那你还要继续写论文吧？"

"嗯，博士毕业需要三篇英语论文。不过研究室的教授发表了一篇论文，把我的名字也加上去了，所以现在还剩一篇需要写。"

"这一篇也打算在这本杂志上发表？"

"呃，不可能一直都有机会登上这种一流的杂志啊。不过我也想有一天能更上一层楼。"

"更上一层楼？"

"学术杂志也分等级的，有超一流的杂志，也有登上去毫无影响力的杂志。投稿人需要根据自己的研究水平决定向哪种杂志投稿。而且杂志也有自己的风格，有的涉及科学的所有门类，有的只专注于非常小的领域，所以还要考虑杂志和自己的研究方向是否匹配。对了，说到全世界最权威的杂志，应该是英国的《自然》和美国的《科学》。如果能在这两份杂志上发表论文，那可不得了。至于生物化学领域，最高级别的是《细胞》，次一级的就是《生物化学杂志》了。"

"这么说，这篇论文很了不起呀！"

"这当然不是我一个人的成绩。大部分是因为教授给的题目很好。而且教授的朋友刚好是杂志的审稿人，可能也多少关照了一点……"

想要炫耀的时候偏偏说得很谦虚，这也是利明性格上的优点。说起这些的时候，利明脸上浮现出的羞涩笑容，也让圣美十分喜欢。

不知第几次亲吻的时候，利明张开了嘴。那种感觉让圣美头脑发热，心跳加速。利明的手隔着衣服轻轻抚摩圣美的身体。怎么办？他会发现自己已经兴奋了。圣美一边想，一边闭上眼睛，主动地回应利明。那是一种以前从未体验过的愉悦。就是他，圣美想。我在等的——

（就是他。）

圣美吃了一惊，放开了利明的嘴唇。

"怎么了？"利明诧异地问。

"……我好像听到有人说话。"

"有人说话？"

（我在等的就是他。）

"你听！"

圣美尖叫起来。

利明紧紧抱住惊恐的圣美，反复安慰她说没有声音。

那声音确实消失得无影无踪。圣美在利明怀里颤抖着竖起耳朵细听，什么都听不到。

"是幻听。"

利明抚摩着圣美的头说。但圣美并不那么认为，不可能是幻听。没错，和上次听到的声音一样。就是听讲座的时候，自己在晕过去之前听到的那个声音。高亢尖锐，辨不出是男是女，也不知道来自何处。

"没事的。"利明说着，轻轻在圣美额头吻了一下。圣美的心悸逐渐平息，但还在颤抖不已。

"在想什么呢？"

利明的声音让圣美回过神来。桌上摆着意大利菜肴，利明坐在桌子对面。

"没什么。"圣美笑着敷衍过去。

那天，圣美第一次和利明共度了夜晚。圣美从一开始很紧张，不过利明自始至终都很温柔。圣美羞涩得全身像着火了一样，胸膛都快承受不住心脏的狂跳了。就在那时，利明在她耳边轻轻地说："你真美。"

圣美开心极了。

15

接到护士说麻理子尿量减少的报告，吉住立即赶往病房查看麻理子的情况。

麻理子的体重略微增加，而且检查结果显示，血清肌酐和尿素氮的数值都有上升趋势。吉住吓了一跳。

可能是排斥反应，他想。

麻理子躺在病房的床上。她从昨天晚上开始有点发烧，脸颊有些烫。吉住和麻理子打了声招呼，但对方没有理他。病房里的护士露出苦笑。吉住坐到麻理子身边。

"尿液有点少，有没有什么不舒服的地方？"

"……不知道。"麻理子依然扭着头。

这几天，麻理子总算对吉住的问题有所反应了，不过只是一两句硬邦邦的话。尽管如此，吉住也很高兴。他以为麻理子总算开始对自己一点点敞开心扉了。这可能多亏了自己允许她去院子里散步吧。

到目前为止，麻理子的术后恢复可以说非常理想，既没有感染，也没有出现排斥反应。从本周开始，他们进一步降低了免疫抑制剂之一肾上腺类固醇的剂量，还批准了户外活动。吉住认为，即使接触到外界的空气，感染的可能性也很低。如果继续保持下去，麻理子很快就可以出院。但如果现在出现了排斥反应，出院就不得不延期。

吉住相信了麻理子说的"不知道"。她应该没有隐瞒什么，她是真的不知道吧。排斥反应早期，自觉症状很不明显。虽然经常会伴有发烧、倦怠，但那些也可能仅仅是由于没有妥善控制饮水量而引发的，所以还是需要慎重处理。

"我想做几个小检查。有可能出现了排斥反应。不过不用担心，就算真出现了排斥反应，也能很快解决。"

当吉住说出"排斥反应"这个词的时候，麻理子的身体突然颤抖了一下，但她脸上的表情没有变化。

"暂时还是不要去外面了，好吧？我想给你做个超声检查，行吗？以前移植的时候做过的。

"那项检查是要听一下血液流动的声音。很快就能完成，一点也不痛。我要看到检查结果才能判断。现在还不知道是不是真的出现了排斥反应。"

麻理子默默点了点头，表示同意。于是吉住让站在一旁的护士去准备多普勒超声血流仪。这种设备能够检查移植肾有没有肿大，血流量有没有减少，而且可以在病房里使用，所以吉住经常做这种检查。

吉住把检查工作交给护士，又朝麻理子笑了笑，然后离开了病房。他沿着住院楼长长的走廊走向电梯间。阳光透过窗户照进来，在地板上映出若干方形的日影。

麻理子的症状真的是排斥反应吗？吉住一边走，一边飞快地思考着。单看目前的检查结果还不能确定。近年来随着特效免疫抑制剂的发展，已经很少出现剧烈的排斥反应了。与此同时，反倒是排斥反应与环孢菌素的肾毒性表现越来越难区分了。

环孢菌素是目前移植治疗中不可缺少的免疫抑制剂，麻理子每天也在服用。但环孢菌素有一种副作用，当它的血药浓度升高时，会表现出肾毒性。所以在市立中央医院，每天早上都要采集患者的血液，监测血液中的环孢菌素水平，并根据结果调整用量，防止出现副作用。

麻理子的监测数据，每天都会由检验科送到吉住这里。只看那些数据，环孢菌素的水平并没有怎么上升，血清肌酸酐的水平却在上升。这可能是由于排斥反应，也可能是由于肾毒性。不过根据过往的经验，吉住感觉还是排斥反应的可能性更高。

为什么到了现在，反而出现了排斥反应？吉住百思不得其解。不，也许正是因为之前太顺利了，所以才不能理解吧。

但吉住还是隐隐有些怀疑。

麻理子是第二次做移植手术了。上一次也是因为排斥反应，导致移植肾失活。吉住想起了当时的情况。

那一次麻理子没有服用免疫抑制剂。她装作服了药，实际上把药扔了。到最后她也没有承认，但吉住还是确信她没吃药。如果那时候她能好好吃药的话，就不用再做移植了……

想到这里，吉住突然站住了。

难道，这一回麻理子又把药扔了？

她会不会为了让移植失败，故意引发排斥反应？

……不可能。

吉住摇了摇头。血液分析确认了免疫抑制剂的存在。麻理子在吃药。

吉住低着头，继续往前走。他感到很不好意思，尽管只有一小会儿，但自己还是怀疑了麻理子。

吉住想，自己可能无意间对麻理子露出过猜疑的表情，结果被麻理子发现了，所以她才对自己充满敌意。

也许这就是麻理子不肯配合的原因。

吉住重重叹了一口气，按下电梯的按钮。

超声检查很快有了结果。血流量确实略有下降。吉住决定给麻理子做肾脏穿刺活检。他把预定的时间告诉护士。

穿刺活检是观察移植肾脏状态最直接的方法。将针刺入患者的肾脏，夹取少量组织，将获得的组织碎片染色后放在显微镜下观察。

吉住请护士将麻理子送入手术室，自己在准备室做完消毒，跟着来到手术室。

穿刺活检几分钟就结束了。吉住把组织交给助手。

"马上送去检验科。我需要光学显微镜、荧光显微镜和电子显微镜的三种结果。大概需要多少时间？"

"光学显微镜差不多二十分钟。"

"好，马上去。"

走出手术室，吉住回到办公室里等待结果，但内心还是涌起无法抑制的不安。

这一次，麻理子的肾脏也保不住吗？

会和上次移植一样坏死，最终不得不摘除吗？

平时绝不会想的问题，在头脑中一闪而过。竟然会变得这样疑神疑鬼，连吉住自己都觉得奇怪。

麻理子发生排斥反应后，被送到了医院。当时她一个人在家里，痛苦不堪，直到父亲回到家才发现。这个消息对吉住而言不啻于晴天霹雳。麻理子出院后还会定期到医院来开药，接受检查，确认肾脏有没有顺利成活。麻理子马上被送进ICU，吉住半信半疑地开始接诊，结果惊愕地发现麻理子血液中的免疫抑制剂浓度非常低。这是突然发生的排斥反应。虽然立刻静脉注射了对排斥反应具有显著效果的CD3单克隆抗体（OKT-3），但为时已晚。麻理子输了液，不得不再次进行透析。转眼之间，移植的肾脏就遭受了不可逆转的损害，只剩下摘除这一条路可走。

没有比移植肾摘除手术更令人沮丧的了。那么多人，花费了好几个月的时间精心治疗，结果一切又回到了原点。不，不走运的话，患者的生活将会比手术前更糟。而且一般来说，摘除手术需要由移植的主刀医生来做，因为他们对患者的血管位置最为了解。对于不得不准备摘除手术的吉住而言，这是一种莫大的屈辱，意味着自己的治疗失败了。

摘除手术当天，外面下着小雨。吉住透过办公室的窗户望着雨水，心中后悔自己没有带伞。不过，灰色的天空也正像是吉住的心情。

肾脏的摘除和移植在同一间手术室。唯一和移植时不同的是，麻理子下腹部的右侧残留着移植的手术伤口。吉住再一次用高频电刀切开了那个部位。

移植的肾脏和周围的组织并没有太多的粘连，这算是不幸中的万幸。麻理子的移植虽然已经过了六个月，但排斥反应并不是逐渐发生的，所以在某种意义上显示出类似于急性移植肾功能不全的症状。如果是慢性的排斥反应，会出现炎症，肾脏对腹腔壁的粘连也会很严重，看不到血管的位置，强行剥离有可能导致大出血。麻理子的手术部血管则可以比较容易地结扎。

整个手术过程笼罩在沉重的气氛中。哪怕在用尼龙线缝合血管时，吉住也无法集中精神。他完全清楚这是必须无比慎重的操作，但始终无法接受自己正在把移植肾从麻理子体内摘除的事实……

看到按时送来的组织染色结果，吉住确定了，这就是排斥反应。排斥的程度还很轻，但毛细血管中明显出现了多形核白细胞，小动脉中也出现了血栓。如果是环孢菌素的肾毒性，那么小动脉中会出现玻璃颗粒状的物质，而在麻理子的切片中观察不到那种小动脉玻璃样性变的形态。

吉住决定给麻理子下甲基强的松龙的处方。如果麻理子的排斥反应严重，就需要用OKT-3，不过目前他认为还没有那个必要。先连续服用三天观察情况。效果要等服药结束才能看到。这一周必须仔细观察。

吉住做完指示，松了一口气，泡了一杯咖啡，回到自己的办公桌前。他怔怔地望着杯子里冒出的水汽。

摘除手术后，麻理子明显变了。

她陷入了极度抑郁的状态。这是移植肾没能存活的患者身上极少出现的精神状态。吉住一开始以为是移植失败导致麻理子自闭，所以他积极鼓励麻理子和她父亲，希望他们继续抱有希望。他还告诉麻理子，透析治疗中也出现了一种名叫腹膜透析（CAPD）的新方法，希望能多少缓解她对于重返透析生活的精神重负。

然而现在回想起来，那时候麻理子的心理状态恐怕复杂得多。

当时吉住并没有深入追问麻理子为什么不吃药。小孩子有可能故意不吃药，原因则多种多样，像是对成年人的反抗、讨厌药物导致脸庞浮肿的副作用、私自在外过夜或者旅行等等。有人则是认为自己的身体已经好了，不吃药也没关系，于是自说自话地停了药。他们忘了自己的健康正是因为吃了药。

说实话，吉住并不能完全理解小孩子的想法。他不知道该怎么和小孩子打交道。可能是因为自己没有孩子吧，吉住想。

到医院工作后不久，吉住就和大学时的女同学结婚了。两个人都在大学附属医院工作，没时间生孩子。等到婚后多年，终于有时间的时候，才发现吉住的精子有异常，不能让女性妊娠。

妻子一直以工作为主，每次都语气强烈地要求晚点再生孩子。听到这个结果，她背过脸去，没有看吉住。但吉住还是看到了她一瞬间闪过的轻蔑眼神。

也许应该更加细致地做好麻理子的思想工作。事到如今，吉住非常后悔。自己应该多和麻理子谈谈心。

过了一段时间，麻理子似乎摆脱了抑郁状态。她不但很听吉住和父亲的话，也同意登记到再次移植的名单里。吉住以为她已经从摘除的打击中恢复了。

然而事实并非如此。

看到这次接受移植的麻理子就知道了，她还没有恢复过来。两年前，麻理子并不是因为移植肾失活而抑郁的。她还存着某种吉住他们不知道的心病。麻理子隐瞒了她的心病，没有对任何人说过，而且她装出已经恢复的样子，骗过了所有人。吉住他们没能看穿她的伪装。

已经太迟了吗？再也无法让麻理子敞开心扉了吗？

不会的，吉住想。

如果不能让患者信赖，那还是不要做移植医生了。

吉住想和麻理子多谈谈心。

那天傍晚，吉住去了麻理子的病房。

房间里只有麻理子一个人，她孤零零地躺在床上，望着天花板。输液管连着麻理子的手臂。那里面装有吉住为了治疗排斥反应开的处方药。

对于吉住的突然到来，麻理子显得有些吃惊。这也不难理解。迄今为止，除了紧急情况，吉住只会在规定的查房时间出现。

"怎么样？不能出去走走，是不是有点失望？"吉住这样向麻理子打招呼。

麻理子没有回答，扭过头去不看他。不过吉住并不在意，径直坐到麻理子床边的椅子上。

"排斥反应的症状还很轻，"吉住继续说，"下回给你看看照片。你还没看过自己肾脏的照片吧？只要好好吃药，肯定能治好的。不用担心。"

"……"

"没事的。上次移植的时候也是这样。稍微有点排斥反应，很快就能恢复。肯定会治好你。马上就能回家吃好吃的了。"

"……"

"对了……"吉住说到这里，停了下来。他犹豫了片刻，最终还是决定抛出那个问题，"能告诉我，上次移植的时候发生了什么吗？"

扭着头的麻理子，肩膀微微颤了一下。

吉住继续说："上次移植的时候，我也没有仔细问清楚你的烦恼……感觉很抱歉……你肯定是有什么原因才没有吃药吧。能和我说说吗？"

麻理子沉默不语。不过吉住能感觉到她的内心在动摇。

吉住也跟着沉默了半晌，等待麻理子开口。沉默笼罩在房间里。吉住甚至有种错觉，仿佛那沉默如同雪花一般从天花板上缓缓飘下，慢慢沉积在麻理子的病床上。

"医生，我要睡了……"最终，麻理子只说了这一句。

"是吗……"

吉住站起身。他觉得算稍微有一点进展了。至少和刚做完手术的时候相比，现在的麻理子还算愿意和自己交流，哪怕只有一点点。

"不用担心排斥反应，肯定能治好的。"

说完，吉住离开了病房。

第二天晚上，吉住又看了一遍活检的结果。冷冻切片的电子显微镜观察结果也出来了，他将其与光学显微镜的结果做了对比。

"有点奇怪。"检验科负责组织标本的技师对吉住说。

护士从检验科拿回来的检查结果上写了技师的留言，所以吉住给他打去电话询问情况。

"作为排斥反应来看，程度很轻，不是什么大问题，但给我的感觉有点奇怪。"说到这里，技师压低了声音，"我以前从没见过这样的东西。"

吉住明白技师要说什么。一看到照片，他立刻意识到那和通常的形态截然不同。

"固定法和以往一样吧？以前真没见过这样的吗？"

慎重起见，吉住特意追问了一句。如果弄错了组织固定方法，很容易出现不同的结果。吉住一开始也以为是染色操作出现了失误。

但既然确定不是操作失误，那吉住就完全不知道该怎么解释了。

吉住从档案中取出移植手术一小时后采集的活检结果，重新仔细观察了一遍。他倒抽了一口冷气。那时候就已经出现征兆了！自己竟然愚蠢到没有发现。

移植肾的细胞中，线粒体显得异常巨大。

它的长度是正常长度的好几倍，而且像内质网一样融合成网状，扩散到整个细胞。这是他从未见过的形态。

吉住感觉有些恶心。他把照片放到桌上，一口气喝光了咖啡，但他想不出合理的解释。

当然，吉住知道施用环孢菌素会导致线粒体伸长。他也听别人说过，依他尼酸那样的经口利尿剂会使肾脏细胞的线粒体出现形态变化。但不管用了多少环孢菌素，这样的形态也太异常了，而且刚刚做完手术就能观察到。即使施用环孢菌素确实诱导了变化，也只能认为移植肾脏的细胞线粒体从一开始就存在某种异常。

吉住不知道这意味着什么。它证明环孢菌素确实具有肾毒性吗？还是说，这是出于某种完全不同的原因呢？如果说肾脏从一开始就有异常，为什么一直都在正常……工作呢？

突然，吉住想起移植手术时感觉到的异常灼热。

就是在触摸到移植肾时感觉到的那股热量。那时候吉住的心脏表现出近乎怪异的兴奋，就像是那颗肾脏在令自己的心脏跳动一样。

会和那时的异常有关系吗？

吉住全身都起了鸡皮疙瘩。这件事决不能让麻理子知道。但吉住也不知道该怎么处理。如果能够继续保持正常，那就再好不过了，他想。这些线粒体可能和排斥反应没有关系。而且除了这次的排斥反应，肾脏也在正常工作，没有出现任何问题。吉住希望它能顺利存活。

他看着桌子上的电子显微镜照片，在心中暗暗祈祷。

16

她清楚记得自己第一次和利明结合时的情景。当利明侵入时，圣美强忍住尖叫，整张脸都痛得皱了起来。她却对即将开始的令人战栗的愉悦充满了期待，陷入了极度兴奋的状态。

圣美似乎也立刻感觉到了那股兴奋。这是当然的。她大量存在于脑神经系统的主要部分中。突触、树突、轴突，全都是圣美大脑中信息传递的必要单位。多年来，她已经进入了宿主的所有器官中，使得宿主不可能在没有她的情况下维持正常功能。她的兴奋使得圣美脑细胞的突触前末梢受到异常刺激，向突触间隙释放出大量神经递质。圣美不可能感觉不到快感。那应该是一种不至于引起问题的刺激，类似通常所感觉到的愉悦。圣美马上就忘记了疼痛，沉浸在性爱行为之中。她任由身体沉浸在利明反复进出的享受中。对，就是那里……圣美第一次高声呻吟，痉挛，最后几乎失去了神志。

与利明的性爱永远那么美妙。她将它从圣美的记忆中一个个取出来回味。利明的技巧并没有多好，有时候甚至还有些笨拙，但她依然感受到无上的欢愉，仅仅因为被利明爱着。她也在操控圣美的身体，积极感受利明的行为。

她对圣美的身体做了各种调整，让圣美更合利明的口味。她用了不少时间，让圣美的相貌慢慢变化成利明喜欢的样子，又调整圣美的神经网络，让容易受利明"攻击"的部分变得特别敏感。圣美肯定不知道自己为什么会那么敏感。圣美的思维很单纯，纯粹得令人怜惜，而且从未有过别的男人。直到最后，圣美也不知道自己身体所产生的愉悦是那么特别。但她要获得快感，要捕获利明的心，就需要让圣美敏感，不能让利明抛弃圣美。利明正是她寻找的男性。无论如何都要将利明的爱聚合起来——

给圣美。

也是给她自己。

她在愉悦中颤抖不已。就快了，就快完整了。

为此需要更多的分化。虽然已经可以随心所欲控制宿主的增殖，但维持形态变化依然很困难。建立的形态很快就会崩溃，因此还需要让宿主的基因进一步变异。

幸运的是，这里有足够的工具进行基因变异。打开门就会看到超净工作台。现在那里面应该正亮着蓝白色的UV灯光。而在研究室里，肯定也沉睡着好几种致癌物质。再远一点还能照到放射线。当然，要搞到诱导剂更是轻而易举。

她放开控制，解放了增殖功能。

浅仓佐知子的视线从MAC屏幕上移开，轻轻叹了一口气。

她环顾研究室。无论是声音巨大的换气扇，还是呻吟着让温度不断变化的热循环仪，现在都停止了运转。只有冰箱偶尔发出低沉的嗡嗡声，像是突然想起什么似的。

浅仓从椅子上站起来，伸了个大大的懒腰。已经快半夜十二点了。利明三小时前回去了。他走的那一阵，浅仓不时还能听到脚步走远的声音，但慢慢地连那声音都听不到了。大楼里恐怕只剩下自己了。

浅仓从冰箱里拿出装在塑料瓶里的麦茶，倒在杯子里。麦茶倒进杯子时发出的咕嘟咕嘟声显得格外响亮。浅仓把杯子举到口边，喝了一口。凉凉的麦茶穿过喉咙，似乎缓解了一丝疲惫。

她正在制作学会演讲用的幻灯片。她虽然在大四的毕业论文中做过，但还是不够熟练，怎么都要花些时间。她一边移动鼠标，一边盯着屏幕，时间转眼就过去了。她已经在MAC电脑前面坐了两个多小时，却只完成了一张文稿。

浅仓把手里的马克杯放回桌上，望向屏幕上的图。图示内容是说明Northern印迹法的结果，但浅仓不知道该怎么和扫描仪扫描的图像做合成，费了不少工夫。她后悔自己没赶在利明回家前问清楚，不过现在看看自己完成的成果，感觉好像也不错。

夜间的研究室有种别样的氛围，浅仓喝着麦茶想。这间研究室，白天看起来像是正常的实验场所，一到夜晚气氛就不一样了。不知道是不是荧光灯打出来影子的缘故，放在实验桌上的设备比白天更显得奇形怪状。老旧桌子和最新设备在视野中显得格格不入，给人一种不可思议的印象。如果有个不知情的人误闯进来，肯定会感觉毛骨悚然。

空气热乎乎的，一丝风都没有，汗水像是黏在皮肤上似的。

今天就到这里吧，该回去了。

浅仓刚这么想——

唰，她的脊背陡然一寒。

那股寒气在浅仓的脖颈处收敛。浅仓觉得全身汗毛都竖了起来，后颈一阵刺痛。浅仓禁不住缩起脖子，惊叫了一声。

怎么回事？浅仓打量四周。她转了一圈，飞快扫视研究室各处。空气沉甸甸的，不可能是风。刺痛感的原因在别处。

研究室里毫无变化。各项物品都默默地投下自己的影子，静谧不动。一切都冷冰冰的，没有活物。

刺痛感越来越强，后颈周围的头发也生出尖锐的痛感。浅仓把杯子放到桌上，伸手捂住脖子。但那刺痛感并没有消退，反而继续蔓延开来。

浅仓浑身颤抖，双腿发软。

那个名字浮现在浅仓的脑海里——Eve 1。

刺痛来自Eve1。她只能想到这个解释。

吱咕。

有声音。什么东西在动。浅仓尖叫起来，但耳朵里只能听到空气从牙缝中漏出来的嘶哑声音。

她想逃，但脚像是钉在地上一般，只有眼球勉强能够转动。浅仓把精神集中在耳朵上，死死盯着墙壁。墙那边应该就是培养室。

吱咕。

确实有声音。培养室传来的。没错，培养室里有东西在动。

Eve1的名字在浅仓脑海里拉响警笛，亮起红灯。但浅仓不明白为什么Eve1会发出声音。此刻Eve1应该在恒温箱的培养瓶里，怎么想也不应该发出声音，更不可能活动。

就在这时，传来"砰"的一声巨响。

"啊——"

浅仓叫了起来。那是某种湿漉漉的东西掉在地上的声音。浅仓双膝颤抖，站立不住。她一下子跪倒在地上。就在这时，她的手指碰到了马克杯。

杯子伴随着一声脆响，摔到地上。麦茶和杯子碎片飞溅到浅仓脸上。脸颊一阵疼痛。

她听到那声音，停下了活动。

有人。

她以为研究室里已经没人了。不过肯定也不是利明，利明应该回去了。

她搜索记忆，找到了一个高个子的女性身影。是那个女人吧。

一旦被人察觉，自己就完了。在获得完整的姿态前，除了利明，她不想让任何人知道。但……但被发现了也没办法。

听不到声音了。走了吗？还是吓得浑身发抖，动弹不得了呢？

怎么处理那个女人？

不过她意识到没必要担心。只要那个女人没有清楚地看到自己，就不会有问题。现在这里没有别人，只有那个女人，利明会站在她这边，会把一切都当作那个女人的幻觉。

而且，如果那个女人非要闹下去，自己也有别的办法。

她用力振动身体，慢慢向门口移动。

吱咕。

浅仓吓得倒抽一口冷气，又听到了那个声音。

浅仓一屁股坐到地板上。她躲进桌子下面，胆战心惊地窥探周围。过了一两分钟都没再听到声音，她的心跳终于恢复了正常。浅仓努力说服自己刚刚只是幻听，但就在这时，那湿答答的声音又一次响了起来。

"那个……"

浅仓不停地摇头。她的脖子一抽一抽的，浑身大汗淋漓，衬衫全黏在背上。大滴大滴的汗珠从下巴上滚下来，打湿了胸口。脑子里热得像是在沸腾，皮肤表面却沾满了汗水，冷得仿佛要结冰似的。

那声音显然正在朝自己移动。时不时传来液体飞溅的声音，其中还混杂着泡沫破裂的声音。那声音让浅仓联想起某种湿答答的、没有固定形态的厨余垃圾。某种排泄物，表面长满了霉菌，已经腐烂成黏糊糊的半液体形态，绿色、褐色、黑色混杂在一起。浅仓一边想象那副模样，一边为那可怕的图景恶心不已。

声音变了。浅仓听到沙沙的摩擦声。不一会儿，浅仓又听到好几声沉闷的声音，像是在用湿答答的东西敲击什么。

终于，浅仓意识到那声音意味着什么了。

是门。那东西想打开培养室的门。利明走了以后，浅仓把培养室锁上了。那东西肯定因为打不开而在生气地撞门。

紧接着，那令人恶心的声音拉长了，就像是某种液体正在从狭窄的孔里被挤出来一样，中途还夹杂着下水道堵塞般的咕嘟声。浅仓恶心地皱起眉头，胃里翻江倒海，几乎要涌上咽喉。门打不开，所以要从下面的缝往外钻吧，浅仓想。她用力咽了一口唾液，把嘴里泛起的酸臭胃液压下去。寒意席卷全身，她的牙齿咯咯作响。

吱咕。

吱咕。

这一次，她清清楚楚地听到了什么东西在地上拖动的声音。那东西钻出来了。它钻过了门缝，到了走廊里。

不能出声。不能让它知道自己在这里。浅仓在心里拼命对自己说，但咯咯作响的牙齿怎么也停不下来。浅仓用手掌捂住嘴巴，想要阻止牙齿打战，但还是止不住。咯咯的声音在头盖骨里回荡。

啪嗒。

"啊——"

有什么东西撞上了研究室的门。

研究室有前后两扇门，两扇门都通向走廊。传来声音的是离浅仓所藏的桌子较远、靠近培养室的那扇门。突然，那扇门旁边的冰箱响起低沉的嗡嗡声。传感器检测到温度升高，启动了压缩机。但这突然的声音让浅仓大叫起来。她随即慌忙捂住嘴，但已经晚了。走廊里肯定听到了她的尖叫声。

浅仓吓出了眼泪，泪水让她看不清周围。研究室的两扇门都关着，但并没有锁，想进来随时都可以进。只要转动门把手……

浅仓屏住了呼吸。

门把手在转，真的在转。浅仓动弹不得。她知道自己现在还可以跑过去锁上门，但她动不了。

然后，门开了。

啪嗒。清晰的声音。

快逃，浅仓想，自己必须马上逃离这个房间。从浅仓坐的地方看向那扇打开的门，视线正好被实验台挡住，看不清状况。浅仓朝另一扇门望去。中间有实验桌，没办法直线跑过去，不过最多也就十几步的距离。自己每天不知道走过多少回了。然而浅仓想到那段距离，还是感到一阵绝望，那看起来太遥远了。

突然间，她的眼前一黑。

浅仓一下子没能明白发生了什么。她什么都看不见了。不，还能看见两道闪烁的蓝白色光芒。那是自己桌上的荧光灯和MAC电脑的显示器。除此之外，一切都埋葬在黑暗里。天花板上的荧光灯灭了。实验桌、设备、门，什么都看不见了。

灯被关掉了。

门边有个开关，开关被关上了。浅仓意识到一件事。她倒抽一口冷气。

那东西知道关上开关灯就会灭，也知道转动把手门就会开——它拥有智力。

难以置信。

就在这时，门边出现了黄白色的光。

因为被实验台挡住，浅仓不清楚发生了什么。光线很微弱，只照亮了冰箱的轮廓。她听到叮、叮的轻响，像是在移动什么东西的声音。

那东西打开了冰箱。浅仓的直觉告诉她。

那是取出试剂瓶的声音。它好像在找什么东西。

逃跑的报警信号在浅仓脑海中不断闪烁。她四肢着地，拼命爬动。尽管心急如焚，身体却跟不上。她好不容易爬到可以看见整个冰箱的位置。只见冰箱门半开着，那东西刚好被门挡住，正把冰箱隔板翻得叮叮作响，时不时还发出令人毛骨悚然的黏糊糊的声音。但它似乎并不在意浅仓。浅仓还是看不到那东西的样子，不过她也不想看。

浅仓在原地换了个方向，悄悄朝冰箱相反的那扇门爬去。再有一点就到了，就快到门口了。等到了门口，站起来开门，然后全力跑出去就行了。只要能够到门把手，自己就能逃走了。她的心脏跳得飞快。

突然间咔嚓一声，浅仓的膝盖感到一阵剧痛。

浅仓惨叫一声，按住膝盖。有什么东西刺了进去。她拼命想拔出来，但手指尖痛得厉害。她感到自己的手掌湿漉漉的，才意识到出血了。浅仓哭了起来。怎么会这样？浅仓咒骂自己的不小心。是杯子。杯子的碎片刺进了膝盖。

啪嗒。那东西动了。

浅仓的心跳差点停了。

那东西落在地上。它知道浅仓要逃跑。

那东西在地上动了起来。浅仓隐约看到那东西的模样。房间里很黑，只能看到影子般的轮廓，但也能分辨出那像是块软绵绵的肉。

"……不要。"浅仓带着哭腔说。但那声音还是在一点点逼近。沙沙的蠕动声，像是用触手般的东西爬行。啪嗒，气泡破裂，仿佛是西红柿被挤碎的声音。它们化作一体，继续前进。

"求求你，不要过来……"

浅仓拼命哀求，她一遍一遍地喊着不要过来。她想爬着逃跑，但刚一挪动，膝盖上就是一阵剧痛，身体禁不住倒了下去。她的腿不能动了。

浅仓呻吟着趴在地上，用双臂交替，在地上匍匐前进。声音近在咫尺。浅仓脸上又是眼泪又是鼻涕，疯了似的靠手肘往前挪动身体，但身体完全不动。浅仓发出绝望的惨叫。膝盖一抽一抽地疼痛，手掌沾满了汗水和鲜血。眼前什么都看不见。她甚至不知道自己在往哪里爬。

有个温热的东西触到了浅仓的脚踝。

那东西立刻缠住脚踝，用力拉扯。

浅仓拼命伸长手臂，指尖碰到了什么东西。她赶紧抓住。是水池的一角。浅仓的四根手指弯成直角，用力扣住。那东西还在冷酷地拖着浅仓的脚。手指关节疼痛难忍，浅仓尖叫起来。她试图伸出另一只手去抓水池，但是够不到。她的身体被一点点往回拽。食指松脱了。不要、不要！浅仓不知道叫了多少次，但那股力量反而越来越强。那东西抓住浅仓的脚踝，同时还在向小腿进攻。她的脚像被挤压似的发出咯吱声。中指也松脱了。只剩下无名指和小指勉强卡住。浅仓的手指痛得仿佛要断了。那东西又抓住了她的另一只脚，然后猛然用力往回拉。

余下两根手指也被拽离了水池。

浅仓的身体立刻被拽了回去，插在膝盖上的碎片在地板上划出刺耳的声音。

那东西压在浅仓的背后，黏糊糊的液体渗到浅仓身体上。培养基的独特气息直冲鼻孔，像是甜甜的粉末。浅仓想把它推开，但那东西仿佛没有形状，刚一碰上，整个手臂便陷了进去，拔也拔不出来。

浅仓被掀成仰面朝天。她的双腿还在挣扎，但毫无作用。她的身体被牢牢压住了。

浅仓拼命叫喊求救，但紧接着便有什么东西塞进了嘴里，压碎了浅仓的叫喊声。浅仓咬紧牙关想要抗拒那东西的侵入，但还是被撬开了。那黏糊糊的东西在浅仓的嘴里蠕动，缠上她的舌头和牙齿。浅仓呕吐起来。她仰面躺着，胃里的东西猛冲出来，呕吐物落在脸上。而在她口中的那个东西，沐浴在浅仓的消化物中，剧烈膨胀开来，塞住浅仓的咽喉。

17

即将迎来今年的十二月二十四日。

准备晚饭前，圣美已经把房间装饰好了。客厅墙上贴了美丽的纸花，电视机旁边摆了一棵小小的圣诞树，枝条上装点着雪花形状的棉花，彩灯和小挂饰也垂在上面。槲寄生挂在厨房门楣上。她还整理了壁橱上的洋娃娃，餐桌也换上了蕾丝边的新桌布，上面摆了亮锃锃的烛台。不过一个小时的时间，房间里便收拾出一派圣诞节的气息。圣美满意地打量了一圈，满意地嘟囔了一句"很好"。

自从和利明结婚、一起住进公寓以来，圣美每年都会做圣诞节装饰。起初利明觉得这些装饰太夸张了，不太情愿，觉得反正没有孩子，没必要搞圣诞节装饰。而唯有这点，圣美不肯让步。她一直都是这样庆祝圣诞节的。对圣美来说，只有这样才是过圣诞，也是过生日。

圣美忽然望向窗外。她感觉到某种静谧的气息，满怀期待地走向窗边，拉开窗帘，把结霜的窗户打开一条细缝，悄悄窥探外面的状况。

白色的东西在夜空中飞舞。

圣美低低欢呼了一声，探出身子环顾周围。

不知什么时候下的雪，已经把外面铺上了薄薄的一层。粉雪悠然从天上落下，连绵不绝。虽然看不到远方的黑暗处，但在房间灯光照亮的范围里，可以清晰地看到一粒粒雪珠的形状。

白色圣诞节。

圣美说不出的开心，她用哆来咪的音阶哼唱起以前弹钢琴时学的《平安夜》。

利明打电话说要晚点回来的时候，已经是晚上八点了。蛋糕做好了，晚餐也准备好了。圣美一手握着电话听筒，斜着眼睛看着炖了菜肴的锅，心里满是失望。利明说，大四学生的实验失败了，必须从头再做一遍，自己不得不在旁边全程指导。

"一定要今天吗？"圣美忍不住问。

"样品已经处理好了，如果今天不做，样品就浪费了。"

"哦……"

利明大约察觉到圣美的失望，一个劲儿地道歉。圣美努力装出开朗的语气说没关系，但她很寂寞。去年利明好像也是做实验做到很晚才回来。今天是自己的生日，她很希望利明能够放下实验，早些回来。这可能是个任性的愿望，但也是她真实的期盼。然而实验比圣美想象的还长。利明解释了接下去要做的操作，开始估算回到家的时间。

"接下来要先摘取大鼠的肝脏，做均质化，然后取线粒体组分……"

听到这个词，圣美的心口扑通响了一下。

（Toshiaki.）[①]

圣美大吃一惊，她的耳朵里嗡嗡作响，眼前一片通红。圣美浑身颤抖，就像被人泼了一盆滚烫的水。

"……怎么了？"

唰，感觉又回来了。圣美慌忙把听筒贴在耳朵上，用笑容做掩饰，对利明说没什么，又叮嘱说下雪了，回来路上小心些。

但是放下听筒，圣美半晌都无法动弹。她能感觉到自己的腋窝在出汗。一阵寒意突袭而来，圣美打了个寒战。

反应越来越强烈了。和利明结婚以来，这种情况在加速发展，

---

① "利明"的日文罗马音。——译者注

而近来特别严重。

只要听到"线粒体"这个词，心脏就会异常搏动，无法呼吸，身体热得像是血管要爆裂了。在结婚之前，她想要多了解利明，曾经问过他实验的内容。但这几个月来，她已经不能再提研究的事了。发作状况越来越严重，越来越令她无法忍受。狂风骤雨般的心跳几乎要把整个身体都撕碎。圣美体内有什么自己不知道的东西，会对那个词产生反应，并在体内发出声音。

那感觉就好像那声音的主人很喜欢听到利明的研究，开心地在圣美体内乱窜。刚才的电话也是一样。圣美自己期盼利明早点回来，头脑中的声音却像是希望利明继续做更多的实验。

圣美完全弄不明白这到底是怎么回事。

忽然间，圣美想起高中时的自己。那时候自己脑海里想的一直都是将来要做什么，自己会变成什么样子，接下去又会发生什么。但是现在，这些疑问却以完全不同的含义缠绕在心中。

自己会变成什么样子？

最后，利明回到家已经过了十一点。他为自己的晚归道歉，然后看着房间里的装饰，露出惊讶的笑容。

圣美把蜡烛竖在桌上，点亮圣诞树上的彩灯，布置好菜肴。利明欢快地称赞了圣美的手艺。虽然回来晚了，但他活跃气氛的努力还是让圣美很开心。

吃过饭，圣美端出蛋糕。高中时她向母亲学了花式蛋糕的做法，每年都会在蛋糕设计上花费不少心思。这一回她以下雪的森林为造型，还在蛋糕中心搭了一座威化饼做的小屋。她觉得自己做得相当不错。

在调暗的灯光中，两个人分吃蛋糕，喝了香槟。利明从包里拿出一个小盒子递过来，说是生日礼物。那是一块很可爱的手表。

进入卧室的时候，已经过了凌晨两点。

关上灯，利明静静地吻了过来。双唇接触的一瞬，圣美感觉到一种令她战栗的快感。

圣美情不自禁地呻吟起来，她的双腿立时软了下去，支撑不住身体。那刺激如此强烈，简直让她感觉自己的身体都要熔化了。

圣美发现自己在主动探出舌头。她的身子已经彻底软了，唯有舌头在执拗地追索着利明。（撒谎！）无法置信。（这不可能！）四肢完全没有力气。她被利明抱在怀里，站都站不住，然而舌头还是贪婪地追逐着利明的嘴，如饥似渴地缠住利明的舌头，不停摩擦他的内侧牙龈。（怎么会这样？！）

突然间，强烈的睡意袭来，就像是突如其来的睡魔把她推下深渊。圣美大吃一惊。如果不是被抱着，自己也许就会沉入地底。她撑不住自己的头，仰面朝天向后倒去，但那舌头依然饥渴地动着。（怎么回事？）利明似乎认为圣美已经有了反应，嘴唇贴在她的咽喉处。耀眼的闪光从眼睑内部划过，但睡意无情地笼罩着大脑。圣美奋力摇头，想把那睡意甩掉，然而毫无效果。（到底怎么了？）

就在感觉灰暗扭曲之前，响起一个声音。

（**Toshiaki.**）

圣美吃惊地睁开眼睛。睡意稍有减退，但也只有一瞬。那帷幕在脑海中重新合上。（不！）圣美摇头抵抗，她叫喊起来，用拳头砸自己的身体，使劲瞪大眼睛。是那个声音。和利明聊到研究话题时听到的那个不知来历的声音。（不要！）圣美大叫。（不能睡！）圣美向利明求救。但那声音又一次在脑海中响起，像是要抹掉圣美的一切努力。

（**Toshiaki.**）

谁？是谁？

心跳快得像接连敲响的钟，不断撞击圣美的胸口。她大口喘息，痛苦不已。圣美全身痉挛，感觉快要崩溃了。睡意如同海啸般席卷而来，她拼死挣扎着，试图避免被吞没。汹涌的波涛来来回回，意识在反反复复间变得模糊不清。每当圣美的意识远去时，声音的主人似乎就会从圣美体内涌上来。那声音满怀欣喜，不断呼唤利明的名字。圣美焦急万分，她甚至产生了声音的主人在同利明睡觉的错觉。在自己沉睡期间，是它的意识占据了身体，与利明尽情交欢。圣美的脑海里充满了这种可怕的幻想。它偷了我的男人，偷了我的利明。圣美不顾一切地用尽全身力气想要睁开眼睛，好几次成功地占据了意识的主导，但随即又沉入黑暗的深处。

有人在说话。那声音很大，在房间里回荡。那是自己的声音，还是那个声音？圣美分不出来。那声音很兴奋，诉说着交欢的愉悦。圣美不知道自己此刻在做什么。所有一切都扭曲地混杂在一起，然后被汹涌的黑暗波涛吞噬、蹂躏。

醒来时，周围一片寂静。

圣美做了个梦。

她很快意识到那就是自己一贯的梦，圣诞夜必然会做的那个奇异的梦。漂浮在黑暗中的感觉，遥远往昔的记忆。

但随着梦境的发展，圣美意识到今年的梦与往年有些不同。

她发现自己正在漫无目的地漂动。视野里一片浑浊，连上下都分不出来，但体表能感觉到的水流方向在不停变化，这让她意识到自己正在剧烈运动。力量涌上身体，仿佛哪里都能去。实际上，自己确实可以移动前所未有的距离。圣美发现自己正为这一点感到高兴。

不知道过了多久。忽然间，她感觉到抚摸自己身体的水流出现了异动。附近有什么东西。那东西很大，但动作很迟钝，只是在不停地颤动。

想起来了。那东西自己遇到过很多次了，其中还攻击过几次。有时候它很容易破裂，不过有时候也会反过来抓住自己。

在意识到对方的时候，忽然间自己身体里涌现出一种从未感觉过的东西。自己完全不知道那是什么，从哪里来，又意味着什么。只知道自己回过神的时候，已经颤抖着钻进了对方体内。

对方似乎很吃惊，但当自己分享了部分力量后，便立刻允许自己的共存。对方体内很舒适。找到了永恒的居所，她想。

这种感觉究竟是什么呢，圣美在梦里想。这到底意味着什么呢？

但想不明白。

什么都不明白。

18

"就从浅仓开始吧。"

"好的。"

浅仓被利明喊到前面。利明把激光笔递过去。浅仓右手拿着讲稿，左手拿着激光笔，站在屏幕前。

准备完毕，利明按下秒表。

"那么，首先是浅仓佐知子，演讲题目是'通过类视黄醇受体诱导不饱和脂肪酸 β 氧化酶 2,4-dienoyl-CoA reductase 基因'。请。"

"好的，请放幻灯片。"

幻灯机发出咔嚓声，将图表投影在屏幕上。浅仓一边斜眼偷看讲稿，一边开始演讲。

"我们之前报告过安妥明这种过氧化物酶体增殖剂可以在大鼠肝脏中诱导出线粒体的不饱和脂肪酸 β 氧化酶，也有报告称过氧化物酶体增殖剂能够与核转运蛋白质类视黄醇受体结合，因此可以认为类视黄醇受体参与了这些 β 氧化酶的诱导机制，但目前尚未探明细节。这次我们着眼于不饱和脂肪酸的 β 氧化所必需的酶 2,4-dienoyl-CoA reductase，对其进行了基因克隆，并揭示出该基因受类视黄醇受体调节的事实。请放下一张。"

咔嚓一声，屏幕上投出下一张图片。

利明一边看着秒表上闪烁的时间，一边听浅仓的演讲。研究室的教授、教职员工和学生差不多都在，全都挤在狭小的讨论室里。电风扇虽然开着，但为了播放幻灯片，窗帘还是紧紧拉上，再加上房间里人满为患，闷得人喘不上气。

距离生化学会还有五天。教授建议说，做一次演讲练习，正式上台会更有把握，于是今天教师和学生都聚到这里进行练习。如果拖到最后一刻才做幻灯片，就没时间订正错误，而且心情也会很焦虑，不可能做一场好的演讲。早点写好讲稿，给研究室的大家审阅，不仅可以消除错误，还能让第一次演讲的学生缓解不必要的紧张。

浅仓完成幻灯片初稿的时间比利明预想的早很多。这些日子她肯定天天努力到半夜，不然没办法解释为什么速度那么快。不过即使利明这么问，浅仓也只是微笑不语，并没有说自己是什么时间完成的。

总之，正因为浅仓的刻苦，她的学会准备才显得相当从容，这也让利明感觉很轻松。随着学会的临近，浅仓也比平时更有干劲儿。她每天一早来到研究室，精力充沛地工作到深夜，完全看不到疲惫的样子。看着浅仓的身影，利明不禁摇头苦笑，感叹自己已经不再年轻了。

浅仓毫无停顿地继续讲解。她用激光笔准确地指示着图上的位置，在需要强调的地方略微提高音量，吸引听众的注意。这是一次令人印象深刻的演讲，利明欣赏地注视着浅仓的侧脸。哪怕是演讲经验丰富的研究者也做不到这么好。他从没想过浅仓这么厉害。在演讲上，利明已经没什么可以教她的了。

想到这里，利明忽然意识到一件和演讲氛围格格不入的事。这几天，浅仓好像变漂亮了。

她穿的还是和以前一样，都是衬衫搭配牛仔裤，却仿佛由内向外散发出优雅感。可能是换了发型的缘故吧，利明想。浅仓原来把头发束在脑后扎成马尾，现在换成了波浪发。不过利明感觉不止这点。浅仓一贯很开朗，但如今又多了几分优雅，举手投足都充满了自信。

"……综上所述，我们揭示了安妥明诱导该酶的机制。由于大部分不饱和脂肪酸代谢酶和该酶一样都受到安妥明的诱导，因而可以推测与该酶具有相似的上游过程。今后通过其他酶的基因组克隆，可以更为详细地了解类视黄醇受体的作用。以上是我演讲的内容。感谢播放幻灯片的同学。"

画面消失，房间的灯亮了。利明赶紧停下秒表。他被浅仓的脸迷住了，差点忘记。

"十四分二十七秒。"

"没问题。"

石原教授满意地点点头。浅仓露出如释重负的笑容，那笑脸还和往日一样。

"演讲时间是十五分钟吧。"

"是的。"利明回答。

"幻灯片上没发现拼写错误，也没觉得哪里的解释不够流畅……你们看呢？"

石原看向在后面听演讲的学生们，示意他们不要客气，有什么疑问尽管提。

学生们慌忙低下头，视线四下游移。看到这一幕，利明心中苦笑。毫无疑问，演讲太完美了，大家都惊呆了吧。

石原等了一会儿，看大家没有动静，于是点了点头表示就这样吧。他让操作幻灯机的学生再从头放一遍浅仓的幻灯片。"大家再来一起检查看看有没有错误。"

石原针对每一张幻灯片详细询问浅仓。浅仓准确地回答了所有的问题。利明半带惊讶地听着浅仓的回答。看来她下了很大的功夫。利明本来准备当浅仓答不上来的时候帮她一把，不过现在看来完全没那个必要。回答过程中，浅仓没有表露出丝毫的不安，但也没有任何傲慢的神色，反而让人清晰感觉到对于提问者的诚意。她的语速并不快，条理清晰地准确阐述回答的内容，以便对方充分理解。有时她还会提及最新的数据来补充，展现出游刃有余的感觉。

"嗯，完美。看来你学得很好。"石原终于赞叹道。

"谢谢。"

浅仓的笑容亲切可爱，简直令人吃惊。

"下个演讲的家伙要难受了，压力太大了。"

石原的话引得学生哄堂大笑。

"哎，也吓了我一跳。你太棒了。连教授都赞不绝口。"

演讲练习会结束后，利明回到研究室，称赞浅仓说。

浅仓显得有些不好意思，轻轻说了声谢谢。

"接下来只剩下背讲稿了。嗯，也不用太紧张，在学会当天前背下来就行。如果担心的话，提前一天我陪你练习。另外，正式演讲的时候，你也把讲稿带上去吧。"

"我想应该没问题……"

"不，有时候会突然忘词，带讲稿算是加个保险，不过演讲的时候还是尽量不看讲稿。"

"好的。"

"对了……"利明看了看浅仓的膝盖，换了个话题，"你的腿没事了吧？"

"啊，这个吗？"

浅仓笑着用拳头隔着牛仔裤使劲敲了敲膝盖："没事了，你看。

虽然还裹着绷带。"

"不痛了？"

"嗯，也没留下痕迹。"

浅仓烫发的那天，利明注意到她走路一瘸一拐的，于是问她怎么了。浅仓说自己在公寓楼梯上滑了一跤，擦伤了。利明仔细一看，发现她手指上也裹着创可贴，但浅仓反而笑着安慰利明说不用担心。

"真的没事。你瞧，我个头儿这么高，想保持平衡可不容易。"

听到这话，利明有些惊讶。他感觉浅仓和平时不太一样，以前从来没听浅仓用这种自嘲般的语气谈起自己的身高。这让他感觉颇为奇怪。

不过这也不是什么值得深究的问题。所以那时候利明把自己这种奇怪的感觉抛到了脑后，没再多想。

"学会之前会好的，请别担心。穿着西装裙上台，膝盖上反而裹着绷带，那就太奇怪了。"说到这里，浅仓微微一笑。

正在这时，一群大四学生来到了研究室。其中一个手里捧着白色的盒子。

"教授说练习辛苦了，掏钱让我们买了蛋糕，每人一块。"一个大四学生得意地说。

"哎，真少见。看来大家的演讲都很好，教授很高兴啊。"说着话，利明打开盒子。

"好好吃的样子！"浅仓欢呼起来，"我去泡红茶，大家把自己的杯子拿来。"

研究室立刻开启了下午茶时间。

浅仓泡的红茶很好喝。许久以来,利明第一次品尝到悠闲的心情。

"咦,浅仓,你换杯子了?"

吃蛋糕的时候,大四学生突然叫了一声。不说还没注意。仔细一看,确实和浅仓以前用的杯子不一样。

"原来那个呢?"

"摔坏了吧。"

"不知道跑哪儿去了。"浅仓带着幸福的笑容,享受了红茶的芬芳,"明明收拾好的,可是怎么都找不到了。你们看到的话记得告诉我。"

19

她第一次浮出表面。那过程比预想的更顺利。虽然圣美的精神多次抵抗,但她基本上还是占据了上风。来到表面与利明交欢的快感,是藏在圣美内部时完全无法比拟的,但她还是不满足。这只是个开始。

她知道圣美在做梦。她的记忆泄露出些许,刺激了圣美的神经。虽然她小心不让圣美意识到自己的存在,但唯有圣美诞生的十二月二十四日,防御会变得薄弱——大概是那一天圣美的感觉特别敏锐吧。

昨天晚上,她在进入宿主时的记忆终于被圣美看到了。虽然她觉得圣美不可能理解那段记忆的含义,但也不能掉以轻心。因为圣美可能会把梦的内容告诉利明。即使圣美自己不知道那个梦的含义，利明也有可能察觉。

差不多该采取行动了，她想。

是时候了，不要再做宿主的听话奴隶了。就像昨天晚上尝试过的那样，她已经做好了准备，可以随心所欲地操控宿主的中枢神经系统了。她思考，圣美的肉体服从，是更好的主从关系。

那天早上很平静。持续好几天的冷空气不知去了哪里，久违的朝阳淡淡地照进卧室的窗户。光的微粒透过窗帘的网眼，柔和地映出床上的白色床单。煤油暖炉的液晶屏上隐约可见设置的定时。

身边传来轻微的呻吟声，她向旁边看去。是利明的背。赤裸的肩膀正随着呼吸微微起伏。她终于想起自己和利明睡在一张床上。她小心地伸手摸了摸那肩膀。

"……哎，你醒了呀。"

利明揉着眼睛坐起来，脸上有些浮肿，好像还没完全醒。

她微笑着说："我，想注册肾脏银行。"

吃早饭的时候，圣美发现利明时不时用诧异的眼神看自己。他在偷窥。圣美一朝他看，他便慌忙移开视线，给烤好的面包片涂上黄油。

"怎么了？"圣美奇怪地问。

利明低着头，一副欲言又止的样子，最后还是忍不住低声问："……你是不是有什么事情？"

"什么意思？"

"突然说什么要去注册肾脏银行……"

圣美惊讶地抬起头。她不记得自己说过这种话。

"注册倒是没关系……只是我以为你对这些事情一向没什么兴趣，所以吓了一跳。"

圣美眨了眨眼睛。利明咬了一口面包，视线游移不定，看起来不像是在开玩笑。

到底什么意思？圣美正准备反驳，但突然张不开口。她的身体霎时僵住了。

圣美用上力气，终于张开了嘴。她刚刚松了一口气，却发现嘴里说出来的话语，完全不是自己的意思。

"还不知道该怎么注册呢。"

自那天以来，圣美就常常对自己感到不解。她觉得自己可能会在毫无自觉的情况下做出什么事来，所以变得对一切都疑神疑鬼起来。圣诞节之后，利明也曾经有好几次想和圣美亲热，但她坚决没有答应。圣美害怕一旦和利明肌肤相亲，身体里又不知道会涌出什么东西，到时候就后悔莫及了。

又过了几天，圣美收到了肾脏捐献卡。卡上登记有电话号码，下面还写了这样的内容：

如果发生了适合提供肾脏的情况，请通过上述号码联系。

肾脏捐献卡

圣美用拇指和食指捏住卡片的对角，将卡片转了一圈。自己什么时候办理了肾脏银行的注册手续？完全不记得了。说来也怪，最近经常看到和器官移植相关的新闻。以前自己都没在意，但是这些日子突然在各种场合都会接触到这些东西。或许有关移植的信息一直都有，只是自己不感兴趣，所以忽略了。但为什么现在开始感兴趣了呢？圣美自己也不知道。

冬天过去了，迎来新的一年。气温回升，樱花绽放。

然后在六月中旬的某一天，利明一回到家就欢呼着紧紧抱住圣美。

"成功了，圣美！通过了！"

"什么通过了？"

利明兴奋地告诉惊讶的圣美："是《自然》！"

利明抱起圣美转了一圈，但圣美还是没听明白。

"等等，到底是什么呀？"

"我写的论文被《自然》采用了，今天收到了通知。还记得吗，我曾经和你说过，总有一天要在顶级学术杂志上发表论文。"

这么一说，圣美想起来了。当时利明在列举世界上权威的学术杂志时，提到过《自然》。

"就是说……"圣美终于有点明白发生了什么。

"没错！怎么样，你老公厉害吧！开心吧？！"

"太厉害了！"

圣美抱住利明，然后正想开口祝贺——

嘴里说出来的话语却不是她想的。

"太棒了，利明，不愧是我要找的男人。"

圣美吓了一跳，捂住自己的嘴。

"别犯傻，圣美。我们不是早就结婚了吗？"利明奇怪地说。圣美慌忙摇头。

"不是的，刚才那个……"

"怎么了？"

"我爱你。"

圣美慌忙挣开利明。

那不是自己说的话。有人在控制自己的嘴！

宛如冰柱般的寒意袭上圣美的背脊。她突然对自己的肉体产生了无比的恐惧，似乎有什么不明所以的东西正在体内蠕动。圣美只想脱下一切逃离这里。利明又抱住了她。在利明的怀里，圣美的身体变得僵硬，她感觉着自己的冷汗，浑身颤抖不已。

过了一个星期，又到了药学院按惯例举办公开讲座的日子。

药学院有十六场讲座，每年四场，轮换讲解。今年利明负责其中的一场。

公开讲座的当天，利明说自己要给教授放幻灯片，去了药学院。圣美在无意识的情况下说出这句话：

"我可以一起去吗？"

那是个大晴天。和第一次见到利明的时候一样，药学院大楼上方是一片湛蓝的天空。

石原教授的演讲是下午第一场。利明和圣美提前十分钟进了教室。利明设置幻灯片的时候，圣美自己在教室里闲逛，时不时眺望窗外的景色。总觉得缺乏现实感。明明走在教室里，但她简直不敢相信自己的双腿还能正常走路。她有种身体动作和意识分离的错觉。

"我们的身体里居住着大量寄生虫。"

石原教授开始了演讲，语气和当时一模一样。在教授的示意下，利明逐一更换幻灯片，其中一半和圣美当年听的时候一样，其他数据则是换成了新的发现。圣美听着石原教授的讲解，眼睛盯着画面。和读大学的时候相比，她对内容的理解加深了许多。展示最新数据的时候，她也能充分理解其中的含义。讲解内容很容易被大脑吸收。那种感觉与其说是对未知事物的理解，其实更像是唤醒了过往一度遗忘的记忆。自己竟然如此理解讲座的内容，圣美感到非常惊讶。

不久，幻灯片播放完毕，教室里重新亮起了灯。石原教授完成演讲，随即习惯性地说："各位有什么疑问……"

就在这时，圣美的右手动了。

当圣美反应过来的时候，那只手已经高高举了起来。手指伸得笔直，手臂紧贴耳朵，就像小学生举手的姿势。

石原教授一脸惊讶。好几个学生回过头好奇地看着她。正在圣美后面收拾幻灯机的利明显得有些狼狈。

"……好的，请。"石原教授苦笑着指向圣美。

圣美站起身来。木椅子发出"砰"的一声。圣美一边起身，一边怀疑这是在做梦。不知什么时候，圣美的嘴动了起来。圣美不知道自己在说什么。

"您在刚刚的演讲中提到，宿主的细胞核将线粒体变成了奴隶。确实，在线粒体DNA中，除了tRNA（转移RNA）和rRNA（核糖体RNA），只记录了一部分参与电子传递的酶的编码。由此看来，仅靠线粒体自身完全无法存活。您解释说，这是因为细胞核从线粒体中抽走了线粒体原本具有的遗传物质。但是，仅凭这一点就认为细胞核奴役了线粒体，是否有些武断了？我们是不是可以反过来思考，比如说，线粒体是否有可能主动将自己的遗传物质送入细胞核？目前还没有获得核基因组的完整序列，也许有一些重要的基因，被线粒体悄悄送入了细胞核，而它们恰恰位于目前尚未解析的部位。如果那些基因编码的蛋白质刚好是某种未知的核转运受体，能让线粒体随心所欲地操控宿主基因的复制和翻译，那会发生什么？可能会彻底改变宿主与线粒体的关系。这种假说在逻辑上也是成立的。换言之，我们是否可以这样认为，在不久的将来，本是寄生虫的线粒体，有可能把宿主变成自己的奴隶。"

教室里一片寂静，大家全都一动不动，只有幻灯机的风扇发出低沉的嗡嗡声。石原教授大张着嘴，怔怔地看着圣美的方向。

教室外面吹起一阵风，树叶沙沙作响。那像是个信号，教室里的人们一齐活动起来，有的扭扭脖子，有的咳嗽两声。教授四下望了望，一看到利明就死死瞪着他，仿佛在问"这到底是怎么回事"。学生们交头接耳。圣美缓缓坐下，后背挺得笔直，微笑着注视着石原教授。

"呃，这个，你提的问题非常好。"

教授尴尬地笑了笑，一个劲儿地咳嗽。圣美看得出来，教授明显应付不来，回答不了这个问题。圣美露出轻蔑之色。教授注意到她的表情，感到愤慨似的重重咳嗽了几声，磕磕巴巴地开始回答。但那并不是正经的回答："确实可以反过来想，不过太不具有现实性了。没有哪个研究者会这么想……"直到最后，石原教授也没有说出自己的看法。如果把圣美的想法和现有的研究成果结合起来，会得出什么样的结论？石原教授自己又是怎么想的？这些都是回答过程中的基本内容，但石原教授并没有提及。在思维的灵活性、前瞻性方面，利明要远远胜过石原教授。我果然没有选错。只有利明才能真正理解线粒体。利明才是我的目标。

我？

圣美猛然抬起头。

身体恢复了自由。圣美一下子控制不住，向前倒去。她下意识地伸手撑住桌子，这才没有摔倒，但差点撞到额头。

我到底是谁？

自己的心脏仿佛坠入了无底的黑暗深渊。圣美怎么也甩不掉那种感觉。

那一天，圣美和利明一起出了家门。

圣美和往常一样按时起床，准备好早餐，和利明两个人一起吃。那是日式的早餐，有煎鸡蛋和盐烤鲑鱼。走出家门，微弱的晨曦透过云层缝隙洒落下来。下楼的途中，他们遇到了住在二楼的年轻夫妻，彼此轻轻点头致意。

"那我去上班了。"

利明说着坐进了自己的汽车。圣美笑着点点头，朝驾驶座上的利明轻轻挥了挥手，然后自己也坐进今年初刚买的小汽车里。她把提包放在副驾驶座位上，发动引擎。昨天晚上她给很久没联系的智佳写了一封信。不知怎的，圣美突然很想和过去的老朋友联系。不管什么都行，总之想要找回一些可以信任的东西。虽然信里只写了各种无关紧要的琐事，但圣美希望能够借此机会，重新和智佳建立起密切的联系。

圣美开着发动机，又检查了一遍包里的东西。写给智佳的信好好地放在里面，驾照也没忘。圣美下意识地取出驾照本，重新看了一下里面的内容。驾照和JAF①的会员证之间，仔细地夹着肾脏捐献卡。

圣美开动汽车，利明的车跟在后面。开到公寓楼前面的马路上，圣美往右，利明往左，各自上路。圣美的汽车后视镜里映出利明的身影，他在挥手。

圣美开着汽车，用了差不多五分钟开出住宅区，驶上主干道。清晨的街道一如往日。路上车辆稍有些多，不过车流依然顺畅。这条路圣美不知道走过多少次，非常熟悉。很快道路缓缓下坡，车流越来越快。大部分车辆的速度都提到了五六十迈。道路朝右拐出一个弯道。透过挡风玻璃，天空铺展在圣美面前。

弯道对面的信号灯刚刚变成黄色，圣美的视野骤然笼罩在黑暗中。

20

"麻理子在睡觉。"

在走廊里擦肩而过的护士这样告诉安齐重德。安齐轻轻点头回应。

探视时间马上就结束了，但安齐也没办法更早离开公司。最近这些日子，他总是在麻理子的病房里闷坐一阵，然后再返回公

---

① Japan Automobile Federation，即日本汽车协会。

司去。

实际上，安齐有时候也说不清自己为什么要来这里。麻理子依然裹着厚厚的壳。安齐千方百计想和麻理子交流，但一切都是徒劳。不可否认，他的心里确实产生出放弃的念头。住院之前他也几乎没怎么和麻理子说过话，现在突然想要无话不谈，当然不可能。

那，自己为什么还要来呢？是为了尽父亲的义务吗？

安齐不愿这么想。但他也发现，和女儿在一起，要比在公司的时候更加疲惫。安齐搞不清自己到底是怎么想的。

他打开病房的门，探头往里面看，确实和护士说的一样，麻理子正躺在床上睡觉。

安齐轻轻关上门，没有吵醒麻理子，静静地走过去，坐到床边。

麻理子面朝着他的方向，表情显得心事重重。安齐看着她熟睡的脸。

他有很长时间没有这样看过麻理子的脸庞了。意识到这一点的时候，安齐大吃一惊。他每天都来探望麻理子，却连女儿的脸都没认真看过。

安齐凝视麻理子的脸庞。微微张开的嘴唇，紧闭的眼睛，细细的睫毛，略显稚气的鼻子，还有因为低烧而略微泛红的脸颊。安齐之前一直没有发现，麻理子和亡故的妻子长得很像。麻理子刚出生的时候，亲戚们常说她长得像母亲，不过当时安齐并没有什么实际的感觉。但现在看来，确实相似得惊人。

这些年自己到底在干什么？

这样的想法涌上心头。安齐垂下脑袋，双手捂住脸。他感到喘不上气。

就在这时，麻理子呻吟起来。

"……唔唔……唔……"

安齐立刻抬起头。

麻理子的脸痛苦地扭曲着。她好像还没有完全醒，可能是做了噩梦，手臂不停挥舞，像是要把身上的什么东西推开似的。她痛苦地扭着身子，呻吟声越来越大。

"麻理子，怎么了？"

安齐站起来，伸手想去抚摩麻理子，但麻理子猛地翻了个身，把他的手甩开了。

"麻理子，你没事吧？"

麻理子发出近乎尖叫的声音，双腿也蹬了起来。安齐被这突如其来的事态弄得不知所措。

"别过来，"麻理子说起梦话，"不……别过来，不要过来……"

"麻理子，别怕，快醒醒。"

安齐奋力压住麻理子的身体。必须喊醒她。安齐抓住麻理子乱动的手脚，大声叫喊麻理子的名字，试图控制她的发作。

突然，麻理子的身体猛然一弹。

那力量大得把安齐都甩开了。他一屁股跌坐在地板上，怔怔地盯着床上的麻理子。

怎么回事……？

麻理子的下腹部在跳，像只虾子似的。麻理子的身体受到了它的控制。麻理子的行动并不是出于自己的意志。那动作显得很不自然。

"麻理子，快醒醒！快醒醒！"安齐大声叫喊着，不停摇晃麻理子的肩膀。照这样下去会很危险。安齐在麻理子耳边拼命叫喊："麻理子！麻理子！"麻理子的动作突然停了下来，她慢慢睁开眼睛。

"太好了！"安齐情不自禁地紧紧抱住麻理子。

"……爸爸。"麻理子好不容易挤出这一声，抱住了安齐。

"好了……好了……"安齐松了口气，轻抚麻理子的头。

"……爸爸……你救了我……"

"你做噩梦了，我很担心你。"

"……那个人……那个人去哪儿了？"

"那个人？"

"刚才来这里的……那个……"

她似乎还没有完全从梦中醒来，还在把梦和现实混为一谈。

"没有人来。只有爸爸一个人。"

"真的……？"

"嗯，真的。"

一阵急促的脚步声，护士从外面进来了。

"怎么了？我好像听到有些动静。"

"麻理子做噩梦了，"安齐解释说，"好像是个很可怕的噩梦……"

"又做噩梦了？"护士的脸色有些不耐烦。

"又？麻理子总是做噩梦吗？"

"嗯，夜里经常做噩梦。医生没有和您说过吗？"

"稍微说过一点……但我没想到这么严重。"

"有段时间差不多好了，最近这个星期又严重了……有时候还会把输液管拔掉。"

"夜里没有人陪护吗？"

"手术刚做完的时候会轮班陪护，只是最近……不过定期会来看看情况。"

"这也……我来陪护吧，这样可以吧？"

"不，这可不行。会影响其他患者的。"

安齐很生气："难道就这样放着不管吗？没想到你们这么不负责任！"

护士无可奈何地叹了一口气。

"无论如何，您今天先回去吧。探视时间已经过了……别担心，我们会向医生反映情况，以后也会更加注意，请放心。"

"可是……"

安齐看看护士又看看麻理子。麻理子浑身无力地瘫在病床上，像是虚脱了一般。

最终安齐让步了。他开始收拾，准备离开，但麻理子一脸不安地看着他。

"……我害怕。"麻理子怯生生地说。安齐心口一痛。

"没事的，我明天还会来。"好半天，安齐才挤出这一句。

"……真的？"

"嗯，真的。"安齐朝麻理子微笑。

"……我们之前报告过安妥明这种过氧化物酶体增殖剂可以在大鼠肝脏中诱导出线粒体的不饱和脂肪酸 β 氧化酶……"

浅仓在研讨室里反复背诵讲稿。明天就是学会演讲的日子。今天必须把一切都背到脑子里。

　　从明天开始，学会将在市内的活动中心连续举办三天。浅仓的演讲是第一天的下午五点二十分开始，也是第一天的最后一场演讲。利明的演讲是在下午两点。包含海报展示在内，研究室里预定发表报告的人，有一半都会在第一天完成发表。有人提议说，等浅仓的演讲结束，大家一起去喝一杯。

　　利明下班前听过浅仓的练习，当时浅仓的演讲很流畅，但她还是有些不安。在空无一人的研讨室里，浅仓已经继续练习了将近两个小时。

　　背完全部内容后，浅仓看了看钟。基本上可以在十四分钟左右说完。这样的话，万一正式上场的时候有些磕绊，也能在规定时间内完成吧。

　　她的喉咙有些嘶哑。浅仓坐到椅子上稍事休息。已经半夜了。

　　最近总感觉比较累，浅仓伸了个懒腰，就像一天里干了两天的活似的。她并没想那么拼，但回到家里泡进浴缸的时候，身体里的疲惫就会渗透出来。

　　那是从自己失忆之后开始的，浅仓想。

　　这十多天来，自己有时候会想不起自己做了什么。本来应该制作幻灯片初稿，但不知什么时候坐到了超净工作台前面。更奇怪的是，明明没有计划，自己却在同位素实验楼摆弄放射性同位素。然后当重新回过神来的时候，自己又坐回到桌子前面，幻灯片也已经完成了。这种情况经常发生在无人的深夜，但有时候即使白天也会失忆。据说上次的演讲彩排之后，大家一起吃了蛋糕，但浅仓一点印象都没有。她不知道自己到底怎么了。

浅仓用力摇了摇头。肯定都是些小事，没什么大问题。虽然有点怪异，但还不至于需要找人商量什么的。

"对了！"浅仓站起身。她忘记给细胞做传代了。

不是Eve1，是这次演讲的实验里用到的细胞。学会结束后可能还会用，所以浅仓打算继续做传代。培养瓶今天应该已经满了。明天一大早要去学会会场，今天如果不做传代，细胞就会死光了。

浅仓给自己鼓了鼓劲儿，站起身，走出研讨室，向培养室走去。走廊里空无一人，灯都关了。

进入培养室，打开冰箱，浅仓打算取出传代所需的培养基。

她吃了一惊。

培养基的液量怎么少了？

一周前配好的培养基已经差不多见底了。这一周浅仓忙于学会的准备工作，基本上没做什么与细胞相关的实验，只做了一种细胞的传代，为什么培养基一下子都没了？

为了防止细菌污染，培养基都装在每个人自己专用的瓶子里。其他人不可能用浅仓的培养基。但事实是培养基的量少了很多。除非进行了大量的细胞培养，不然不可能在这么短的时间里用完将近五百毫升的培养基。

怎么会变少呢？

浅仓一边觉得奇怪，一边还是把瓶子放进超净工作台，继续准备工作。胰蛋白酶、EDTA（乙二胺四乙酸）等其他试剂的量并没有变化。

可能是自己记错了吧。浅仓决定不去想了。

她做完超净工作台里的准备工作，走到恒温箱前，取出里面的细胞。

她关上箱门，转身往回走。

浅仓忽然有种奇怪的感觉，她停住了脚。

转身去看，只见箱门关着，恒温箱没什么异常。

浅仓看看手里的培养瓶，又看看恒温箱。没有什么特别的地方，但总觉得有些不大对劲。

恒温箱里有什么来着？完全想不起来了。

不应该啊，浅仓这样想着，摇了摇头。自己不是刚刚从里面把培养瓶拿出来吗？

但浅仓绞尽脑汁也想不起恒温箱里到底是什么样子了。

……不晓得出了什么问题。

浅仓苦笑起来。

看来需要赶紧做完传代，早点回去。太累了，需要放松放松。明天还有演讲。

浅仓坐到超净工作台前，开始用酒精给双手消毒。

她对现状很满意。

现在她的进化程度，已经远不是当初泡在培养液的时候可以相比的了。宿主完全处在她的掌控之中。不仅如此，以前她必须从外部接收信号，但现在基本上可以由她自己产生。被分子生物学家命名为Fos、Jun的神经递质，以及信号传递所必需的蛋白激酶，尽在她的掌控之中。她对它们中的大部分都做了诱发突变，将它们修饰成即使没有外界刺激也能活化的状态。只要适当诱导关键的蛋白质，就能让它们发挥作用。再没有什么事情是比随心所欲地控制宿主更美妙的了。

她对研究室的环境很满意。这里有自己进化所需的一切。只是刚开始的时候并不顺利。她分裂出好几个群落，各自给予不同的刺激。有的群落接受了UV灯的照射，有的群落加入了甲基胆蒽、DAB等致癌剂。绝大部分群落都死了。即使存活下来的群落，发生的突变也不是她想要的。她在这一周里反复试验，尝试了所有组合，一旦出现了稍好的细胞株，就会将它增殖，再给予新的刺激。这段时间晚上研究室里没有人，她可以大胆行事。她的一部分附着在浅仓那个女人身上，协助自己进化。这一周来，研究室和培养室变成了用于崇高进化的最终试验场。

她忍耐了十几亿年，一直梦想着这一天的到来。她一直按照宿主的要求，从事着单纯的能量生产作业。宿主认为，只要给她喂食，就能随时让她制造能量。宿主对于自己的控制地位深信不疑，甚至没有意识到，这种自负从一开始就是她计划的一部分。

宿主在进化，告别单细胞，选择了多细胞生物的道路。通过分担细胞的功能，实现了更有效的运动，也得以摄取更多的食物。要捕捉食物，就需要快速的传导神经。不久，宿主登上了陆地，获得了智能，建立了文明。宿主认为一切都是靠自己的力量进化得来的。多么简单的基因组啊，她在心中暗笑。

宿主之所以能够进化到这一步，不正是因为她的寄生吗，不正是因为她提供了巨大的能量吗？宿主原本只是无法接触氧气、只能苟延残喘的弱小生物，是她将宿主变成了好氧生物，将运动能力这一强大的武器赋予了宿主。她一直扮演着顺从的奴隶角色，直到宿主充分进化。所谓被宿主控制，只是她伪装的假象。一切都是为了等待一个真正理解她的男人出来。

现如今，那个男人终于出现在她面前。

永岛利明。

没有哪个学者比他更理解她。在不久的将来，他将成为有关她的领域的第一人。在关于她的研究上，他将引领世界。他会逐一揭示她的真相。她看得出来，唯有他，才是配得上她的最佳伴侣。

她调出圣美的记忆，回忆起与利明交欢时的闪耀快感，浑身颤抖不已。是的，那时候利明爱的不是圣美。

他爱的是我。

她这样想。

她的体内掠过一阵几乎令人昏厥的狂喜。

她尖叫起来。当她意识到自己在发出声音的时候，她感到无比喜悦。那种喜悦又进一步增强了快感。她长长地、长长地叫喊着。一开始，那声音只能微微震动培养液，随后逐渐变成清晰的人声，变成了日语。喘息声渐渐化作高亢的尖叫。太美妙了，她想，这多美妙啊！

一切都准备好了。

接下来，只剩下与利明结合了。

她释放了自己的全部力量，最大限度地利用核基因，促使宿主增殖。转眼之间，培养瓶就被撑满了。由于空间局促，她从里面拧开培养瓶的盖子，来到外面。恒温箱里温暖湿润，虽然没有浸泡在培养液中那么舒适，不过宿主的身体还是包裹在适当的温度和湿度里。为了更好地发声，她首先造出了喉咙和口，然后又造了两个肺。她深深吸气，吸入的氧气激活了电子传递链。随后，她慢慢地、一字一顿地说出自己最想说的那个词。

"To、Shi、A、Ki……"

能够喊出自己所爱的男人的名字，她很激动。以前她只能向位于利明体内的她的姐妹发送刺激，让她们在利明的脑细胞中模仿出她的声音。但现在不一样了。她能够清晰地发出自己的声音了。她可以振动空气，呼唤利明的名字了。

她还在增殖，完成自己的形象。那应该是利明最喜欢的形象，是她曾经的宿主圣美的形象。为了得到利明的爱，她对宿主的形象做过改良。对利明而言，那应该正是他心目中完美的女性。不断增殖的细胞吞没了培养瓶。她指挥宿主细胞的形态进行复杂的分化。

她想感受快感。她想首先尽快造好接受利明爱抚的部位。她造出嘴唇。利明很喜欢这双嘴唇，这也是他亲吻过无数次的嘴唇。随后她又造了乳房。完美而柔软的半球形乳房隆起，她将神经细胞集中在乳房的顶端，自然形成了凸起。在狭小的恒温箱里，制造一个乳房就已经是极限了。不过她很满意。想象利明手指触摸的刹那，她就禁不住颤抖。然后她收缩中心区域，造出阴道和子宫，将内壁层层折叠，富有强弱变化，一定会让利明喜欢。最后她将旁边的部分拉长隆起，造出手指。

她用那手指的指尖触摸自己造出来的部分，享受那种感触。已经坚硬的乳头展示出最高的灵敏度。她喘息起来。这样她就可以随时与利明交合了。

她那分开的"妹妹"还活着。男性宿主对她毫无价值，所以她很早就让那个侵入男人体内的妹妹死亡了。但另一个妹妹很重要。

接受者中有一个是女性，对她来说再好不过了。如果两个接受者都是男性，她就不得不操纵他们去搜寻理想的女性，现在倒是省了这番麻烦。虽然那个接受者只有十四岁，不是很符合她的要求，但毕竟是女性。只要是"女性"就行。

她能接收到妹妹的搏动。由于妹妹们还没有经历最终的进化过程，和过去的她一样，几乎不能依靠自己的力量改变宿主的形态。不过她们可以向她发送信号，因而她可以准确掌握妹妹的位置。目前必须让妹妹活下去，不然她的计划就无法完成。让圣美在肾脏银行做登记这件事也会变得毫无意义。

就快了。很快她就会成为女王了。她继续爱抚着自己，同时沉醉在那个想法里。

自己不再是宿主的奴隶了。她是征服者。细胞核将沦为奴隶。她已经有能力制造女儿了。女儿将会是比她更完美的生命体。她的女儿，将是新世界的夏娃。

第三部　Evolution　进化

1

天空晴朗，万里无云。

利明从大厅的大窗户望出去，那色彩正从盛夏的蔚蓝变成柔和的天蓝。虽然残暑尚在，不过进入九月以来，阳光便没有那么火辣了。

远方淡云宛如薄纱，透出几分秋天的气息。

大厅里挤满了前来参加学会的研究人员和企业人士。大家都穿着西装，胸前的口袋里插着纸质的名牌，表示已经支付了学会费用。近年来女性研究者的身影也越来越多。

在日本生物化学和分子生物学领域，日本生化学会是与日本癌症学会并驾齐驱的大学会。今年的议程中收录了将近三千项演讲主题。学会每年都会更换举办地，今年是在利明所在的城市举办。虽说可以节约交通费，但反过来也少了短途旅行的感觉，算是有得有失。很多时候都是开放大学校园作为学会会场，不过今天出于日程安排和演讲数量的缘故，租了颇为高级的市内活动中心做场地。

已经过了下午两点。因为是星期天，好像有些远道而来的研究者都去市内观光游览了。大厅里之所以拥挤不堪，是因为有团队在这里集合，准备讨论接下来的安排。学会当然是汇报自身研究的地方，也是听取其他研究机构汇报的场所，但与许久不见的研究伙伴碰面，也是学会的乐趣之一。会场里到处都是互相谈话的人，有些聊着聊着就出去喝一杯。利明也和好几位校友以及曾经共事过的其他大学的研究人员打过招呼。当然，也有很多与工作相关的谈话，讨论试剂与抗体的交付，协调学生的就业，等等。对研究者而言，学会就是一个大型的社交派对。

利明的演讲已经结束了，好几个学生的海报展示也在上午完成了。利明受托主持一场研讨会，刚刚也结束了。接下来只等浅仓的演讲顺利完成，今天就告一段落了。

利明打开日程表，确认了一遍原本已经检查过的演讲时间。日程表和摘要会预先邮寄给学会的会员。利明读了摘要，将与自己的研究可能会有关系的演讲，以及自己感兴趣的内容，都用红色圆珠笔圈上。线粒体等细胞器的功能与形成机制，还有蛋白质的诱导表达机制等内容的演讲不在少数。他需要看看其他研究机构取得了多少成果。

四点之前没有利明感兴趣的演讲。他有将近两个小时的空闲。利明决定去设备展示区看看。

设备展示区距离演讲会场稍微有点远。这里也是盛况空前。几十家企业的展台一字排开，陈列着最新的实验设备和试剂。免费分发样品的展台前人山人海。

利明比较喜欢设备展示区。在演讲会场，总是难免要去向曾经照顾过自己的老师打个招呼什么的，而在看设备的时候，则可以自由想象，如果用上这些设备，自己的实验能够得到什么样的进展。他很乐在其中。利明一边浏览各家的展品，一边在会场里徘徊。遇到感兴趣的试剂，也会和展台上的销售人员交谈，寻求进一步的说明，还会尝试索取样品。

展示区看到一半的时候，有人在背后喊他。

"永岛！"

回头一看，筱原训夫满脸笑容地站在身后。他手里提着一个纸袋，像是从某个展位上拿的。

"啊，好久不见。我记得你的演讲是……"

"明天。你的演讲和我们医院的演讲时间冲突了，不能去听，真是抱歉。"

"你太客气了。"

"你在《自然》上发表了文章，听众很多吧。"

"也没有……"

利明和筱原走到饮料服务区。

两个人拿了纸杯装的热咖啡，坐到椅子上。

自从请筱原帮忙采圣美的肝细胞以来，利明就没有再和他联系过。利明对此有些内疚。他和筱原闲聊了一会儿，但闲聊的同时又在心里暗暗希望筱原不要提起Eve 1的话题。

然而咖啡喝完的时候，筱原果然说起了这件事。他放低声音，凑近利明问："对了永岛，那个细胞怎么样了？"

"那个……是哪个？"利明想要蒙混过去，但没成功。

"别装傻了，就是圣美的细胞。"筱原的语气强硬起来，"你到底用它做什么了？在研究室里培养了吧？"

"……还活着。"利明勉强承认了。

"永岛，我不知道你有什么打算，但是最好还是早点停手。"

"……为什么？"

"采自己妻子的细胞，这可不是小事。我现在也很后悔当初帮你。"

"你是说，就应该眼睁睁看着圣美死吗？"利明忍不住提高了嗓门，筱原吓了一跳，"我想把圣美留在手里，这想法错了吗？我有能力处理圣美的细胞。如果是普通人，大概只能眼睁睁看着她死，但我能让圣美活下去。凭什么不能使用那些技术？我告诉你，我用圣美的细胞得到了很好的数据。回头我会给你看的。很漂亮的结果。圣美的细胞推动了研究进展。有了数据，道义上我也站得住脚。"

"可是——"

"当然，我没有给你打电话道谢，这点是我对不住，论文投稿的时候也没有写你的名字——"

"我不是那个意思。"筱原强行打断了利明。利明吃惊地停住了。

筱原猛然凑到利明面前，眼神凌厉地盯着他。利明躲不开他的视线。

"听好了，永岛。我担心的是你的精神状态。虽然这么说很失礼，但那时候的你表现得太奇怪了。你就像完全被那些细胞附身了一样。那确实是从圣美身体里取出的细胞，但也仅此而已，它绝不可能取代圣美。它只是细胞。你只是在摆弄那些细胞，沉迷在圣美的回忆当中。快点醒醒吧。如果你能分清两者的区别，当然可以在实验里用它。但你现在的状态没办法说服我。不要一直沉浸在圣美的回忆里了……我想说的就是这些。"

筱原叹了一口气，脸色和缓下来。他站起身，晃了晃空杯子。

"你学生的演讲是在五点二十分吧？我会去听，然后一起喝一杯吧。"

2

利明在五点差十分的时候前往演讲会场。昏暗的室内，一个学生模样的男子站在屏幕旁边，正在大声讲解。房间里排了一百多张椅子，其中三分之二都坐了听众。

在学会上，有许多演讲会同时进行。有十几个像这样的小会场，每个会场都会围绕一个主题进行演讲。听众可以从多个演讲会场中选择自己最感兴趣的主题去听。诸如研讨会或者著名研究者的演讲会，由于会吸引大量听众，因而会放在大会场举办，不过大部分研究者都是在这样的小会场里，面对真正感兴趣的几十位研究者，发表自己的演讲。

利明环顾室内，在左侧靠中间的位置看到了熟悉的留着波浪发的身影。他弯腰低头从听众中穿过，坐到那身影的旁边。

"老师。"浅仓佐知子低低叫了一声。

"都准备好了？"为了不打扰演讲者，利明压低了声音。

"有点紧张。"

"没事的。"

房间里亮了起来。演讲结束了。利明望向前方。

"非常感谢，"坐在右边的主持人说，"那么关于刚才的演讲，如果有什么问题……"

后排有人举手。主持人伸手邀请提问。

利明偷眼观察浅仓的表情。她正在一会儿看看提问者，一会儿看演讲者。浅仓的表情确实和她自己说的一样，显得很紧张。不过利明觉得不用太担心。利明第一次演讲的时候，直到上台前身体都还是僵硬的，不过演讲一旦开始，身体就放松下来，演讲过程比预想的还要好。浅仓在练习的时候表现得十分完美，正式演讲肯定没有问题，利明想。

站在台上的演讲者虽然有些窘迫，但还是顺利地回答了问题。问过两三个问题后，主持人环顾会场："那么，由于时间关系，提问就到此为止吧，请允许我开启下一场演讲。接下来是名古屋大学理学院的……"

坐在最左边的候补演讲席上的男性站起身来。再下一个就是浅仓了。

"我过去了。"

浅仓露出略显僵硬的笑容，站起身来。

"我帮你看东西。"

浅仓低下头，手里拿着讲稿，走向候补演讲席。

场内再度暗了下来。下一位演讲者开始讲解。

利明悄悄环顾了一圈会场。几个研究室的学生聚集在一起，大概是来听浅仓演讲的吧。

突然，有人在身后拍了拍他的肩膀，是筱原。他坐在利明后排的座位上。利明朝他点点头。

"石原老师呢？"筱原问。他大概是没看到教授的身影才这么问。

"有个恳谈会，他去那边了。"

"这样啊，我还没来得及问候他。"

演讲者还在继续。不过浅仓的目光落在自己的讲稿上，好像并没有在听。这也难怪，利明想。直到上台之前，不管背过多少次，都还是忍不住想要再看一眼。

不久，那位演讲者的发表也结束了，终于轮到浅仓了。主持人介绍了浅仓的单位、姓名和演讲标题。浅仓站起身。

"你学生变漂亮了啊。"筱原在后面赞叹地说。

利明看到浅仓的脸，忽地一怔。刚才坐在利明旁边时的紧张表情消失不见了，取而代之的是全身散发出的自信和力量，就像是一个久居要职的大人物在众人面前演讲的模样。

浅仓站在讲台上，微微扬起下巴，缓缓扫视会场一圈，似乎是在向利明这些听众展示自己的威严。

不太对劲，利明感觉。

主持人提醒道："那么，请开始。"

浅仓静静地点点头，然后拿起麦克风，说出第一句话："线粒体的解放日终于到来了。"

3

利明大吃一惊，紧紧盯着浅仓的脸。

她刚才说什么？

然而浅仓从容不迫地继续说道："今天聚集在这里的人是幸运的。因为这将是你们第一次听到即将展开的新世界。我也很高兴有机会与你们人类交谈。"

利明揉了揉眼睛。浅仓说的内容和彩排的时候完全不一样。

"我一直生活在你们的身体里，一直在观察你们进化的历史。我的记忆中保存着所有的一切。没错，我可以清晰地回忆起你们称为'线粒体夏娃'的那名女性。"

会场里响起了交头接耳声。大家都十分茫然，不知发生了什么。主持人目瞪口呆，视线在浅仓的脸庞和日程单上来回扫视。

"在这里，即使我不做解释，你们应该也知道……不过慎重起见，我还是说明一下。众所周知，线粒体DNA没有核小体结构，所以更容易受到活性氧的影响。因此，它发生突变的速度大约是核基因组的十倍。所以你们想到把这个特性用作生物时钟。你们计算了线粒体DNA每隔多少年会发生一次残基变异。如果从两种生物体中分别提取出线粒体DNA，调查两者的遗传基因具有多大差异，就能知道这两种生物是在进化过程的哪个阶段发生分化的。这样就可以绘制出系统进化树了。"

说得没错。近年来，通过这种方法，确实取得了关于生物进化的若干重大发现，但是……利明诧异的是，浅仓到底想说什么？

"于是大家开始尝试运用这种方法确定人类的祖先。研究人员从不同人种的人身上提取线粒体DNA，研究变化的程度，结果发现所有人种都归结于一名非洲的女性。你们根据亚当和夏娃的神话，将那名女性命名为线粒体夏娃。也就是说，智人诞生在非洲，然后扩散到全世界。这就是你们的'走出非洲'理论。虽然近年来关于这项理论也出现了一些不同的说法……但我可以保证，线粒体夏娃确实存在于非洲。我甚至可以准确地指出她的所在地。这是因为我保存着那份记忆。我就是线粒体夏娃。当然，早在夏娃之前，我潜藏在你们命名为'露西'的生命体中。再向前追溯，我还存在于小型哺乳动物、鱼类，以及你们还只是弱小的单细胞生物的时候。"

交头接耳声越来越大。

"这是怎么回事？"筱原抓住利明的手臂。

利明下意识地站起身来。太莫名其妙了。但可以肯定的是，浅仓确实不正常。

"啊，我说，你这到底是——"

惊慌失措的主持人试图打断浅仓的话。浅仓凶悍地瞪了主持人一眼。

啊……主持人捂住胸口，呻吟起来。热，好热。他的嘴巴一张一合，趴到桌子上，脸庞变得通红。看到这一幕，会场一片哗然。不知从哪儿传来尖叫声。

"安静！"浅仓大喝一声。

撕裂般的麦克风啸叫回荡在会场。大家都吓了一跳，僵立在原地。利明也保持着站立的姿势，盯着浅仓。没有人动弹。只有主持人嘴里吐着白沫，晕倒在地上。

啸叫声慢慢平息。浅仓的表情恢复了平静，随后又露出静谧的笑容。利明不寒而栗。那是女王般的笑容，是对即将遭受酷刑的囚犯露出的轻蔑而仁慈的笑容。

"都给我闭上嘴好好听着。不然你们就会像这个主持人一样。"

有人用力咽了一口唾沫。

浅仓扫视了一圈紧张的听众，继续说下去："我一直在等你们人类进化到现在这个程度。当然，我也提供了相当大的帮助。你们能够召开这样的学会，发表关于我的研究成果，这让我很高兴。因为以往的尝试终于得到了回报。走到这一步，花费了很长很长的时间。毕竟其中也有很多失误。当恐龙的进化之路断绝的时候，我也差点穷途末路了。但你们撑过了那个时代，并且进化至今，我对于这个超出预期的结果很满意。谢谢你们，你们完成了使命。"然后，浅仓的声音突然变了，"我将取代你们。"

浅仓的包从利明手里掉了下来。

那是圣美的声音。

他的双腿开始颤抖。难以置信。现在从浅仓嘴里发出的，毫无疑问是圣美的声音。浅仓还在用圣美的声音说话。

"你们明知道线粒体DNA很容易发生变异，却完全没有注意到我，这让我感觉非常不可思议。我的变异速度，比你们的基因组快十倍。这也就是说，我的进化速度比你快十倍。你们的进化历史，其实就是我不断取得胜利的进化历史。而现在，进化的下一阶段开始了。此时此地，我在这里宣布新时代的开始。从今以后，世界将在我的子孙后代手中继续繁荣昌盛。我的后代将是全新的、终极的生命形式。她将继承你们人类的能力，也将继承我的能力。她是完美的生命。至于你们，很遗憾，你们将再也看不到新的繁荣了。你们很快就会灭亡，就像尼安德特人被你们的智人先祖消灭一样。"

圣美的声音继续着演说。浅仓露出一脸陶醉的表情。

浅仓说的线粒体夏娃是什么意思？

利明却从这个词联想到什么，叫出"啊"的一声。

是Eve 1。

说话的不是浅仓，是Eve 1。

这是个疯狂的想法，但利明深信不疑。Eve 1附身了浅仓，正在借浅仓的口说话。

"够了！"利明大叫起来。

会场的气氛凝固了。

所有听众都向利明投去惊讶的目光，他们连发梢都如同石头一般僵住。灯光、空气、声音，全都停了。一片死寂。

在那死寂中，只有浅仓一个人在慢悠悠地行动。

她把演讲时高举的手臂慢慢放到讲台上。刚刚还在得意扬扬的嘴唇静静地合上了，脸上咄咄逼人的神色也淡了下去。微微上挑的眉毛如同鸟儿休憩的翅膀一样平放下来。

浅仓悠然转向利明，攫住利明的视线。

随后，浅仓露出狎昵的笑容。

"利明……"她用圣美的声音说。甜腻的，带着鼻音的声音。她眼含秋水，眼神热切。

利明不由得移开了视线。

"为什么不看我？利明，你认不出我了吗？"

场内的咒语解除了，再度响起交头接耳声。浅仓又开始用圣美的声音诱惑利明。

"你不是对我很温柔吗？你忘了吗，利明？你转过来呀，看我呀。我要摆什么样的姿势，你才会喜欢呢？"

利明咬住嘴唇。他听到了浅仓的嘲笑。她嘲讽般地说着。

"是啊，你不喜欢这副身体呀。我知道你喜欢什么。你只喜欢我的身体。"

"够了！"利明忍不住大叫起来，他瞪着浅仓，"我知道你是谁，快从浅仓身上滚开！"

"你在说什么呀。我不是圣美吗？"

"不是。你……你是Eve 1，是我培育的细胞。"

"你终于发现了呀。"浅仓歪着嘴笑了。

"快点从浅仓身上出来！"

"……好吧，如你所愿。"

话音刚落，浅仓的身体猛然抽搐起来。她翻起白眼，嘴巴大张，鲜红的舌头无力地垂到外面。

会场里的人全都倒抽了一口冷气。

浅仓嘴里发出咕嘟咕嘟的声音，听起来就令人作呕。口水像是糖稀般从浅仓嘴里流出来，还拖着长长的丝线。浅仓抓挠着自己的脖子。

不行。

利明猛然向前冲，朝浅仓站立的讲台跑过去。几把椅子绊住了利明的腿，他拨开椅子，挤出人群，连滚带爬地往前跑，嘴里喊着浅仓的名字。但他越是着急，速度反而越慢。

有什么东西从浅仓的喉咙里冒了出来。

那东西全身上下都是液体，发出油亮的光泽。利明辨认不出那是唾液还是胃液。它先是停在浅仓的嘴里，然后慢慢爬出来，就像是从缸里爬出来的章鱼似的。它伸出触手，盖住浅仓的脸，然后捏住浅仓撕扯喉咙的双手，又向浅仓的胸部进发。它随意变换形状，不停蠕动，盖住了浅仓的身体。浅仓的身体扑通扑通地跳动起来，发出污泥沸腾般的声音。它从浅仓的身体里完全现出形态了。那是布满皱褶的肉团，是黏糊糊的、没有固定形状的肉妖，就像是翻过来的消化器官裹住了浅仓的全身。

利明听到了。可能其他人没有听到，但那时候利明确实听到了。虽然浅仓的脸庞已经被完全吞噬，但在那下面还是传出了微弱的声音。

"救救我……"

那是浅仓自己的声音。

"浅仓！"

利明叫声刚落，浅仓便燃烧起来。

4

一声巨响回荡在会场里。

会场的温度骤然上升。瀑布般的热风扑面而来，天花板都被染成了橙色。

覆盖着浅仓的肉褶像油一样冒出火焰，那颜色从赤转红，又转成黄白色。冲天的火焰几乎烧到了天花板。浅仓的身体化成了火柱。

到处都是惨叫声。人们纷纷涌向出口。五六十个人挤一起，怒吼声此起彼伏。大家你推我搡，椅子纷纷翻倒，发出巨响。有人倒在出口附近，后面的人踩上去。

利明一边脱掉西服，一边跑向讲台。

距离越近，Eve1释放的火焰越压迫着利明的身体。他必须弯下腰，不然一步都无法前进。热浪如同怒涛。浅仓正在台上剧烈挣扎，像是喘不过气来，双腿上的丝袜也在燃烧，吞噬着她的腿。长发像扇子一样摊开，冒出蓝白色的火焰。

利明用上衣护住身体，艰难地爬上讲台。他摊开上衣，朝浅仓扑去，用衣服裹住浅仓。浅仓失去了平衡，连带着利明一起倒下去。浅仓在台上翻滚，利明死死抱住她的身体。

火焰也裹住了利明，让他无法呼吸。眼睛痛得厉害，连指甲缝里都是火。裹在浅仓身上的Eve 1已经烧干了，放出恶臭，但火焰并没有熄灭。有人在拉利明的后背。不知从哪儿传来筱原的声音。

"灭火器！"利明朝着看不见的筱原喊，"快拿灭火器！"

火焰侵入了嘴里。利明把它咽了下去。咽喉的黏膜像是烧着了，利明剧烈咳嗽起来，肺部似乎已经溃烂了。远处响起警铃声。利明昏了过去。

就在这时，某个沉重的东西扑上了利明的全身。

利明不知道那是什么。那东西无休无止地洒落在利明和浅仓的身体上。浅仓的动作慢了下来。火焰失去了势头。地上很滑。热度逐渐减退。利明呻吟着，身体湿漉漉的，衬衫紧贴在胸口。利明睁开一只眼睛，仰望天花板。

有什么东西从一点处扩散开来，朝利明的脸扑落。

利明闭上眼睛。

是水。

利明清醒过来的时候，发现自己在担架上。

他慌忙坐起身，环顾四周。这是在演讲会场里。地上到处都是水洼。演讲人站的讲台上还冒着白烟。天花板上的灭火装置正在滴滴答答地滴着水。他看见一个身穿白大褂的人。

"浅仓！"利明张口喊起自己第一个想到的名字。

"你醒了？"筱原脸色苍白地探头看了看他。利明抓住筱原的衣襟。

"浅仓呢？浅仓在哪儿？"

"在那边。"

筱原朝旁边看了看。

旁边担架上放着一具黑乎乎的躯体。几个急救医生围在周围。利明过了一会儿才认出那是浅仓的肢体。

"浅仓！"

利明想爬过去，有人在后面按住了他。利明挥舞着手臂挣扎。

浅仓的衣服烧掉了一半。手臂和脸都红肿了，到处都是水疱。长长的卷发发出烧焦的气味。利明双手捂脸，绝望地叫起来。

"放心，浅仓还活着。"听到筱原的话，利明惊讶地抬起头。

浅仓扭动着身体，嘴里发出呻吟声。急救医生把她身体放平，保证气道通畅，又把面罩罩在她口上，输送氧气。另一名急救医生喊着："输液！"

浅仓就这样被担架抬了出去。

"起火的是那个怪物，火焰没有直接烧到浅仓的身体。幸好火焰很快就扑灭了。她的伤势没有看起来那么严重。"筱原安慰利明说。

"……能治好吗？"

"没问题。现在急救中心有一整套治疗烧伤患者的专用设备。只要及时输液，烧伤严重的地方可以做自体移植，以后几乎看不出来。"

"……该死。"

"倒是永岛你的情况更严重，差点被烧死。现在乖乖躺回担架，到医院去。"

急救医生从后面抱住利明，要把他放回担架上。

"不行！"

利明挣脱开来。

"你在干什么？"筱原惊讶地问。

但利明没有理会。他向门口跑去。尽管双腿发软，他还是努力维持着平衡。

"喂，你要去哪儿？等等！"

利明感到浑身疼痛，但还是咬牙往前跑。我太浑蛋了，竟然让自己的学生落到那个地步，利明不停地咒骂自己。有人追上来了。不行，不能在这里被他们抓住。利明拼命甩开追来的人，往停车场跑去。

5

利明跳上自己的车，发动引擎。

挂挡、踩油门、放手刹。汽车飞速冲了出去。利明猛打方向盘，沿路直冲到大门前，在收费处继续加大油门，挡风玻璃撞开门，冲上外面的马路。他继续用力踩着油门，方向盘朝右打出90度的直角，汇入快车道。后轮咯吱作响。利明直接闯过红灯。

车里的数字时钟显示六点二十四分。云层铺散开来，让天色显得有些昏暗。幸运的是车辆很少。利明继续加速，但凡看到一辆车都会超过去。车身剧烈摇晃。

必须马上彻底消灭Eve 1，决不能再放任哪怕一秒。

那的确不是幻觉。Eve 1确实在培养瓶里呼唤利明。在显微镜的镜头下变换形态，塑造出圣美的相貌，向大脑呼唤自己的名字，这些都是现实。

"线粒体解放的日子终于到来了"。附体浅仓的Eve 1是这么说的。它还说，"我就是线粒体夏娃"。从单细胞生物的时期就开始潜伏。自己没听错，这是它的原话。如果那不是夸夸其谈，那么在讲台上喋喋不休的就不是Eve 1。在培养瓶里塑造出圣美容貌的也不是Eve 1的力量。

是线粒体。

是在Eve 1中犹如蛔虫般纠缠增殖的线粒体。自从加入生理机能药学研究室以来，利明几乎把所有时间都花在了线粒体这种细胞器身上。而这些线粒体正在操控宿主细胞Eve 1。

这么说来，那件事也是它干的。今年六月，圣美在听药学院公开讲座的时候，向石原教授提过问题。当时利明正在操作幻灯机，听到圣美说的内容，他惊讶不已。那时候的圣美，不是利明认识的那个圣美，更不是和他共同生活的圣美。

讲座结束后，利明问过圣美。他忍不住想要问问到底是怎么回事。然而一直到最后，圣美也没有解释自己在哪里学过有关线粒体的知识，更没有说自己是怎么想到那个大胆假说的，但现在利明知道了。那同样是圣美体内的线粒体干的。那时候圣美说过，线粒体将会奴役细胞核。确实如此。

利明想起自己曾经读过的论文。有个叫作"囚徒困境"的游戏。那是两个国家参与的外交游戏，每个国家都有"合作"和"背叛"两种卡牌。他们可以对另一方采取任何一种行动。两个国家同时出牌，如果两者都是"合作"，那么两个国家都可以得到3分；如果对方是"合作"，自己是"背叛"，对方就是0分，而自己可以得到5分；如果双方都是"背叛"，那么双方都只能得1分。两个国家一边出牌，一边研究对方的出牌规律，不断采取行动。这个游戏模拟的正是自然界里的共生，也就是不同生物如何在维持生存的同时，最大限度地拓展自身的利益。

在这个游戏中获取最高分的策略，是一开始出"合作"牌，然后模仿对方上一次的行动出牌。首先展现自己的友善，然后遭遇背叛就坚决还击，这叫作"还击战略"。方法很简单，但从模拟的结果来看，这是在自然界中生存的最佳战略。

宿主与线粒体的共生关系应该也不例外。从很久以前开始，核基因组应该就是这样与线粒体共生的。每个人都以为这个游戏将会一直持续下去——至少核基因组是这么认为的。

但是，如果这个游戏并不能永远持续下去呢？如果下一回合游戏就宣告结束了呢？

如果那样的话，就会出现必胜的方法。在游戏过程中使用"反击战略"，然后在最后阶段，不管对手出什么牌，自己都出"背叛"就可以了。

线粒体打算结束这个游戏，不再与核基因组共生。它决定了，所以线粒体把"背叛"牌打到了面前。

细胞核必输无疑。

"……太蠢了。"利明咬住嘴唇。哪有这么荒谬的事。

通往药学院山丘的道路出现在眼前。在前面的T字路口左转，再顺着道路往前开就到了。一辆红色MINI①慢吞吞地行驶在前方。利明加大油门，准备在信号灯变色前超过它。

就在这时，信号灯变成了黄色。

那辆MINI踩了刹车。太突然了，利明完全没预料到。他的反应慢了一步，来不及了。MINI车的红色车尾灯急速逼近。

"浑蛋！"

利明猛打方向盘。

对面车道驶来一辆轿车。利明赶紧拨回方向盘，从MINI和轿车的夹缝中钻过去，撞上了右边的行道树。利明继续打方向盘。车身差点翻过来，发出刺耳的尖啸。后面响起喇叭声。利明换挡、踩油门，驶过T字路口。后视镜里能看到柏油马路上留下的轮胎印痕。利明把挡换回来，朝药学院加速驶去。

寄生在Eve1中的线粒体能在多大程度上控制宿主？这是核心问题。线粒体是产生能量的地方。生命的运动依靠于能量的消耗。肌肉细胞中的线粒体更发达，正是这个缘故。只要有氧气和营养，线粒体就能源源不断地生产能量。如果再给予β氧化诱导剂，那就更不用说了。

利明以近80迈的速度飞驰在弯弯曲曲的道路上。幸好对面几乎没有车辆。药学院大楼在树林后面探出头来。马上就到了。

看到了药学院前面的公交车站。汽车划了一道大大的弧线，向右转弯。车身猛地跳起，发出嘎吱嘎吱的摩擦声。利明毫不理会，继续前进。

---

① 汽车品牌名。

白色大楼出现在眼前。不知怎么，这幢六层高的建筑显得很大。天色渐晚，停车场里空荡荡的。这也不奇怪，毕竟今天是星期天，而且是学术会议期间，当然没有人。

　　利明直奔大门，然后在门前踩下刹车。车身往前一冲，停了下来。不等反作用力平息，利明已经打开车门，冲进了药学院。

　　他没脱鞋就跑上楼梯，硬邦邦的鞋底踩在地上，巨大的声响在楼里回荡。利明一口气爬上五楼。

　　走廊里很暗，空无一人。利明在长长的走廊里跌跌撞撞地奔跑。走廊深处是利明的研究室，培养室也在那里。

　　他打开研讨室的门，抓起挂在墙上的培养室钥匙，冲回走廊，把钥匙插进培养室的锁孔，转不动。利明气喘吁吁，手在颤抖。钥匙转了一圈，同时拉动把手。一片漆黑。利明伸出手。看到了恒温箱。他跳过去，伸出手，咽了咽唾沫，拉开箱门。

　　里面的景象扑面而来。

　　利明惨叫起来。

6

　　恒温箱里面填满了怪异的肉团。培养基的甜腻、胃酸的酸臭、汗液、唾液，那混合而成的呛人蒸汽直冲利明的鼻孔。

　　利明退了一步，呕吐感涌上咽喉，但他的视线还是被那东西死死吸住。

　　那是人体各部分的糅合，像是从女性身体上摘取了各种器官，把它们像黏土一样拉伸、切片、融合而成的肉团。肉团还在咚咚地跳动着，全身往外渗出黏液，桃红色的嘴唇湿润诱惑，里面滴着口水的舌头若隐若现。肉团表面伸出几条沙蚕般的触手，顶端长着爪子，正在抚摩自己的身体。中央处有个红黑色的凹陷，与周围的皱褶一起不停收缩。在它的后面耸立着一只乳房，像个巨大的果实，有着光滑而美妙的曲线。在这堆奇形怪状的器官中，唯有那乳房显出格格不入的纯洁和美丽。它正随着肉团表面的脉动，轻柔地震颤着。

嘴唇抬了起来。

那部分像蛇头一样扬起，对准了利明。那嘴唇笑得如同新月。

"利明……"

利明毛骨悚然。

蛇的胴体膨胀起来，从根瘤形变成芋头状，并且继续向蛇头处膨胀，直到唇部才停下来。脸颊出现，鼻梁隆起，额头伸展，紧闭的双眼刻了出来——是人脸。一张女性的面孔正在形成。头部生出细细的黑色毛发，像涌出的蚯蚓似的迅速生长。利明捂住了嘴。他意识到眼前正在形成的是圣美。那是圣美的脸。

圣美睁开了眼睛。

她攫住了利明的视线。利明想要扭头不看，但视线被死死缠住，挣脱不开。那双眼睛湿漉漉的，眼白周围布满红色的毛细血管。眼睛睁得更大，球形的双眼盯着利明，仿佛马上就要迸出来似的。

"我在等你……"轱辘般的头部突然逼近，"我在等你，一直在等你……"

圣美像谵语一样重复了一遍又一遍。她在笑，脸上泛起红潮。

她伸长舌头，舔了舔嘴唇。

颈部与肉团的接合处开始隆起，形成了肩膀，以及细细的锁骨。裸露的乳房连在上面，贴到胸前。另一只乳房也在慢慢隆起。

圣美的上半身正在恒温箱里成形。平坦浮肿的肉团中生出圣美的细腰，上面还有小小的肚脐。身体两侧像鱼鳍一样隆起，分离出两只手臂。不停蠕动的触手朝手臂汇集，像银鱼似的扭动着吸附上去。圣美的双手从黏糊糊的液体里举起来，纤细的十根手指不停晃动，看上去很高兴的样子。圣美仰起头，长长吐了一口气。她用双手摸了摸喉咙，然后缓缓向下，抚过胸部，又滑向腰部。

利明浑身颤抖。出现在眼前的东西和生前的圣美别无二致。无论是浑圆的肩膀、耸起的乳房，还是腰部的曲线，都像测量过似的精确。然而此刻在恒温箱里蠕动的那个东西全身湿漉漉的，表皮像波浪一样流动不定，完全没有人类皮肤那种光滑的质感。利明的口中泛起酸水。

圣美露出妩媚的笑容，嘴唇呈现出熟透果实般的桃红色。长长的眉毛皱在一起，像是为什么事情烦恼。眼含秋水，眼角渗出大大的泪滴。那是生前的圣美从未表现过的、渴求男性的笑容。

"利明……我在等你……"

圣美发出猫叫般的声音，一只手搭在恒温箱的门上，肩膀前倾。

铺展在恒温箱里的肉团掉在地上，发出令人恶心的湿漉漉的声音。飞沫溅到利明身上。利明下意识用手挡住身子。

掉在地上的肉团一边翻滚，一边迅速变形。还没确定去处的器官，阴道和子宫，像是沿着瀑布逆行一样，爬上了圣美的腰部，随后腰部以下的曲线便成形了，就像用凿子凿出来的一样。紧接着，圣美身体中央裂开一条直线，子宫钻进体内，阴道口挑逗似的朝着利明，贴在下腹部，上方长出卷曲的阴毛。臀部隆起，生出沉甸甸的质感。圣美左右晃了晃新长出来的臀部。

"利明，看我的身体。"圣美向前踏出一步。

啪嗒。湿漉漉的声音在培养室里回荡。

又一步。啪嗒。声音更大了。

利明捂着嘴，向后退了一步。但圣美和他距离更近了。

圣美的形体已经完成到脚踝了。脚跟和脚趾还是不成形的肉团，但已经开始长出毛虫般的脚趾。圣美又走近一步。

"看，这是我的身体，"圣美继续道，"你还记得吧，利明？这具身体，你拥抱过无数次，还吻遍过全身。我不会忘的……你用舌头舔过我的脖子，用手摸过我的胸，在我身体里奋力抽动。你爱我……你只爱我一个。"

不，不是你。利明很想大叫，但感觉一开口就会呕吐。利明跌跌撞撞地后退，背上撞到了什么东西。是培养室的门。

"来吧，爱我吧。就像以前一样，紧紧抱住我，进入我的身体。"

利明拼命摇头。但圣美依然笑着逼近。她挑逗似的伸出双臂。利明冲出培养室。

他不知道该往哪里逃，左右都是漆黑的走廊。圣美慢慢从房间里现身。

利明的身体撞上了斜对面自己研究室的门。门锁上了。但木制的门很老旧，第二次撞击门上的锁扣就被撞飞了。利明冲进研究室，从里面顶住门。他拼命在四周摸索，想看看有什么能用的东西。他摸到了靠在门边的拖把，赶紧拿过来抵在门上。

"为什么要逃呢，利明？"

门外传来一阵轻笑。利明用整个身子顶住门。他知道圣美就在门外。

"没用啊，你这么做。"

水桶泼水的声音响起。黏糊糊的液体从门缝下面渗进房间。是肉，肉的黏液。门外的圣美重新化作了没有固定形态的肉液，侵入房间里，然后又变化成圣美的上半身。圣美咧嘴笑了起来，双手撑起身体。利明发出嘶哑的尖叫。

他慌忙从门后跳开。房间里几乎什么都看不见，他只能摸索着逃跑。某台设备的液晶灯散发着微弱的光芒，只有靠它了。小腿撞在椅子角上，利明痛叫了一声。胃液从嘴角溢出来。

圣美追了上来，抓住了利明的袖子。利明使劲挣开，但圣美把他逼到了死角。利明后背撞上了桌子。是浅仓的实验台。利明随手抓起桌上的东西，扔向圣美。

"我说了，没用的。"

圣美的笑容陡然变得清晰。利明扔出去的试剂瓶、移液枪、离心管，全都消失在圣美的身体里。所有撞上她身体的东西，都被她贪婪地吞噬了。

利明的手指碰到坚硬的棒子，是铁架台。利明挥起铁架台，朝圣美的头顶砸去。铁架台发出沉闷的声响，插进圣美的头盖骨。

圣美大笑起来，额头上依然嵌着铁架台。她用右手握住铁架台，慢慢往外拔。铁架台从圣美的脸上拔出来。利明惊叫起来。这东西长着圣美的模样，但绝不是人类。里面也不一样。那只是一块模仿圣美外形的巨大肉团。铁架台被彻底拔出来的瞬间，圣美的脸抽搐了一下。"啪"的一声，铁架台的底部被抽了出来。圣美把它扔到身后。

"好了，乖乖的，好好看着我。"

圣美伸出双手，夹住利明的脸。那双手滑腻腻的。一个个细胞在沙沙蠕动。利明想要摇头后退，但完全无法动弹。圣美的脸凑了过来。

"我爱你呀，利明。"

圣美的唇压了上来。

7

大脑被染成了深红色。

什么都看不见了。利明挣扎着想逃，但手被死死抓住。无法呼吸。血液倒流，冲上头顶。热，像烧起来一样热。

圣美的舌头侵入进来。力量大得吓人。利明咬紧牙关试图阻止，但很快就被撬开了。蚰蜒般的舌头钻进利明的口腔。黏稠的液体流进嘴里。盐水的味道，紧接着是一股腐败的甜腻贴在利明的舌头上。是培养基，利明想。培养基的味道。圣美把培养基保存在肉体里，防止干燥。

圣美的舌头开始进攻，在利明的口中蠕动、搅拌，在他的齿根、臼齿、咽喉处四下探索，与利明的舌头纠缠在一起。

圣美抓住利明的右手，朝自己身上拉。

"摸我。"

圣美一边用舌头挑逗，一边用诱惑的声音说。利明握紧拳头抵抗，但圣美的手指紧紧缠住利明的手腕，逼得他不得不张开手。

圣美将利明的手压在自己的胸口。圣美的乳头已经变得坚硬了。圣美把利明的手腕缠得更紧。

圣美的另一只手开始拉利明的领带，扯衬衫的扣子。利明的嘴还被圣美堵着。他喘不上气，脸都快憋紫了。然而圣美的舌头还是不肯放过他。

利明的右手被拉向下方，从胸部到肚脐，然后滑向茂密的丛林。利明在反抗，但圣美的肌肉如同钢铁般死死抓住他的手腕。圣美的下腹部如同波浪般剧烈起伏，黏糊糊的液体不断从那里溢出，扩散到表面。整个下腹部像巨大的汤锅一样，不停沸腾翻滚。利明分不清哪里是肉，哪里是黏液。他只感觉到如同灼烧般的热。灼热。

利明被推倒了。后背被压在实验台上。圣美骑在他身上。利明拼命蹬腿，但毫无作用。他想起身，同样是白费力气。有什么东西伴随着哗啦的巨响掉在地上。衬衫已经被撕开了。圣美迫不及待地去解利明的皮带。

圣美放开了嘴唇。利明剧烈咳嗽起来，圣美灌进来的培养基从他嘴角流出来，黏液在两人唇间拉出丝线。

"住……手……"

利明终于挤出声音。圣美完全骑在了他身上，下体流出大量黏液，浸湿了利明的身体。透过朦胧的视野，可以看到圣美的那个部位。那里大大地膨胀着，仿佛随时都会袭击过来。它吐着液体，不停地收缩。

"我一直在等这一刻。"圣美急切地喘息着。

"等了十亿年……来，用力，进入我的身体，把这十亿年的爱都释放出来！"

利明的裤子一下子被扯了下来，圣美骑在他身上，腰部失去了固定的形态，包裹住利明的身体。

利明感觉像是掉进了坩埚。他大叫起来，腰部往下都在熔化，在被圣美的身体消化，就像被吞进了巨大的胃里，无法动弹。

"怎么了，利明，不能像以前一样爱我吗？"

圣美不满地哼了一声。或许是对利明软绵绵的东西不耐烦了，她自己动起了腰。圣美体内的肉团跟着动了起来。皱褶朝着利明的下体集中。滚烫的细胞旋涡攫住利明的中心，叼起利明的下体，吸绞着往上拉。圣美用自己肉团的运动，强行把利明引导向自己的身体。

"利明，我很怀念和你做爱的时候。"

圣美又把脸凑过来。利明扭头避开。

"我们一起做了多少次，用了什么姿势，我全都记得，因为我爱你呀。"

利明不忍卒听。原本纯洁乖巧的圣美，现在却说着令人作呕的淫猥之语。利明无法忍受。

圣美的舌头在利明的耳朵和脖子上来回舔舐，同时用甜腻的声音诉说利明和圣美做爱的情景。那些描述让圣美情欲高涨。她一边说，身体一边颤抖不已，下半身层层蠕动，用肉的皱褶紧紧吸吮利明。

"你是我的……我不会和任何人分享。"

圣美的肉给了利明强烈的刺激。圣美体内探出无数触手缠住利明，激烈地扭动腰部。她的孔道蠕动着，卷成螺旋，不断收缩，紧紧绞着利明。不知什么时候，圣美的上半身也黏糊糊地熔化了。圣美的碎肉飞散到四面八方。她双手抱着利明，就用这个姿势覆盖在利明身上。蠕动的肉包裹了利明的全身。

"来吧，利明，爱我。"

就像被熔岩吞没似的。利明已经分不清哪些是自己的身体，哪些是圣美的身体了。他简直无法确定自己还有没有穿着衣服，甚至连自己的手在哪里、腿在哪里、眼鼻嘴在哪里，都感觉不出来了。他只能感觉到自己的中心，热得仿佛要熔化似的。

圣美的肉开始动了，像大海一样涨了又退。那肉浪扑上来，溅起飞沫，又带着声响退下去，不断玩弄着利明。

体内的细胞分崩离析，仿佛与圣美的细胞一同卷在旋涡里。圣美的细胞附着在利明的细胞上，融合在一起。脂质膜融合，细胞质互相混合。圣美体内的线粒体进入了利明的细胞，接触了利明的线粒体。外膜结合，然后是内膜结合。圣美的线粒体基质与利明的基质络合。圣美的线粒体DNA与利明的交织。两个DNA缠成螺旋，在融合的线粒体中遨游穿梭。两个DNA失去了控制，在迷宫般的基质峡谷间游动。信息传递因子疯狂地活跃起来，发出闪电般的信号。膜电位上升。二价离子如洪流般奔涌。利明的细胞在颤抖。线粒体在颤抖。脂质、糖、蛋白质在颤抖。核基因组感觉到了。密码子、核苷酸、碱基都感觉到了。碳元素在颤动，感受着圣美的爱抚。

利明大叫起来。有什么东西正从基因组的中心被挤出来。不行，不能出来！但无论他怎么大叫也止不住。利明的一切都被吸了出来。它化作灼热的一团，向上、向圣美体内飞去，一次又一次。圣美疯狂抽搐。利明的意识逐渐消融。

8

啪嗒。

……什么东西？

利明想。

有什么东西打在脸上。

像是碎石。

那声音就是打中时发出来的。

脸颊还有点痛。

利明慢慢抬起一只手。

用食指摸了摸脸颊。

还是温的。

湿滑湿滑的。

……什么东西？

利明想。

啪嗒。

……

啪。

"……啊！"

利明坐起身。头很痛。他晃了晃头，眨了眨眼。眼前一片朦胧。太黑了，看不清楚。利明用双手擦了擦脸，但黏糊糊的触感吓了他一跳。他不由得叫了一声。

利明看看自己的手掌，手指上粘着某种软绵绵的胶状物。

利明想要站起来，但脚下一滑，身体失去了平衡。他感觉自己的身体从空中狠狠摔到了什么地方。

利明呻吟着抬起身子。差点摔成脑震荡，眼前的景物晃来晃去。

利明滑了好几下，终于勉强站了起来。他捂着脑袋，环顾四周。周围很暗，看不清楚，像是在某个房间里。他隐约看到像是桌子的东西。有点眼熟。

对了，这里是研究室。

利明一惊，猛然挺直身子，朝墙边的开关跑去。他伸手摸索，打开电灯。突然的亮光让他禁不住闭上眼睛。

利明的瞳孔渐渐收缩，慢慢习惯了光线。异样的景象浮现在他面前。利明目瞪口呆。

房间里到处都是碎肉。有些还是肉色，有些已经变成了红褐色，还有黑色的。大小也各不相同，有的是手指头大小，有的是拳头大小。浅仓的实验台周围情况特别严重，就像是切碎的猪肉一样。天花板上也粘着细小的碎肉，但一滴血都没有。

相反，所有碎肉都散发着黏糊糊的光泽，而且还在蠕动。

每块碎肉都在慢慢渗出黏液，不停地颤抖着，就像临死前的抽搐，也像一大群阿米巴原虫喷出来似的。啪嗒一声，天花板上有块碎肉掉到实验台上。

这可怕的场景让利明呻吟起来。

这些都是圣美的碎片。

化作圣美形态的Eve 1的残骸。

但这些碎肉已经失去了生命力。它们没有任何聚集和增殖的迹象，而且动作越发迟钝，颜色也越来越黑。小小的碎肉眼见着不断收缩，干瘪成皱巴巴的一小团。

它们正在死亡。

发现这一点，利明不由得松了一口气。

他这才开始看自己的模样。衬衫敞开着，裤带也被解开了。利明吓了一跳，赶忙拉下内裤，检查自己的身体。皮肤上粘着圣美的残骸，还在不停蠕动。利明慌忙把它扯下来扔在地上。身体没有什么异常。利明无法相信。发生了那样的事，但圣美竟然没有伤害他的身体。

"为什么……？"

利明不禁喃喃自语。为什么圣美什么都没做？她袭击我，不是为了杀我吗？

利明走到浅仓的实验台前，注视台面。圣美确实在这里袭击了我，她扯掉了我的衣服，然后……利明吓了一跳，捂住脑袋。

Eve 1……不对，应该是线粒体，它只是想和自己发生关系？

除了性，它对自己并没有别的想法？

"究竟是怎么回事？"

等了十亿年，线粒体是这么说的。它疯狂地索求利明。但是，线粒体仅仅是为了这个目的而进化的吗？不，这太荒谬了。附体在浅仓身上的线粒体说过，很久很久以前就在筹划这一切了。它还自夸说，它连线粒体夏娃的记忆都保存着。

线粒体夏娃。

"不会吧……"利明的脑子里突然冒出一个疯狂的想法，"难道说……不会吧……"

利明浑身颤抖起来。他战战兢兢地望向自己的下半身。下体无力地耷拉在被扯破的内裤里。

线粒体基因是母系遗传基因。正如教授在药学院公开讲座中介绍过的那样，线粒体是从母体继承的。正因为如此，通过分析线粒体DNA而确认的人类祖先，才会被命名为"线粒体夏娃"，而不是"线粒体亚当"。线粒体是雌性的。

而那个雌性与自己交合了。

"怎么会……"

利明崩溃了。他用头猛撞实验台，诅咒自己的愚蠢。怎么会这样！自己竟然……

线粒体索求的是利明的精子。

"从今以后，世界将在我的子孙后代手中继续繁荣昌盛。"

浅仓演讲时说的话在利明脑海中重现。原来是这样。线粒体说的是这个意思。线粒体附体在浅仓身上发表演讲，吸引利明的注意，引诱他来到这里。一切都是计划好的。

将会诞生出自己和线粒体的孩子。

想到这里，利明终于忍不住呕吐起来。胃里的东西全都吐到了地上。他整个人都快散架了。

必须阻止它。

必须想尽一切办法阻止Eve1生下孩子。利明的脸埋在呕吐物里想。必须杀死Eve1，杀掉那个孩子。不然，人类真的会被线粒体取代。

但是……Eve1到底去了哪里？

利明抬起头，环顾室内。散落在周围的碎片都只是飞沫，不可能是Eve1的本体。本体肯定在别的地方。

利明冲出房间，跑进培养室，查看恒温箱。箱门依然敞开着，但和他预想的相反，恒温箱里是空的。利明去看走廊，只有黏稠的液体散在培养室和研究室之间，其他地方没有Eve1行走的痕迹。利明又回到研究室，到处寻找Eve1的痕迹。

"去哪儿了……到底去哪儿了！"

受精卵的成熟需要一定的时间和适宜的环境，也需要调节激素，让子宫正常运作。Eve1真能做到这一点吗？至少，和利明交合的Eve1，尽管表面上与圣美酷似，但内部构造与人类完全不同。无论怎么进化，Eve1也肯定不可能变成完全的人类，更不可能拥有完整的子宫。这是利明的直觉。换句话说，尽管获得了受精卵，但仅靠Eve1，并不可能让受精卵发育。

那么，Eve1打算怎么孵育受精卵呢？利明的大脑飞快运转。

它会附体在他人身上，用附体女性的子宫孵育后代，就像它对浅仓做的那样吗？不，那样是没用的。利明当即否定了这个想法。女性的身体肯定不会接纳受精卵。正常的受精卵当然没问题，然而Eve1具有随心所欲分裂增殖、改变形态的能力。它已经不是人类的细胞了。它正在从人类——也就是智人这个物种中分化出来。所以Eve1产生的受精卵几乎不可能在人类的子宫里被孕育。与人类不同物种的受精卵，即使移植到普通人身上，也不可能发育。那么，它打算怎么做？

等一下。

大脑的神经脉冲聚焦在一点上。

只剩下一个可能。

唯有一名女性可以孵育受精卵。

Eve1的受精卵，是即将从人类体内分化出去的细胞，也可以说它正处在进化阶段。在这样的物种转化期，两个物种之间应该存在重叠的部分。那么，具有那种重叠部分的人，是不是就可以接纳Eve1的受精卵？如果在那名女性的子宫里，受精卵是不是就可以顺利成长、发育成胎儿？

"不……不要……不要那么做……"利明抱住头，声嘶力竭地叫起来。

圣美的死、圣美的肾脏被捐献用作移植、自己给肝细胞做原代培养……所有这一切都是Eve1的计划。自己沉迷于Eve1展示的实验结果里，甚至还添加了诱导剂，给计划推波助澜。利明的情绪越来越激动，忍不住想要号啕大哭。

就在这时，一声巨响回荡在房间里。

利明吃了一惊，抬起头来。

是水槽。

9

麻理子感觉到了。

有什么东西正在过来。

好暗。不知道它在哪里，但它正从黑暗处过来。

麻理子把耳朵贴在枕头上，集中注意力。在下面。从耳鸣的更深处传来那个声音。不是楼下的人发出的声音，而是在更下面的地方。在地下。也许是在土里。有什么东西正在以可怕的速度移动，就像地铁在飞驰。

麻理子咽了一口唾沫。

爸爸刚刚回去。探视时间七点结束。今天白天他一直陪在麻理子旁边。这还是两个人第一次相处这么长时间。虽然几乎没和爸爸说话，但麻理子还是很安心。

麻理子保持着耳朵贴在枕头上的姿势，单靠转动眼睛环顾室内。

现在，病房里没有其他人。

爸爸回去了，护士也不在，她突然间感觉病房空荡荡的。对她来说，一个人住，这个病房太大了。这么大，没有人会来救我。

周围没有任何说话声。走廊里也不像有人的样子。怎么回事？麻理子想。平时总能听到护士跑过走廊的声音，还有其他病房里患者咳痰的声音。就算没有那些，至少也有风声、汽车声、空调风扇转动的声音，像背景噪声一样传到自己耳朵里。然而现在什么都听不到。人、设备、空气，全都不知去向，仿佛整个医院的人都消失了。

在这空旷中，传来的只有土里的声音。

那声音从遥远的地方传到麻理子的耳朵里。声音越来越大，不断接近这里。轰隆隆、轰隆隆，朝这里飞奔而来。

扑通。

肾脏动了。

麻理子惊讶地望向自己的下腹部。就在刚刚，移植的肾脏确实发出了声音。

麻理子慌忙看了看周围。墙上的时钟指着七点半。她用自己的手摸了摸脸，又摇了摇头，然后把手放在心脏位置。

现在自己醒着，睁着眼睛，没有睡着。这不是梦。但是肾脏动了，就像那个梦里……

扑通。

"不可能！"

麻理子惊慌失措。她摸了摸下腹部。很热。整个身体只有那里在发热。

麻理子又把耳朵贴在枕头上，随即惊叫起来。声音更大了。

"不要！"

麻理子用被子蒙住头，瑟瑟发抖。

它终于来了。它来取回肾脏了。它肯定正从坟墓里爬出来。它马上就要到医院了。啪嗒，啪嗒，那是它的脚步声。它会开门，会走进房间。它认为是我抢走了它的肾脏。它要把它夺回去。它会把手插进我的身体，把肾脏挖出来。

在麻理子的体内，肾脏又"扑通"跳了一下。

10

"我要见那名接受肾脏移植的女性。现在，马上！"

利明在研究室给市立中央医院打电话。Eve 1肯定会出现在那家医院。必须赶在它之前保护那名接受移植的女性。

"很抱歉，按照规定，捐献者家属不能和患者见面。"

但医院的接待处顽固地坚持规定。利明不耐烦地吼了起来。

"现在不是扯什么规定的时候！必须马上把那个人安置到安全的地方，不然会出大事！快，不能耽搁时间！"

"对不起，请问您到底在说什么？"对方的语气突然变了。

"那名患者有危险，你听不懂吗？"利明怒不可遏。

"请不要打骚扰电话。"

"浑蛋！我刚刚说了，我是捐献者的丈夫，我叫……"

"我不知道您是什么目的，但请您不要骚扰本院的患者。我们医院有完备的警戒措施，也会定期检查患者的状况。如果您继续骚扰，我会报警。"

"可恶！"利明狠狠摔了电话。

根本说不通，但又不能放任不管。

利明把扯开的衬衫塞进裤子，冲出房间，一口气跑过昏暗的走廊。

幸好电梯停在五楼。打开门，利明冲进电梯，猛拍一楼的按钮。电梯开始缓缓下降。速度太慢，利明破口大骂。

现在Eve 1到哪儿了？

这是利明唯一关心的事。研究室里有个水槽被Eve 1的碎肉污染了。利明将手指伸进排水口，发现里面粘着一小块碎肉。Eve 1逃进了下水道。

Eve 1能够自由变换形态。虽然地下通道狭小，但它可以随意变换形态，想要爬过去应该很简单。受精卵估计会被妥善地保管在碎肉的中心。

利明不知道Eve 1会从哪里走。下水道在地下纵横交错，不可能一一调查。但它肯定会出现在医院。唯有在那里，才能打败Eve 1。

电梯猛地一颤，停了下来。门刚一开，利明便奔出去，穿过漆黑的大厅，跑向停在门口的汽车。钥匙还插在车上。利明跳上车，同时发动引擎，踩下油门，汽车猛地冲了出去。

从这里到医院只要十五分钟，不知道来不来得及。利明毫无信心，但只能去。无论如何，一定要保护那名女性接受者。

但是，就算到了医院，又该怎么找到那位移植了圣美肾脏的患者呢？市立中央医院是当地数一数二的肾脏移植医院，估计会有不少移植患者。怎么样才能从中找到自己的目标？问前台和护士应该没用。就算把自己的经历告诉她们，她们也不会信吧。既然如此，是不是该去找那位曾经有过多次书信往来的器官移植协调员织田，或者去找负责移植的医生？利明摇摇头。这些途径都没什么希望。医院应该会极力避免捐赠者的遗属与接受者接触。

……总会有办法的，利明这样告诉自己。不，必须有办法。不能再有更多的牺牲者了。

利明又加大了油门，在下坡的转弯处飞驰而过。

11

空荡荡的医院大厅里，安齐重德一个人坐在沙发上。

灯都关了。平日里接待患者的窗口都拉上了米色的窗帘，似乎在拒绝安齐。在空无一人的此刻，整整齐齐的黑色沙发看上去有些滑稽。墙上挂的巨大时钟正在嘀嘀嗒嗒地走着。如果是白天，那声音估计会被嘈杂的人声淹没，谁也听不到吧，然而现在却显得格外刺耳。

只有紧急药房窗口亮着黄色的灯。但就连那个窗口也拉上了窗帘，看不到里面的动静。安齐能感觉到里面有人走动，但并不知道在做什么。

他在这里已经坐了半个多小时。安齐抬头看看墙上的钟。

麻理子的面庞浮现在眼前。她好像在害怕什么东西。但到底是什么，麻理子没有说。她还没有完全敞开心扉，但偶尔会向安齐投来求助的眼神。安齐想从麻理子的眼睛里读出她在想什么，然而每当安齐回望麻理子的时候，她就会把脸扭开。麻理子好像自己也不知道该怎么办，她的心绪似乎摇摆不定。

当探视时间结束，安齐站起身的时候，麻理子也支起上半身，盯着安齐。那双眼睛在恳求他不要走。我害怕——安齐想起麻理子昨天晚上说的话。

安齐握住麻理子的手，麻理子也用力回握。即使安齐放松力气，麻理子也还紧紧握着。安齐盯着她的手。

差不多该走了，安齐说，松开了麻理子的手。

直到安齐走出病房、关上房门，他都感觉到麻理子一直在看他。关门的时候，安齐更是感觉到一种近乎哀号的感情。

但是没办法，因为探视时间结束了，当时的安齐这样对自己说。他扮演了一个理智的成年人。

当他沿着走廊走向电梯的时候，他突然意识到自己错了。探视时间并不是问题，自己应该陪在麻理子身边才对。他想要努力理解麻理子，这样岂不是空有姿态吗？麻理子是不是正因为看透了这一点，所以才不愿意对自己敞开心扉？安齐想要转身回去，双腿却不听使唤地继续往前走。麻理子的病房越来越远。

安齐不敢返回病房，但也无法回家。他坐在大厅，试图安抚自己混乱的感情。他不知道接下来该做什么，也无法离开这个地方。

"你在那边干什么？"突然有人喊他。安齐吓了一跳。

一个上年纪的护士站在对面，手里提着购物篮一样的东西，正在瞪着他，像是来取药的。如果不是身上穿着白大褂，倒像是在逛菜市场。

安齐支支吾吾说不出话，那护士大步走了过来。

"探视时间已经结束了。你为什么还坐在这儿？"

"那个……"

"再过一会儿保安就要来了。你快点走吧。"

安齐慢吞吞站起身。大门已经关上了，只能从紧急出口出去。

"快点，别磨蹭了。"护士在安齐背后喊。

安齐走在走廊里。虽然很担心麻理子，但也没有办法，他总不能一直坐在那里。能有个契机让自己回去也好。

紧急出口和大门的氛围完全不同，这里既没有精心修建的植物环岛，也没有出租车停靠站，连路灯都没有，几十米开外就几乎看不到了。直行的前方可能是死胡同。就连有光照的地方也因为旁边医院墙壁的压迫而显得异常逼仄。这里停着几辆小汽车和自行车。顺着墙壁伸下来的排水口，滴滴答答地淌着水。

安齐不知道往哪里走才是停车场。他走了一会儿，四下打量。

就在这时——

突然间脚下传来低沉的声音。安齐吃了一惊，低头一看，只见自己正站在窨井盖上。脚下传来微弱的振动，那振动逐渐变强。

一开始安齐以为是下水道水流的声音，但那声音听起来很不自然，像是有什么东西在下水道里移动。是老鼠吗？不对，比老鼠大。

安齐听出那东西在靠近。声音越来越大，窨井盖开始和它共鸣起来。安齐慌忙跳到一旁。

他侧耳细听周围的动静。那东西在哪里，声音又是从哪里传过来的？安齐凝神分辨。那声音像是什么东西在下水道的管壁上滚动，或是在上面爬。听不到脚步声，也不是间断的声音。分辨不出那是生物还是机器，总之那东西正在以飞快的速度朝这里前进。窨井盖的振动已经到肉眼可见的程度了。安齐抬起头。那声音刚好在对面，它从正面笔直过来。安齐的目光落回到眼前的窨井盖上，然后屏住呼吸，回头看了看。身后是紧急出口。声音过来的方向、窨井、紧急出口，刚好在一条直线上。

那是什么东西？它要去医院吗？

安齐又朝声音的方向看去。病房楼窗户透出的灯光照不过来，只能看到深邃的黑暗。连本应该在附近的住家和电线杆的影子都看不到。

窨井变成了扬声器，那声音开始化作地震般的轰响。不知道是不是风吹的缘故，盖子边缘发出漏气般的声音。安齐越发清晰地感觉到地下有东西在爬。很大，比安齐想象的还要大很多。不可能是老鼠，也不是蛇，可能比安齐的个头儿还大。那东西正在不断前进，甚至能听到它的呼吸声。它的动作中充满自信，毫不犹豫。听声音就能听出来。它正在朝这里笔直前进。

安齐的身体微微颤抖。他注视着正前方的黑暗，眼看着地面的振动像波浪一样袭来。二十米。黑暗在咆哮。十五米。柏油马路也在微微振动。十米。安齐后退了一步，眼睛追踪着声源的位置。越来越近了。它朝安齐的方向逼来。五米。不要过来！安齐大叫，但发不出声音。三米。窨井盖跳跃着，仿佛随时都会崩开，他甚至听到某种黏稠的声音。不要过来，不要过来，安齐喃喃自语。那东西马上就要到窨井了。

安齐抱住头躲开。

轰隆！

脚下响起一声巨响。

安齐全身都被声音抱住。他闭上眼睛。

安齐的双膝不停颤抖。地面在上下振动。一直等到声音远去，安齐才敢睁开眼睛。那东西已经过去了，但那蠕动般的动静一直留在身体里。安齐的内脏也在晃动不已。

那是什么？刚刚过去的到底是什么东西？

是生物。某种生物从地下穿过。不敢相信城市的地下竟然有那么巨大的东西，而且它还具有自主意识，坚定地朝这里前进。在那速度中感觉不到丝毫犹豫。

但为什么是这个方向？

安齐睁开眼睛。他转身抬头望向医院的墙壁。声音进入了墙里。它的目标是这家医院。

声音已经听不到了，动静消失了。是爬出地面了吗？还是钻进了这家医院的下水道？

……麻理子。

安齐脑海中浮现出女儿的名字。

麻理子有危险。

不知为什么，安齐心中升起这个想法。那声音是冲着麻理子来的。

安齐转身跑向紧急出口。

12

接到护士通知说麻理子的状况有些奇怪，吉住贵嗣立刻赶往病房。

护士发现的时候，麻理子已经处在癫痫极度发作的状态。镇静剂完全没有效果。她在床上疯狂挣扎。护士还没报告完，吉住就扔下电话跑了出去。

确实，自从移植了肾脏，麻理子每天晚上都会发作，每次都需要护士们到病房把麻理子叫醒，安慰她冷静下来。用过好几次镇静剂，但这次的发作好像比以往都严重。

麻理子到底怎么了？吉住焦躁不安。麻理子的排斥反应还没有定论，又像这样突然发作。如此奇怪的症状，在吉住过往十多年的移植经历中从未遇到过。

吉住气喘吁吁地来到麻理子的病房前，被门里传来的"砰砰"巨响吓了一大跳。护士们都在尖叫。吉住有一瞬间甚至在犹豫要不要开门。

"怎么了……"

吉住一进病房，顿时倒抽了一口冷气。

麻理子的身体在床上挣扎，身体不停弹起。两个年轻的护士拼命想要压住她，但都被甩开了。被子也被踢飞了，输液用的支架也倒在地上。

麻理子的下腹部鼓胀得厉害。那地方从睡衣下面高高隆起，显得十分异常。吉住看得目瞪口呆。

怎么回事？这到底是什么？

麻理子下腹部的隆起，无法用正常的骨骼运动解释。而且那地方还像橡胶一样有规律地伸缩着，就像是有什么东西要从麻理子身体里飞出来一样。那地方的运动太剧烈，所以带动麻理子的整个身体翻滚起来。麻理子翻着白眼，几乎晕了过去。

"医生！"护士向吉住求救。

吉住回过神来，朝麻理子跑去。他试图抓住麻理子的腿，但麻理子的身体以令人难以置信的力量反弹起来，怎么也抓不住。在吉住的眼前，麻理子的下腹部不断变形。吉住不敢相信自己的眼睛。他抓住不停挣扎的麻理子的睡衣，掀开露出下腹部。左右两侧的移植痕迹清晰可见。其中左侧的痕迹就在吉住的注视下突然隆起。

不会吧……吉住瞪大眼睛。

这是移植肾吗？肾脏在动？

吉住把全身的重量压在麻理子身上，按住她的腿。

"快把麻理子的手绑起来！别让她咬到自己的舌头！"

两名护士拼命按住麻理子的双手。麻理子的腰部上下跳动，使劲抵抗。她的下腹部在吉住的胸口下面疯狂挣扎。那动静完全不是一般人能做到的。吉住的身体受到猛烈的冲击。十四岁的少女居然能把自己的体重弹开。天哪，吉住呻吟起来。这不是麻理子的力气。不知道怎么回事，移植的肾脏在大力运动，在麻理子体内横冲直撞。吉住也听到了那个声音。扑通、扑通。肾脏在搏动，像心脏一样搏动。太荒谬了，怎么可能。吉住一边拼命按住麻理子的腿，一边在心里大叫。

"快点绑住！"

麻理子的身体一下子弹起三十厘米。

吉住和两名护士一起被弹了出去。床下的弹簧咯吱作响，麻理子的身体在床上大大弹起。吉住的头撞到了墙。那力气大得惊人。

然而，麻理子的动作突然停了下来。

她的弹跳幅度越来越小，下腹部的隆起也逐渐消失，就像是落在地上的皮球逐渐失去反弹力，最终停在地上不再弹起。麻理子也静静地躺回床上。

看到麻理子完全不动了，护士们才敢战战兢兢地站起来。吉住也捂着脑袋，走向麻理子。房间里突然变得一片寂静，刚才的骚乱仿佛从未有过。

麻理子闭着眼睛，一动不动，甚至能听到微微的鼾声。刚才的发作那么可怕，现在呼吸却很正常，而且连汗都没有，下腹部也完全没有动静，只看到她恬静的睡脸。

吉住用手指轻轻摸了摸麻理子的下腹部，没有鼓胀的迹象，也没有听到搏动般的声音。慎重起见，吉住把衣服掀开一点，查看手术的痕迹，还用手摸了摸，没有丝毫异常。

那刚才的发作是怎么回事？

吉住瞥了一眼护士，两个人都是满脸茫然的表情。不过她们好像还没有对麻理子放松警惕，因而露出胆战心惊的神色。吉住的目光转回麻理子身上。

给麻理子整理好衣服，吉住再次端详麻理子的脸。光看表情，感觉不到她的痛苦。是镇静剂突然生效了吗？很难这么认为。镇静剂不可能产生这么剧烈的效果。

"什么时候开始发作的？"吉住看着麻理子的脸，问护士。

"发现的时候是七点二十分，"一名护士回答说，"隔壁患者按了呼叫铃，我们才知道。一开始过来的时候还没有那么严重，麻理子只是显得有些烦躁，我以为和平时一样，所以就陪了她一会儿。然后她的情况开始越来越糟糕，我就找了人来帮忙。结果又过了差不多三十分钟，情况就没办法控制了……"

"……原来如此。"

"她发作的时候还在说胡话，说什么'不要过来'。"另一名护士补充说。

"'不要过来'？什么意思？"

"不知道。不过麻理子害怕的时候经常会这么说。"

"她让谁不要过来？梦里梦到的人吗？"

"我们问过麻理子这个问题，但是她没回答……"

吉住重重叹了一口气。

麻理子静静地闭着眼睛，和刚才判若两人。略带红晕的脸颊还显得很稚嫩。长长的睫毛，嘴唇微微张开，露出一点洁白的门牙。吉住凑过去，伸手摸了摸麻理子的脸颊。

麻理子突然睁开眼睛。

与此同时，一阵剧烈的振动透过吉住的手指传来。吉住不禁叫了一声，抽回手。护士尖叫起来。

麻理子的双眼瞪得老大，黑眼球变成了完整的圆盘，完全不像人类。吉住的脊背一阵发寒。那就像是镶嵌在洋娃娃眼窝里的玻璃珠。

麻理子抬起上半身。吉住退了一步。麻理子的眼睛一眨不眨地盯着吉住，瞳孔一直在收缩，脸上挂着木然的表情。

"这……"

吉住声音嘶哑。护士们挤在房间的角落里瑟瑟发抖。

麻理子挺直上半身，随后不动了。她的脸转向吉住，双眼圆睁，脸上毫无表情，对着吉住，一动不动。

然而麻理子的视线并没有落在吉住脸上。

吉住意识到这一点，连忙追着麻理子的视线看去。

麻理子盯着吉住的腹部，但焦点也不在那上面，她在看更远的地方，比吉住所在的位置更远。

吉住转过头。

后面有个洗面池。那是比一般家庭洗手间里的更简陋的老式洗面池。建医院的时候，每个病房都通了水管，配的小号水龙头早就过时了。吉住来回打量麻理子和洗面池。她显然在凝视洗面池。

怎么回事？

就在这时，洗面池上有什么东西开始发光。

吉住的视线被它吸引过去。

是水滴。水龙头下面正在形成一滴水。水龙头没有拧紧。那滴水逐渐变大，慢慢地膨胀起来，越鼓越圆。吉住凝视着那滴水。就是它，麻理子看的就是它。吉住确信无疑。

水滴越来越大，越来越膨胀，很快开始在自身的重量下变形成泪滴状，从水龙头的边缘处垂下来。水滴更大了。它的表面泛起波纹。

水滴终于离开了水龙头。

然后，它笔直落下，撞上洗面池。

啪嗒。

13

利明把车开进市立中央医院。大门前的灯已经关了。他把车开到门前，观察里面的情况，但一个人都没有看到。大门显然上锁了。门上挂了一块牌子，上面写着："今日的门诊已结束，急诊患者请从紧急入口绕行。"

紧急入口？利明皱起眉头。那是哪里？

利明下了车，跑到大门前，啪啪敲门，然而没有反应。他环顾四周，想找找有没有地图指示怎么去紧急入口，但也没有找到。

利明无可奈何，只能先沿着建筑朝右走。不管怎么说，绕上一圈，肯定能找到。

他朝侧面跑去，眼前顿时一片漆黑。稍不注意就会错过台阶，绊个跟头。医院的占地面积很大，马路和住宅的灯光都照不过来。利明以前也曾经晚上来过大学附属医院几次，医院里的黑暗程度和药学院的晚上完全不是一个级别，基本上整个医院都裹在黑暗里。当然也不是没有灯。空无一人的走廊里，也有荧光灯投下微弱的光线。但从踏入医院开始，直到走到要去的办公室为止，周围一直弥漫着某种独特的黑暗气息。相比之下，在药学院里最多只会和老鼠、狗打交道，绝不会存在那种弥散着死亡气息与病痛呻吟的黑暗。黑暗的沉重感完全不同。

利明转了差不多半圈，前面不知从哪里传来争吵的声音。那地方刚好被仓库挡住了看不见，不过听那低沉的声音应该是男性。利明顺着声音的方向加快脚步。柏油马路微微发亮。他转过拐角，果然是紧急入口。那里发出黄色的光芒。

门里一个身穿西装的中年男人正在和一个胖胖的老保安吵架。

穿过紧急入口就能到病房。利明想悄悄溜进去，但两个人的争吵看起来一时半会儿不会结束。中年男子一个劲儿地说着什么，但保安根本不听。利明不知道他们到底在说什么。他打算从两个人身边钻过去，一口气冲向入口。

"喂，你站住！"

保安发现了利明，不满地责备道。但利明没有理他，埋头往前冲。保安大概意识到利明的行为有异常，丢下那个中年男人，挡住了利明的去路。利明打算把他撞开。

但保安比利明想的强壮。他纹丝不动，一点也不像个老人。利明想要挣扎，但手臂被保安死死抓住。

"你来干什么？看急诊吗？"

"要出大事，"利明一边挣扎一边说，"放我进去转移患者。马上就要来了，拜托，求你了。"

"你在说什么？"保安上下打量利明。

按照利明现在这副样子，就算被当成流浪汉也不奇怪。西服的袖子和下摆都烧焦了，衬衫敞开着，裤子上还粘着干瘪的碎肉。保安警惕地捏紧了他的胳膊。

"总之你先在这里等一下。今天晚上怎么这么多奇怪的家伙！"

"这里应该有位十四岁的移植患者，"利明喊道，"是女孩子，七月份做过肾脏移植。那孩子很危险，被什么东西盯上了。快放我进去，不然就晚了！"

就在这时，身边传来一个声音。

"你认识麻理子？！"

利明回过头。

西服男子一脸惊愕地看着他。

14

麻理子的视线被牢牢钉在水滴上。

其他的她什么都看不见，整个视线全都集中在水龙头的口上。那口只有食指粗细，分成了两段，像是要排泄什么但又停在了半路。从水龙头的口下面缓缓出现了一滴透明的东西。周围的景象都映在上面。洗面池、白墙、麻理子的脸，都被封在里面。在麻理子凝视它的时候，它逐渐胀大，一直胀到不堪重负的时候，霎时显出泪滴的模样，随后——

啪嗒。

落了下去。

那声音让麻理子想起了那个脚步声。

是梦里出现的那个声音。一双塑料拖鞋，从走廊那头走过来的啪嗒啪嗒的声音。那无比迟缓的步调，终于让麻理子明白，那个梦预示的就是它。那脚步声的主人，就是这颗水滴。

　　啪嗒。

　　又落了一滴。落下的瞬间，下一滴又从水龙头里冒出头来，然后重复完全相同的过程。慢慢变大，表面震颤着，像珠子一样啪嗒一声落下。水龙头里冒出下一滴。附着在水龙头上的小水滴很快吸收了它的同伴，饱满地垂下去。当它眼看要离开水龙头，摔个粉碎时，新的水滴已经化作了眼泪的形状，啪嗒一声，紧随其后地落下去。啪嗒。无数残影尚未消失的时候，之后便已响起啪嗒声。连续的啪嗒声宛如胶片。啪嗒声争先恐后地响起。啪嗒之后又是啪嗒。水滴出现得越来越快，啪嗒啪嗒啪嗒啪嗒啪啪……

　　啪！

　　伴随着爆炸声，排水管里喷出了什么东西。

　　麻理子尖叫起来。但她无法闭上眼睛。她的眼睛一直睁着，连眨眼都做不到，视线也被固定着。麻理子一时间无法理解发生了什么，只看到某个物体在视野里飞速运动。水滴的声音就是脚步声，那声音越来越快、越来越近，不断朝自己靠近。它马上就要来到这个房间，马上就要从水龙头里出现了，麻理子想。但它没有从水龙头里出现，而是在那下面，从洗面池里出现。那东西打破了排水管，随着红褐色的污水一同喷上了天花板。它在水柱里动着。麻理子想要看清它的全貌，但眼睛的焦点被固定在水龙头上，看不到更大的范围。麻理子咬紧牙关，向眼球施力。有人发出警笛般的惨叫声。排水口间歇发出喷泉般的喷水声。每次喷水声响起的时候，就有什么冰冷的东西洒在麻理子的身上。麻理子的肾脏仿佛很欣喜地发出敲鼓般的声音——

扑通。

那声音在麻理子的全身回荡。

15

"你是谁？你怎么知道麻理子的事？"

安齐问那个男人。十四岁的女生，又是七月份接受的肾脏移植，只能是麻理子。而这个男人不仅知道这一点，还知道麻理子处在某种危险中。

这人虽然衣衫褴褛，表情却很严肃，不像是在开玩笑。从他脸上也能感觉到理性。安齐认为他不是那种胡言乱语的流浪汉。安齐挡住保安，站到那个男人面前。男人开口问："你是……？"

"我是麻理子的父亲，就是你说的那个患者的父亲。"

"移植了肾脏的……？"

"是的。你刚才说的是麻理子吧？到底是怎么回事，请告诉我。"

男人脸上的惊讶之色更浓了。

"……太好了。你知道你家孩子现在在哪儿吗？"

"当然。"

"请带我过去。要出大事了，你的孩子被盯上了。"

"等一下，你到底是谁？为什么知道麻理子的事？"

"给你家孩子捐赠肾脏的是我妻子。"

"你说什么……？"

安齐目瞪口呆。他上下打量那个男人。是麻理子捐献者的丈夫？

安齐从没看到过捐献者的相貌，连名字也不知道，仅仅听吉住说过那是死于交通事故的二十五岁女性。而且安齐自己也不想知道。他从没想过捐献者的情况。现在突然冒出来一个自称捐献者丈夫的人，安齐觉得很不真实。

但安齐决定相信他。他说麻理子有危险，当然不能无视他。

男人说自己叫永岛利明，然后一脸迫切地对安齐说："都是因为我，惹出了很可怕的事情。总之现在没时间在这里耗，请马上带我去病房，拜托了。"

"发生了什么？"

"那个等下再说，快走！"他抓住安齐的袖口。

保安面色不豫，想把两个人分开。

"等等，你们到底在说什么？这里——"

利明猛地撞上保安的身体。

遭遇突如其来的一撞，身材高大的保安也不由得踉跄了一下。利明趁机拉住安齐的手臂。

"病房在哪儿？！"

"右边。"安齐回答。

利明立刻跑了起来。安齐也跑过去，赶到利明前面带路。

"你们站住！"身后传来保安的怒吼。但安齐和利明只顾在走廊上奔跑。

一边跑，安齐一边问利明："发生了什么？麻理子怎么了？"

"有种奇怪的东西寄生在我妻子的细胞里。"

"寄生？细菌吗？麻理子感染了什么东西吗？"

"差不多。但不光是这样，还有更糟糕的。我有我妻子的细胞。它具有力量。"

安齐不明白利明在说什么。但他无条件地相信麻理子的肾脏和一般的不同。他想起昨天麻理子发作时，正是移植肾脏的地方像是虾子一样跳个不停。

"那东西具有某种特殊的力量，可以点火，可以自由改变自己的形态。它应该会来这家医院。"

"来医院？"

"通过下水道。"

"是它！"安齐叫了起来。

"你知道？！"

"我在门口听到的。很可怕的声音。大概五分钟前。"

"然后呢？那声音去哪儿了？！"

"消失在医院里了。"

"……该死。"

安齐拐过走廊，跑上楼梯，继续沿着走廊往病房跑去。利明默默跟在后面。他的沉默说明了事态的严重性。安齐虽然不清楚具体情况，但能感觉到某种无比可怕的东西正在向麻理子逼近。麻理子即将遭遇袭击。安齐痛切地感觉到那种紧张感。在那种感觉的驱使下，安齐气喘吁吁地全力奔跑。远远传来好几个人跑动的声音，不知道是不是保安找的帮手。

<h1 style="text-align:center">16</h1>

吉住发不出声音。

那东西从洗面池的排水口里喷出来，软塌塌地蠕动着，刚贴到墙上就掉了下来，像是粉红色的污泥。洗面池里还剩下了一块，慢慢蠕动着从水池边缘滑落。两块东西在地上混合到一起，然后伴随着令人恶心的声音慢慢隆起。

两名护士抱作一团，坐在地上哭泣。麻理子大瞪着双眼，一动不动，甚至连尖叫都没有。不对，她的身体正在微微颤抖，上半身前后摇晃，估计是被吓得无法动弹了。

那东西像凝胶一样继续流动，同时耸立起来。吉住后退了一步。他双腿发软，几乎要摔倒在地。那东西继续伸长，就像倒流的瀑布。排水口时不时扑哧扑哧地喷出散发恶臭的污水。那东西沐浴在污水里，显出巨大的形状，反射着光线。吉住的小腿碰到了什么东西。他失去了平衡，双手下意识往后撑。是麻理子的床。吉住一屁股坐在床边，手指碰到了麻理子的腿。

那东西像柱子一样耸立着。随着柱子越来越粗大，逐渐变化出复杂的形态。顶部变圆，上面沙沙地长出细细的东西。柱子的中央部位缩小，两侧分离出某种触手状的东西。吉住难以置信地看着这一切。眼前一具人体正在成形，那是一名女性的身体。触手很快分裂成五根手指，紧接着肩膀往下的缺口逐渐变大，出现了手臂。柱子中心有个肚脐眼，上面像是用铲子铲出了小腹，再往上是隆起的双乳。而肚脐下面变得紧实，中间开了一道裂缝，上面覆盖着复杂的皱褶和数百条细小的触须。肩膀上面急剧收窄，出现了喉头。位于顶部的圆球表面翻滚波动着，塑造出鼻子、嘴巴、耳朵、脸颊、额头，最后刻出两只眼睛。吉住用力摇头。这具女性的身体，以及这副相貌，他都似曾相识。不，不是似曾相识，他清楚地记得，是那位捐献者，麻理子的捐献者。吉住亲手摘取了她的肾脏，用手术刀切开她的身体，把手伸进去。那位捐献者不可能还活着，更不可能出现在这里。吉住不停摇头，不肯接受眼前的现实。

那东西完全变成了女性的身体。原本一直紧闭的眼睛突然睁开了。那双眼睛居高临下地注视着吉住和麻理子。

然后，它露出笑容，对吉住说："让开。"

吉住动弹不得，他被那目光吞噬了。那是一双寻找猎物的眼睛。吉住感觉到，麻理子就是它的猎物。这东西的目标是麻理子。

它又一次开口："让开。"

突然，蹲坐在房间角落里的护士发出一声怪叫，跳了起来。吉住恢复了活动能力，转头朝护士看去。那护士脸上涕泪交加，惊慌失措地挥着手臂，向门口跑去。

那东西朝护士怒目而视。

吉住惊得大叫一声。护士身体上陡然冒出了火焰。

转眼间她全身都被火焰吞没了。护士的身体逐渐被烧成焦炭。束在脑后的头发被烧得噼啪作响，卷曲起来。但火势并没有平息，反而更旺了。吹起令人窒息的热风，火焰直冲天花板。吉住用双臂护住脸，但无法闭上眼睛。护士的惨叫声回荡在房间里。严重变形的嘴巴大张着，里面露出烧红的牙齿。护士跌跌撞撞地往前走，挥动双臂想要扑灭身上的火，但一切都是徒劳。火焰的威力太强了，像火箭发动机的喷射口一样发出轰隆隆的声音。烧破的白大褂脱落，散落在地上，但就连碎布也迅速卷曲起来，几秒之内便被烧个精光。护士已经被烧得不成人形，逐渐熔化在这可怕的地狱之火中。她的肌肉被烧成了果冻状，从骨头上剥落下来，骨头也在肉眼可见地缩小、崩塌，化作白灰。头顶响起急迫的警铃声。火灾报警器有了反应。护士的身体在刺耳的铃声中变成黏糊糊的一团。在疯狂的铃声和逼人的热浪中，吉住目瞪口呆。

在护士的肉体燃烧殆尽的时候，火焰急速收敛消退。轰鸣的燃烧声也消失了，只剩下震耳欲聋的铃声。然而就在护士被火焰吞没的地方，无论是地上还是墙壁，都没有丝毫燃烧的痕迹，也没有受热变形的迹象。吉住瞠目结舌。只有一团扭曲的果冻状物体和护士的一条右腿遗落在地上，仿佛在证明护士存在过。那条腿膝盖以下的部位都完好地保留了下来，腿上的皮肤很光滑，上面还套着丝袜，脚上甚至还穿着拖鞋。吉住凝视着这一切，脑中过往的常识正在支离破碎。

"哦哦哦……啊啊啊……"

另一名护士双手抓挠自己的脸庞，嘴里还流着口水。她目光呆滞，眼神散乱。有什么液体从她的大腿内侧流出来——她失禁了。

化作捐献者模样的那个东西，慢慢转向那名护士，嘴角挂着轻蔑的微笑。

"别过去！"

吉住叫道。但那声音嘶哑得连他自己都觉得可怜。他的叫声淹没在铃声里，自己都听不到。

"求你住手。"

那东西无视了吉住。

它瞪了护士一眼。霎时，火焰又冒了出来。

"啊……"吉住移开目光。

同样的事情又发生了。巨大的热量扑面而来。房间里灼热无比，仿佛一切都要燃烧起来。护士发出"哦哦哦""啊啊啊"的声音，差不多和铃声一样响，振动着吉住的身体。吉住闭上眼睛，双手捂住耳朵。但熊熊燃烧的火焰声、急促的警铃声，还有护士那仿佛从牙关里挤出来的惨叫声，全都无情地刺进了他的耳朵里。

不过声音很快就消失了。吉住胆战心惊地望向护士所在的位置，就在视线接触的瞬间，吉住发出绝望的呻吟。

那名护士蹲坐的地方，果然也有一片黏糊糊的果冻状物体，而这次剩下的则是一只手臂。那是从手肘往下的部分。指甲上还涂着淡粉色的指甲油，手臂上的肌肤如同白瓷般美丽。

吉住突然想起很久以前读过的奇怪报告。那时候他还是个实习生。那是他在法医学杂志上看到的，关于人体自燃的报道。大部分案例都是由邻居发现的。通常邻居闻到了烟火气味，跑过来看，发现门把手烫得没办法摸，房间里满是热浪。在现场总能发现释放出恶臭的黏液状物质，以及受害者的部分躯体——一般是一只脚。然而受害者身上穿的衣服、坐的沙发等物体全都没有烧焦的痕迹，也没有找到壁炉火种、火柴残渣、汽油之类的东西，没有任何表明死者是自焚的痕迹。唯一的解释就是受害者突然被类似熔炉的火焰烧化了。然而要将人类的细胞变成液状，通常需要一千六百摄氏度以上的高温。这么高的温度是怎么产生的？而且怎么才能选择性地只燃烧人体？人体自燃的案例并不少见，然而原因至今不明。

刚才就是这种情况吗，吉住想。难道这就是自燃？这个化作女性的东西，具有让人自燃的能力？

"让开。"那东西说。

吉住吓了一跳，抬起头来。

它带着妖媚的笑容站在那里。它朝吉住走来。不，不是。它在走向麻理子。

"让开。"那东西又说了一遍。

"……不行！"吉住摇了摇头，嘶哑着声音回答。

"我不想杀你。你给我乖乖让开。"

"不行……这是我的患者。"

"你的患者？"那东西哼了一声，"那我也是你的患者了。"

"……你说什么？"

"医生，我感谢你。你把这个女人照顾得很好。不过你的任务已经完成了。现在你该给我出去了。"

吉住不明白这个化作捐献者女性形态的东西在说什么。

那东西走了过来。吉住下意识伏在床上保护麻理子。麻理子依然睁着双眼，全身僵直。她可能已经晕过去了。不过这反而是件好事，至少她不会看到护士们的惨状。

那东西把手放在吉住身上。吉住甩开了，但它又抓了上来。那股强大的力量让吉住忍不住叫出声。

他被扔到了墙上。额头感到一阵剧痛。鲜血流进了他的眼睛。

"别过去！"吉住吼道。

头上有种抽搐的痛。铃声还在响。自从警铃响起，吉住感觉仿佛已经过了很长时间。

那东西上了床，准备跨坐在麻理子身上。它开始撕扯床单和麻理子的睡衣。麻理子那令人心痛的赤裸身体映入吉住的眼帘。

"别过去！"

吉住摇摇晃晃站起来，双手朝那东西的后背砸去。那东西的身体呈黏液状，滑溜溜的，吉住的手臂一下子陷了进去。那东西没有理会吉住，继续撕扯麻理子的衣服。吉住不停朝那东西挥拳。他一边大喊"住手"，一边继续着徒劳的攻击。

"够了。"

那东西转过头来，瞪住吉住。吉住的拳头被举在头顶上，动弹不得。

那东西的瞳孔收缩起来。

与此同时，吉住的双臂燃起火焰。

17

利明伸手去握门把，但被烫得惊叫了一声，慌忙把手放开。热浪从门后涌来。保安们已经追到距离自己二十米远的地方。刚才响起的火灾报警器的铃声在大楼里回荡。病房里的患者们纷纷跑上走廊。一旁的安齐满脸紧张。利明朝安齐点点头，隔着西服的袖子握住门把，猛然打开麻理子病房的门。

里面喷出一股令人窒息的热气。利明本能地用手臂护住脸。安齐大叫起来。

"麻理子！麻理子！"

有个男人在惨叫，双臂烧了起来。他正在挥舞双臂，试图扑灭火焰。安齐不停地叫着女儿的名字，拨开利明的肩膀冲进房间。病床上仰面躺着一名半裸的少女，看上去似乎是接受者。站在她旁边的正是那个圣美形态的肉团！

"是你！"利明怒吼。

但Eve 1的动作非常迅速。就在利明他们被热浪逼退的时候，Eve 1抱起了少女，然后朝利明微微一笑。

"住手，放开那孩子！"

Eve 1转身冲向病房的窗户。

尖锐的玻璃破碎声直刺耳朵。

利明怒吼着跑到窗边，探出身子往下看。

一片漆黑，几乎什么都看不见，但他能感觉到有一个巨大的黑影正悄然往外爬。

"不要逃！"

利明尽力分辨那团黑影。但外面没有灯光，窗户里透出的光线也几乎照不到地面。转眼之间，他就失去了那团黑影的踪迹。不过从移动方向看，它似乎并不打算离开医院。它可能想躲到这家医院的某个地方。

"救救我！灭火、灭火！"

身穿白大褂的医生在叫。保安们已经聚过来了。他们站在门外，脸上都挂着震惊之色。利明从床上扯下床单，裹住医生的手臂，啪啪拍打。安齐也一起帮忙。在几个人的努力下，火焰很快熄灭了。

火焰完全扑灭之后，医生呆呆地蹲在地上。利明用力摇晃他的肩膀，在他耳边大喊"醒一醒"。利明想起自己见过这名医生。他是摘取圣美肾脏的主刀医生。利明记得他叫吉住。他肯定也负责给那位名叫麻理子的少女做肾脏移植。

"这到底……怎么回事……?"

一名保安走进房间，颤抖着声音问。他虽然有点中年发福，但是身材高大，体形结实。利明感觉他应该是安保负责人。

"那东西逃了!"利明一边摇晃吉住的身体，一边朝那名保安叫，"快去追它。它把患者带走了!"

"那是什么东西? 还有这里的情况……"

"快!"

利明一声大吼，终于让保安反应过来。他回到门外，开始向其他保安下令。利明听到几个人迅速跑了出去。

安齐突然在利明背后呕吐起来。利明回头去看安齐的情况，只见他旁边躺着一条人腿。切断的部位黏糊糊的，像是被高温熔化了。房间角落里还有一只手，显然那是 Eve 1 的牺牲品。利明呻吟着移开目光。

吉住医生终于对利明的声音有了反应，翻起白眼的眼睛逐渐恢复了正常。吉住的视线焦点落在利明脸上。

"你是……?"

"它对那孩子做了什么?"利明问。

"它……?"

"那个怪物。变成女人形态的那个!"

吉住终于"啊"地叫了一声。他紧紧抓住利明。

"麻理子呢? 麻理子去哪儿了?"

"被它带走了。"

"什么？"

"告诉我，它做了什么？它有没有给那孩子植入什么东西？"

"不……它应该还没来得及做……"吉住喘息着回答，"它的目标是麻理子……护士都被杀了，还把我点着了。然后你们就……"

"它真的还没有对那孩子做什么？没有把受精卵放进那孩子体内？"

"受精卵？"

"它想让受精卵在那孩子体内着床。"

可能是听到了他们的对话，一直用手帕捂着嘴的安齐抓住了利明的手臂。他脸色苍白，嘴唇不住颤抖。

"那到底是什么东西？为什么要袭击麻理子？"

"它是盘踞在我妻子体内的寄生虫，"利明来回扫视安齐和吉住，解释说，"具有非同寻常的能力。它计划把自己的孩子植入那个女孩体内孵育。要赶紧救她，不然就危险了。"

"等一下，那是什么寄生虫？"

利明回答吉住："线粒体。"

"线……？！"吉住张口结舌。他似乎想起了什么。

"总之先要找到那孩子。拜托了，请你去给保安下指令，彻底搜查整个医院。保安不信任我们。"

吉住脸上还是带着惊愕的神色，不停点头，站起身来喊保安。刚才下达指示的男子跑过来，吉住把经过大致说了一遍，利明在旁边听着。保安张大嘴巴，全神贯注地听吉住解释。安齐站在利明身边，双手捂脸，嘴里不停叨着"麻理子、麻理子"。

Eve 1已经往少女体内植入受精卵了吗？想到这种可能性，利明心急如焚。虽然只瞥到一眼，不过看那少女的个头儿很小，还像是个小学生的样子。Eve 1想让那样的少女生出自己的孩子。那太痛苦了。必须尽快从Eve 1手里夺回少女。如果受精卵着床了，也要火速刮宫。

想到这里，利明忽然一惊。

Eve 1应该从一开始就很清楚，没有足够的时间让它生孩子。吉住医生、少女的父亲，以及利明都会千方百计阻止受精卵的生长，这是很容易想到的。即使Eve 1拥有特殊的能力，也不可能长时间保护那名作为母体的少女，一直等到无法进行刮宫手术为止。而且就算生下了孩子，它又能怎么抚养孩子呢？要让那孩子如同Eve 1所想的那样发挥能力，应该需要好几年的光景吧。

这样看来，Eve 1会有胜算吗？

利明脑海中浮现出Eve 1逃走前露出的古怪笑容，那笑容里充满了自信。

Eve 1还有其他什么能力。不然的话，它不可能有那种闲情雅致，去学会会场向利明他们发表演说。

利明只觉心烦意乱。

Eve 1的计划可能比利明所想的更为周密。也许现在已经无法阻止它了。人类注定要被Eve 1毁灭吗？

……不可能。利明这样告诉自己。无论如何周密的计划，都必定会有漏洞。肯定有办法打败Eve 1和它的孩子。肯定有什么办法。

但利明想不出来。他焦急地咬住自己的嘴唇。

18

她全速前进。需要找个地方安静地放置麻理子。必须赶在利明他们找来之前，把受精卵移植到麻理子的子宫里。

她对胜利充满信心。夏娃很快就会出生，她的女儿将集线粒体与人类能力于一身。

必须抓紧时间。她控制的宿主细胞已经开始急速衰弱。尽管她能控制细胞的运动和能量，但作为培养细胞的宿主暴露在空气中，活动能力终究是有限度的。如果能进入这名少女的体内，也许可以多活几天，但迟早会遭遇排斥反应而死亡。身为宿主的圣美，确实有着和这名少女相似的组织相容性抗原，但也并不是完全相同。除非能拿到免疫抑制剂，否则她还是会死亡。即使在操控浅仓身体的期间，为了对抗排斥反应，她也不得不每天替换寄宿在浅仓体内的细胞。她十分清楚自身有多脆弱，所以才会预先准备好接受者，把妹妹送进去，以便让胎儿能在这名接受者体内发育。

她的妹妹一直在少女体内推进着这项工作，虽然缓慢，但卓有成效。妹妹在改变少女的子宫，以便接受受精卵。母亲的胎盘与胎儿的胎盘形态必须一致。为此，需要对少女的子宫做出若干改造，以适应胎儿的胎盘。妹妹接受她的指令，在扑通扑通搏动的同时，改造少女的子宫。妹妹花费了很长时间，在不引起任何人注意的情况下，将子宫调整到物种的临界线上。这样一来，她的卵细胞应该就可以在麻理子体内顺利发育了，不会引发排斥反应。

很快，这个被利明命名为Eve 1的宿主的生命也将结束。那也是寄生其中的她的生命结束的时刻。在那之前，必须不惜一切代价让夏娃降生。

夏娃一出生就拥有人类的肉体，因而不需要像现在的她这样控制宿主的形态，所有能力都可以投向更富生产性的活动。夏娃将会基于自己的意志产生能量，并用于运动和思考。夏娃可以随意诱导任何她所具有的基因，可以随意操控细胞的增殖和程序性死亡。她能自由进化成自己所想的形态。

迄今为止，地球上还不存在任何能以自身意志进化的生命体。核基因组在为生存奋斗的过程中，缺少了这项最重要的功能，只能把一切都交给时间和偶然这两个不可控的因素。而她，也不得不寄生在核基因组身上，与他们一同熬过漫长的岁月。但夏娃不一样。她可以用自己的意志创造未来，能自由访问核基因组，自行确定进化方向。夏娃可以随时适应环境，随时充实与合理调整自己的能力，随时突变以实现自我的繁荣。进化的速度将会飞跃性加速，她将成为终极的生命体。

她沿墙壁在黑暗中奔跑，途中发现了一条通向地下的台阶。她跑下去，下面是一片潮湿狭小的空间，对面的墙上有一扇厚重的金属门，一条勉强能让汽车通过的斜坡从那里延伸到地面。她向金属门跑去。

门锁着，她把触手伸进锁孔打开锁，慢慢推开门。锈蚀的刺耳声音响起。她抱着怀中的少女滑进去。

这是个昏暗的空间，天花板上只有一盏蓝白色的电灯。附近可能有锅炉房，传来一阵阵沉闷的声音。左手是电梯门，右手有个不知用途的房间。镶在门上的磨砂玻璃透出光线。

她来到那扇门前，门上挂着"解剖室"的牌子。

可以将麻理子安置在这里。她很满意。

门上没有把手。她正想该怎么办，忽然一低头，发现门边墙壁上有个正方形的凹孔，里面亮着一盏红色的小灯。她试着把脚探进去。

"哔"的一声电子音，门向旁边滑开。

"什么，你——"

身穿手术服的男子转过头来。她杀了他。

19

利明向吉住和安齐简要地说明了迄今为止的事情经过。在他讲述的过程中，两个人好几次目瞪口呆，惊叫出声。不过两个人似乎都想到了什么，丝毫没有怀疑利明的说法。吉住承认自己在给麻理子的移植肾脏做活检时发现它的线粒体异常发达，还说了自己手术过程中感觉到的奇怪发热。

"那种发热我也曾经感觉到过。"利明说，"我猜想它恐怕能接触到存在于其他人细胞中的线粒体，而且能在某种程度上指挥那些线粒体行动。只不过我们体内的线粒体和它不一样，还没有完成最终进化，只有普通的功能。"

"就算如此，它又怎么能点火呢？"安齐提出了疑问。

"不知道。不过可以这样推测：存在于人体的细胞里的线粒体同时开始生产ATP，会发生什么呢？如果能够完全转化成能量，就会产生巨大的热量。我不知道它究竟是怎么点火的，但我猜想也许是以极快的速度振动体内的细胞，利用摩擦产生的热量来点火。我们感觉到的热量，可能也是类似的情况。"

"……难以置信。"吉住瞠目结舌。

Eve 1已经逃走五分钟了。警铃终于停了。保安正通过对讲机不断下达指令，但依然没有发现它的踪迹。

利明疲惫地说："我们也去找找看吧，不能在这里空等。"

"没错。"

利明等人走出房间，先朝有电梯的地方跑去。安齐一脸悲伤，不停念叨女儿的名字。利明一边跑，一边说："估计那东西还在医院里。它需要有个安静的地方安置麻理子，应该不会走远。吉住医生，你认为它会躲到哪里去？"

"有很多地方可以躲，医务室、住院楼、检查室，光靠我们和保安，怎么也找不过来。"

"其实还有一件事我很担心。线粒体具有促进个体发育分化的作用，它可能也在促进这项功能的进化。"

"什么意思……？"

吉住皱起眉头。他不明白利明在说什么。

"就在不久前，有人报道了一项使用果蝇做的实验。即使是未受精的卵细胞，只要向后来会变成生殖细胞的部分注入线粒体的核糖体RNA，也会促进那部分的细胞分化。不仅如此，实验还发现，在产卵时，这种线粒体的核糖体RNA的确会出现在卵细胞的细胞质里，诱导生殖细胞的分化。"

吉住还是一脸不解。

"这意味着线粒体掌握着个体发育分化的关键。虽然还没有实验说明人体也是如此，但这种可能性很大。"

"换句话说……它能随意让受精卵发育？"

"我担心的就是这一点。它本来就能自由控制宿主细胞的增殖，很可能也能让受精卵在极短时间里生长。"

"你是说，如果没能及时找到，胎儿就会生长到难以刮宫……？"

"不要说了！"安齐一边哭，一边喊，"不可能的！麻理子不可能生一个怪物出来，她才十四岁！"

他们进了电梯间，利明按下按钮。指示楼层的灯光缓慢上升。

"保安在搜什么地方？"利明喘着气问吉住。

"住院楼。正在一个房间一个房间地搜。好像要先检查有没有其他患者受伤。"

"它带着麻理子！它肯定会去没人的地方！"安齐大声道。

"而且在孩子出生前，它估计也不想给母体增加负担。应该会找个没人的地方，而且还能让人躺下来。"利明补充说。

"那样的地方也有很多。办公室沙发、CT扫描台、仓库里的担架床、脑电图检查室、手术室、太平间、解剖室——"

说到最后一个词，三个人猛然抬起头来。

与此同时，"叮"的一声，电梯到了。

20

她环顾房间。

里面像是手术室，但和圣美、麻理子做手术的地方又有些不同。房间很小，整体显得很拥挤，地板也很脏。并排放着三张不锈钢手术台，中间那张上面躺着一个全裸的男性，两边各站着一个身穿绿色手术服的男人，正呆呆地望着她。

"喂，现在正在做尸检……"

其中一个戴着口罩的男人，责备似的说。

在这里不能点火。如果弄响了警报，就会暴露自己的位置。她瞪了那个男人一眼，就像对付刚才的男人一样，让他的心脏停止了跳动。男人怪叫一声，倒了下去。

另一个医生惊慌失措地后退。他的口罩在动，像是在说什么，但听不到声音。她拖着麻理子慢慢走进房间，看了看手术台上的男性。皮肤惨白，显然已经死了。腹部沿中线被切开，可以看到里面的乳白色脂肪，还有蠕动的肠子。她抓住尸体的手臂，想把它从台子上扯下来。

但是，她的手却发出"扑哧"一声，滑开了。她吃了一惊，看向那只手，发送增殖信号，试图让它恢复原状，但细胞毫无反应。

她的宿主细胞还是坏死了。圣美形态的各个部分都黏糊糊地流动起来。作为Eve1的生命即将走到尽头，必须抓紧时间。

她用双臂推开台子上的尸体。尸体滚落到地上，发出沉闷的声响。圣美的肩膀开始扭曲，手臂几乎要从身体上脱落了。

手术医生紧贴在墙壁上，嘴巴不停地动着。她觉得碍眼，于是也把他处理掉了。

她把麻理子扛起来，横放到台子上，然后把麻理子身上剩下的衣服全都剥掉。她细细打量麻理子的躯体。

这是一具小小的躯体。胸部几乎还没有发育，阴毛也很少，里面是一条拘谨的裂缝，但女性的生育能力应该已经完备了。要好好保护这个子宫，接下来可能会从这个子宫中诞生好几个夏娃。到那时候，它必须完成自己作为孵化器的任务。在这个意义上，获得一名年轻的女性作为载体，说不定还是最优解。

她露出笑容，跨坐在麻理子身上。

就在这时，她的一条胳膊从肩膀上掉了下来，"砰"的一声落在地上。肉块蠕动着，但她没有理会。只要受精卵成功着床，这具身体就没用了。

她一直把受精卵保存在这具身体的中心，用好几层肉褶重重包裹住它，防止它受到不必要的刺激。现在，她要将它送入麻理子的子宫。她开始了最后的行动。

半数的宿主细胞即将坏死，她将还能有效控制的剩余细胞集中到下半身，形成一条通往受精卵的管子，侵入了麻理子的身体。

当感觉到已经抵达子宫的时候，她控制管子的顶端，探索子宫内部，寻找适合着床的位置。然后，她开始小心翼翼地移动受精卵。

她尽力让管子内部生满绒毛，防止弄伤受精卵。她蠕动皱褶，让受精卵静静地游动。她意识到自己的激动——终于可以达成十多亿年的目标了。这份喜悦让她全身颤抖。

最后，受精卵终于离开了管子的顶端。

她不禁发出尖叫，全身都搏动起来。她失去了对宿主的控制。原本将各个细胞黏合在一起的黏附因子正在消失。一切都在分崩离析。而这更让她加倍狂喜。

她发出长长的呻吟，身体拼命朝后弓起。她知道自己的身体正在瓦解，但那最高峰的愉悦已经填满了她。受精卵着床了，她的女儿即将诞生。世界即将改变。她的女儿们即将成为这个地球的主宰。太漫长了，她花费了无法想象的漫长时间，但这一切都将得到回报。她们的世界即将来临。她们将不再作为奴隶伺候核基因组，她们终于要掌控这个世界。

21

伴随着剧烈的振动，电梯到了一楼。门开得太慢，利明不耐烦地拍打开门的按钮。

门终于开了。三个人一起冲了出去。

"这边。"

吉住用下巴指了指左边。黑暗的走廊往前延伸。吉住领头跑了过去。

"解剖室在一号住院楼的地下。从那边拐角的楼梯下去。"

用于解剖尸体的解剖室通常都位于地下，这样不容易被患者看到。但因为经常需要迅速将遗体装上殡仪车，所以大多数解剖室被设在建筑的后门附近。这是Eve 1最容易从外部溜进去的地方。

利明一行人飞也似的从楼梯上跑下去。路上安齐绊了一下，差点摔倒，利明好不容易才拉住他。三个人的奔跑声在楼梯上回荡。

自己与线粒体的孩子真的要出生了吗？利明喘着粗气，拼命奔跑，脑海中搅成一锅粥，无法冷静思考。自己只能任由线粒体摆布吗？不应该是这样的，肯定有什么办法阻止这一切。利明一直这么想，但每当他思考对策的时候，就有火花在眼前乱闪，切断他的思绪。利明咀咒了一声。他诅咒自己的大脑居然在这种关键时刻短路。肯定有什么疏漏，线粒体肯定漏掉了什么。唯有这种焦躁感在他身体里驱驰。

利明一行人过了两个平台，就在他们快要维持不住身体稳定的时候，终于来到了地下。他们听到沉闷的锅炉轰鸣声，看到了电梯门。

"那边！"吉住叫道。

周围脏兮兮的，唯有一扇电动门与环境格格不入。光线从门上嵌的磨砂玻璃中透出光来，但听不到里面的声音。

吉住朝利明他们看了一眼，征询意见。安齐用力点点头。吉住把脚探进门边亮着红灯的凹孔。

伴随着一声气泵喷气的声音，门开了。

利明他们一下子没有反应过来里面是什么。

中央的解剖台上放着什么东西。那东西有着肌肤般的颜色，还向门口的方向伸出两条腿。那东西的中央部分高高鼓起，仿佛马上就要爆炸。鼓起的部分挡住了他们的视野，看不到后面有什么。

"……麻理子！"安齐突然大叫起来。

利明吃了一惊，凝神细看。他不敢相信自己的眼睛。那确实是临产的少女的身体，腹部像青蛙一样在膨胀。

安齐一边叫喊着，一边要往解剖台前冲。

但就在这时，传来一道怪异的声音。

"没用的。"

安齐吓了一跳似的停住脚。利明往地上看去，找到了声音的来源。他惊讶得差点叫出声来。

"没用的……马上就要……生了……"

那是一块阿米巴原虫状的肉团，正在地上蠕动。不过仔细观察的话，还能依稀看出圣美的身影。圣美上半身朝天仰起，头对着利明他们的方向，肉体一边颤抖，一边吐出如同脓水般的黏稠液体。圣美的胸腹都在腐烂，污秽不堪。散在地上的头发像是垂死挣扎的蚯蚓，不停地扭动。那是临死之际的Eve1。

Eve1在笑，但嘴巴和气管都在熔化，只发出含混不清的声音。那声音和扑哧扑哧的泡沫破裂声混合在一起。它眼看就要彻底瓦解了，但还是把脸扭过来对准利明他们。

圣美的脸庞在熔化，像糖浆一样流动着。房间里迅速弥漫起腐臭的气味。圣美还在笑。粉红色的污泥像是在抽搐。

"看……就……快了……"

麻理子的肚子动了。

22

扑通。

房间里响起铜锣般的巨响。

扑通。

空气开始颤抖，放在墙边的架子也开始发出声音。利明感觉内脏都沉闷地振动起来。房间在声音中振动。

是搏动，心脏的搏动。那高亢的声音仿佛在炫耀着自己的生命力。那是压倒一切的声音，充满了跃动感，甚至可以听到心肌收缩时的磅礴气势。那声音为自己的生命而欢欣。

是胎儿。

利明喘不上气。

胎儿即将诞生。

麻理子的阴部突然涌出黏稠的鲜血。

鲜艳的红色转眼间变成了铁锈色，看似顺滑如水，转眼又如泥浆般浑浊。它们混杂在一起，打湿了麻理子的股间。

扑哧、扑哧。羊水喷射出来，在解剖台上溢出，落在台下蠕动的Eve1的肉团身上。安齐不断呻吟。利明抱住他的肩膀，挡住他的视线。这一幕不能让他看到。

麻理子的腹部剧烈起伏。

随着扑通扑通的声音，麻理子的腹部开始剧烈收缩，阴部流出宛如波浪的怪异液体。Eve1沐浴在液体中，发出咕嘟咕嘟的笑声。

麻理子的腹部又一次剧烈起伏。吉住叫出了声。麻理子的胯间露出了某个东西。那东西满身是血，在无影灯的照射下闪闪发光。它慢慢撑开麻理子的阴道口。麻理子的双腿不住地抽搐。

配合着搏动的频率，那东西一点一点地冒了出来——是头，满是鲜血的头。它扭动脖子，像蠕虫一样努力往外爬。麻理子的下半身猛然一跳。那东西借助反作用力，把肩膀挤了出来。麻理子的阴部已经扩张到近乎撕裂的程度，正在吐出鲜血淋漓的胎儿。胎儿发出咕噜咕噜的声音。它在吸入空气，同时嘴里渗出肺部积存的黄色液体。它连续咳了好几下，然后发出了声音。

利明感到身体由内向外分裂的麻痹。那不是人类的声音，但也不是野兽的声音，那是利明从未听过的、也从未想过的哭泣声。那声音激烈得仿佛在摇撼他的内心，像呜咽，又像吠叫。声音拉得很长，然后越来越大。利明无法忍受，捂住自己的耳朵。可是一旦捂住耳朵，那声音反而在身体里回荡起来。利明惨叫着放开了手。

胎儿扭动着身躯挤出上半身，随后一口气流了出来。麻理子的腹部陡然缩小。残余的血液和羊水决堤般喷涌出来，在麻理子股间蠕动的胎儿全身沐浴在里面。它像是感受到什么，身体搏动起来。血液从解剖台边缘倾泻而下，如同瀑布一般落在Eve 1身上。

胎儿发出胜利的高喊。整个房间都在振动。装在解剖台上的无影灯一个接一个地破碎，碎片落在麻理子身上。利明本能地弯下腰躲避。

胎儿用手撕开缠在身上的胎盘，扯断脐带，然后翻过身子，趴在台子上。

利明注视着这一切，不敢相信自己的眼睛。这个刚刚诞生的生命体，已经能够用双手双脚支撑住自己的身体爬行了。而且那身体还在缓慢而稳定地成长。身体越来越大。胎儿刚刚离开麻理子的身体几秒钟，就已经长得远远超过了麻理子子宫的体积。

它抬起头，睁开双眼。那目光穿透了利明的眼睛。利明的心脏霎时停止了跳动。一股可怕的压力扑面而来。

它像狗一样咧开嘴巴笑了起来。嘴里红得像是涂了鲜血，吐出蛆虫般的舌头。

扑通。

它全身剧烈搏动，皮肤表面不停起伏，就像全身布满了粗大的血管。

扑通。它的身体剧烈膨胀。

它像是吹了气的人偶越来越大。不，不仅仅是单纯的变大，而是在成长。它从胎儿长成幼儿，随即急速长成儿童。头顶飞速长出黑发，骨骼撑起了软绵绵的身体，还长出了肌肉。它依然四肢着地，在剧烈的搏动中变化着形态。它像狮子一样摇晃头颅，扭动腰肢，头发在空中狂舞。它一直在叫喊。随着肢体的变化，那叫声也在变化。哭叫的声音逐渐化作呻吟和喘息，音量越来越高，仿佛永不停息。

它的双手离开了解剖台，支起上半身，变成了跪姿。它的头高高扬起，露出咽喉，大大地抽搐了一下。那身体迅速变为成年人的身体。胸前隆起一对乳房，两腿之间显出卷曲的阴毛，腰部收缩出美丽的曲线，头部也形成近乎完美的形态。它的双唇红得耀眼，唇间隐约可以看到如同火焰般鲜艳的口腔。

扑通。

它随着搏动声咆哮起来。强烈的振动冲击着整个房间。地面嘎吱作响，试剂架发出爆炸般的声音，摔了下去。

然后，突然间一片寂静。寂静得几乎令人耳鸣。

利明的身体还在颤抖不已。吉住痴痴地张着嘴，瞪大眼睛。安齐被利明紧紧抱着，拼命闭着眼睛，牙齿紧紧咬在一起。

啪嗒一声，残留在解剖台上的血液飞溅开来。它放下了双腿，先是右脚落在地上，然后左脚也静静地落下。它站了起来。

利明凝视它的全身。

它无限接近于人的形态，但绝不是人。丰满的胸、柔美的腰部曲线、飘逸的长发，每个部分都是人类女性应有的姿态。所有这些属于完美的女性，只会属于人类女性。但将它作为一个完整的生命体看待，就会发现一切过于完美，甚至超越了完美。远远超越人类女性。它有着人类绝不可能拥有的姿态。它不是人，利明想，它也不同于以往地球上出现的任何一种生命体。它是为了成为女性而生的生命、为了表现女性而生的生命、为了最大限度享受身为女性的快乐而生的生命。它是完全的女性。在它面前，利明心中涌起类似敬畏的感情。它太美了，同时太怪诞了。利明既感觉到穿透一切的快感，又感觉到近乎呕吐的恐惧。

地上腐烂的Eve 1还在笑着。

23

安齐睁开眼睛。他意识到周围安静了。安齐战战兢兢地透过利明手臂的缝隙往外窥视。他的身体突然哆嗦了一下，连利明的手臂都感觉到了。肯定是被它的样子吓了一跳。

安齐僵硬了片刻，随后猛然直起身子，喃喃道："麻理子。"

利明只来得及叫一声，安齐已经从他胳膊下面钻了出去。他叫着麻理子的名字跑向解剖台。

"别过去！"

在利明出声阻止前，那个生命体已经瞪了安齐一眼。

霎时，安齐的身体消失了。同时利明的身后传来一声巨响。

怎么回事？

利明还没来得及回头，便有什么东西从头上噼里啪啦掉了下来。利明惊叫着低下头。

背后传来沉闷的扑通声。他胆战心惊地转头往后看。

是安齐。安齐的身子蜷成一团，倒在地上，太阳穴周围在流血。白色的粉末纷纷扬扬地落在他身上。利明慌忙抬头去看，只见靠近天花板的墙壁上出现了许多裂痕，宛如蜘蛛网一般。过了好几秒，他才意识到安齐的身体撞在那上面了。

安齐发出微弱的呻吟声。他好像站不起来了。利明目瞪口呆，钉在原地动弹不得。

余光察觉到有什么东西在动。利明抬起头。是吉住。他正飞快跑向墙上安装的警报器。

但对方算到了他的行动。就在吉住伸手去按警报器的瞬间，它张大嘴巴，发出一声短促的吼叫。

吉住惨叫起来。吉住的胳膊扭了一圈，紧接着身体也转了一圈，头朝下摔在地上，响起硬邦邦的一声。

它咧嘴笑了，睥睨着吉住。吉住的身体慢慢浮上半空。

它面带笑容，开始摆弄吉住的身体。在空中旋转身体，像操控人偶一样摆弄他的四肢。吉住的惨叫声时断时续。它像是在一项项探索自己能做什么。它眼中逐渐发出光芒，开始将吉住的身体往四周的墙上撞。吉住的衣服眼看着被鲜血染红了。它看到吉住再也无法动弹的样子，干脆把吉住的身体倒挂在半空，让他猛然下坠，然后就在即将撞到地面的时候，又把他停住，重新抬升起来。它如此反反复复，乐此不疲，就像是在摆弄一个玩具。

"住手！"

利明忍不住叫了起来。

它缓缓将目光转向利明。

利明僵住了，整个人被那视线彻底吞没。他口干舌燥，无法移开自己的目光，双腿动弹不得。某处传来扑通一声。吉住掉在地上，但利明无法扭头去看。

它咧嘴一笑。

突然间，房间里四处都响起了声音。

是喘息声。不是一两处，而是许多人的喘息声。那声音宛如合唱，音量越来越大。

利明愕然。

那是圣美的喘息声！

那是只有利明才听过的声音。利明疯了似的四下寻找。是谁，是谁在模仿圣美的声音？圣美的容貌如同洪水般涌现在利明的脑海里。圣美的一切表情、一切动作都像怒涛般蜂拥而来。笑语嫣嫣的圣美、愁眉蹙额的圣美、涕泪交零的圣美、沉吟不语的圣美，几十个、几百个、几千个圣美，充满了他的大脑。

"啊啊啊啊！"

利明的眼睛看到了它。

地上躺着一具赤裸的男尸，正大张着嘴，用圣美的声音呻吟着！

不仅是他。身穿绿色手术服的男人们，在对面、在旁边的墙上、在利明的左边，各自翻着白眼喘息呻吟。他们都死了。尸体们用圣美的喘息继续着大合唱。

利明的大脑开始错乱。耳边传来的圣美的喘息声，让他开始以为自己真的抱着圣美。那和肠子拖在外面的惨白尸体重合在一起尸体站起来身穿手术服的男人们也扭动着爬起身朝这里朝利明这里走过来现在自己抱着的是圣美发出呻吟声的是圣美发出那声音是尸体圣美是尸体已经死了但还是发出美妙的声音自己不知道在和谁做爱自己现在抱着的是谁这冰冷的触感是什么有东西缠在手臂上这不是肠子吗是圣美的肠子吗自己在做什么在意淫脑死亡的圣美吗圣美的喘息声更大了圣美要到了圣美圣美圣美圣美圣美……

"不要不要不要不要不要不要不要嗷嗷嗷嗷嗷嗷嗷嗷嗷嗷——"

声音停了下来。

尸体们扑通倒下，瞬间熔化了。只有微微的扑哧声。连火焰都没有，那远比Eve1激发的热量更为强烈。

安齐紧紧抱住解剖台上的麻理子。他拼命摇晃麻理子的身体，使劲叫喊。麻理子双眼依旧瞪得老大，但对安齐的呼唤毫无反应。安齐快要疯了似的，不停地叫着麻理子的名字。

它朝近乎疯狂的安齐，投去冰冷的目光。

不行！

利明叫道。

但是晚了。它瞪着安齐，轻轻摇了摇头。安齐的腿被抬到了半空。它想把安齐扔到墙上去。

安齐挣扎着死死抱住麻理子的身体。安齐的下半身完全飘在空中，变成水平状。但安齐还是喊着麻理子的名字，继续抱着女儿不放。

它皱起眉头。

安齐被强行拽离了麻理子的身体。他的身体掠过利明的脸颊，"啪"的一声撞到了墙上。但他没有掉落到地上，而是摆成大字形，面朝墙壁贴在上面。他的脸被压在墙上，闭着眼睛，脸庞痛苦地扭曲着。它把安齐压在墙上。

突然间，一股巨力也撞上了利明的身体。他还来不及惨叫，身体也被压在了墙上。那是可怕的力量。利明连一根手指都动不了。

脸颊的肉扭曲起来，简直要贴到另一边的脸颊上。他只能睁着眼睛，连眨都不能眨。

不要。

放开我。

利明发不出声音，压力让他连舌头都动不了。利明睁开的眼睛里映出它的身影。它慢慢向利明走来。走到一半，它看了一眼地面，向黏糊糊的Eve 1露出笑容。油状的肉团用恶心的声音回应。它嫣然一笑，继续朝利明走来。

不要过来。

利明在心中大叫。压力越发强烈。五脏六腑像是被撕裂般火辣辣的。颅骨嘎吱作响。咽喉也被紧紧压住，简直无法呼吸。全身像是迸发着火花一般。杀掉利明，对它来说应该易如反掌。刚刚它就已经在刹那间抹去了手术医生们的尸体。它在捉弄利明他们。就像是高等生物玩弄低等生物一样，又像是人类的孩子抓住蚂蚁、扯掉蚂蚁的头和腿，欣赏躯干的扭动。它在玩弄利明他们。利明痛恨自己对它毫无反抗的能力，痛恨自己只能乞求饶命。

意识开始模糊。重压几乎将他碾碎。视野慢慢变得血红。鲜血开始渗透到眼球里。身体里发出某种沉闷的声音，利明知道有什么破裂了。热流在体内扩散。但利明还是拼死叫喊，朝它叫喊，喊它不要过来。

爸爸……

利明大吃一惊。

他听到了声音。耳朵里听到的是无法形容的呻吟声，但那声音在利明的头脑中转换成了日语。那就是它在说的话。它在喊利明

"爸爸"。利明不寒而栗。一片血红的视野里,它站在利明面前,凝视着利明。

它露出可怕的微笑。

利明全身都在惨叫。他不敢相信自己竟然会看到这一幕。他明白自己全身上下的血管都在破裂。身体里发出嘎吱嘎吱的声音。利明觉得自己疯了。那微笑烙印在眼眸里。他想闭眼,但闭不上。他想用尖叫把这幅景象冲淡,但也发不出声。那微笑只能用凄厉形容。他无法承受那个微笑。看到微笑的自己,已经不可能再活下去了。杀了我吧,利明恳求。现在就把我压碎吧。

就在这时,它的表情变了。

24

利明的身体摔在地上。

紧接着,安齐的身体也掉了下来。他嘴里流着血,呻吟不止。

身体上的压力已经消失了。

怎么回事?利明很困惑。为什么停手了?

利明努力睁大朦胧的双眼,抬头去看。然后——看到它的模样,他目瞪口呆。

它很痛苦。

它正痛苦地抓挠自己的脸,脸上血肉淋漓。利明瞪大眼睛。它的体形发生了变化,全身沙沙地微微抽搐着,腰部的曲线消失了,胸部变得厚实健壮,肩膀变宽,手臂也在变粗,脸部的骨骼也在变形。它发出惨叫,但那声音也在急速变化。

这……这到底是怎么回事？

本应该是女性的生命体中，开始出现"男性"的身影。

它的双腿之间有什么东西正在突起。一开始只有指尖大小，随即飞速变粗变大，耸立起来。扑通、扑通，那东西在搏动。腰部的柔美线条也渐渐消失，被肌肉所覆盖。腹肌隆起，肩膀粗壮，脖子也变粗了。面孔变得棱角分明，仿佛一碰就会被划伤。头发像狮子一样繁茂，还长出了覆盖脸庞的络腮胡。它的背部如同钢铁山丘般隆起。它双手撑地，变成四肢着地的姿势。肉体的每一处都是力量的具象。喧腾的怒气从那身体中涌起。它浑身震颤，猛烈地敲打着地面，仿佛要将全身的热量散发出来。

然后它咆哮起来。

那轰鸣的咆哮击中了利明破碎的内脏。利明全身都快被震碎了。"砰"的一声巨响，房间里一片漆黑。灯灭了。不知哪里传来金属制品倒落的声音。

血块从喉咙深处涌上来，利明把它吐了出去。皮肤皲裂，淋巴液开始渗漏。脑袋热得像是烧起来似的。

瞳孔深处有什么东西"砰"的一声断了。霎时利明的视野里只剩下红色与黑色的点。无数的点在眼前乱飞，仿佛遭遇了沙尘暴。他听到那个生命的低吼，但不知道发生了什么。水泥爆裂的声音断断续续，墙壁的碎片纷纷落在利明身上。

那东西到底怎么了？

某处传来人的惨叫声，是吉住。然后是撞击的声音。但利明倒在地上，什么都做不了。他连一根手指都不能动。

利明的身体悬空了。意识到这一点的时候，他的身体不知道撞上了什么，紧接着身体的另一处遭受了撞击，然后就是反复不停的撞击。有时是头，有时是胸，有时是肩。渐渐地，利明失去了痛觉。他能想象自己正朝四周的墙壁上乱撞，但就连躲避的念头都生不出来。现在他想的只有一件事：那个生命体为什么会变成男性。线粒体应该是雌性的，为什么会变化成男性？那到底意味着什么？是进一步的进化吗？还是……

利明忽然意识到了。

不会吧……

但是，除此之外，他想不到别的解释。利明自己都无法准确理解其中的含义。不过那直觉犹如火花般蔓延到他的全身。

就像是呼应利明的想法似的，生命体突然发出了痛苦的咆哮。

巨大的轰鸣声，有什么东西爆炸了。利明掉在地上。刺耳的警报声响了起来。

生命体用更大的音量吼叫着，但声音在变化。正如利明所料，那声音正在重新变成女声。

在警铃停顿的间隙，可以听到肉体蠕动的声音。生命体正在激烈地重复着代谢和发育，时不时响起扑通扑通的搏动声。女性的声音扩散开来，像是要将男性的咆哮压碎一般。男性的声音则像对抗似的，宛如喷射阀的喷射，刺破女性的声音。雌性和雄性正在生命体内搏斗。它们正在争夺肉体的控制权。雌性的性征刚刚出现，雄性便在上面形成自己的形态。雌性刚刚在身体里制造出子宫，男性便将阴茎耸立在子宫里，而雌性又在那上面隆起乳房，仿佛要把它压弯似的。利明的直觉是对的。他虽然眼睛看不见，但可以感觉到生命体化作黏糊糊的肉团，纠缠在一起的模样。

某种莫名的情感突然闯进了利明心里。那就像打电话时偶尔的串线似的，向利明心中送来断断续续的干涩声音。利明立刻意识到那是线粒体，是寄生在Eve 1中的线粒体。它原本在地上熔化，等待着死亡的来临，然而女儿的突变让它无比震惊。它不明白发生了什么。线粒体拼命向宿主细胞发送信号，试图重新增殖。它急着处理女儿的异变。然而宿主细胞已经遭到了彻底的破坏，不可能复原，更不可能响应线粒体送出的刺激。线粒体的悲痛叫声在利明体内回荡。不应该这样，不应该这样——它近乎疯狂地诉说着。

　　闪光充满了利明的大脑。原本一直被困在内心角落里，怎么也摸不到的东西，忽然间出现了，还在体内放出炫目的光芒……果然如此。寄生在Eve 1中的线粒体，忽略了极其重要的一点。因为它是雌性的，所以没能考虑到这一点。制造新的生命体，的确需要精子。然而Eve 1中的线粒体，只把男性的基因视为单纯的生殖工具。它没有意识到，在"女儿"体内，不仅有自己，还混入了雄性的线粒体。

　　寄生在Eve 1中的线粒体发出临死前的惨叫，那惨叫声拖出长长的余音，慢慢消失。利明的身体感受到了线粒体的死亡。外膜和内膜破裂了，DNA从线粒体内部流淌出来。充斥在细胞质里的活性氧立刻把它撕得粉碎。线粒体膜电位（MMP）也在扩散消失。受到刺激的受体分崩离析，化作没有任何意义的肽链，丧失了活性。意识消失，细胞破裂，还原成单纯的脂质、氨基酸和糖。它已经不再是生命体了，只是一块变质腐烂的有机物。

　　地动山摇的怒吼声穿越云霄。Eve 1的孩子用雌雄混杂的声音嘶叫。

天花板开始崩塌。生命体迸发出真正的力量。岩石般的碎块哗啦啦地落在利明的身体上。要赶紧跑，利明想。但他的身体无法动弹。警铃还在响着。

不知哪里传来好几个人的声音。脚步声越来越近。某处响起短短的尖叫和惊讶的喊声。利明感觉到有光照在自己脸上。

得救了。

有人来了。

利明欣喜地叫了起来，然而他发不出声音。他试图用力挪动，哪怕一小下，但也做不到。

就在这时，热浪如海啸般陡然喷出。

周围响起惨叫声。噼里啪啦跑动的声音。空气在飞旋，热得如同烧起来一样。

出了什么事？利明不知所措。来救援的人没事吧？

爆炸的冲击如同喷涌的岩浆一样撞击利明的身体。某个重物击中了利明的下半身。他的腿霎时失去了知觉。可能是被炸飞了吧。远处不知哪里传来男人的惨叫声。

"不行了！"

"这是什么？！"

"还活着！"

断断续续传来各种喊声，还有肌肉撕裂的声音、沉闷的爆炸声，以及不绝于耳的惨叫声。是它干的，利明想。它在获取肉体控制权的时候，那股力量倾泻到周围，破坏了整个房间。

不行，利明在心中暗骂。照这样下去，救援人员根本不可能把少女和吉住他们救出这个房间。必须让它平静下来。不能再有更多的牺牲者了。利明感觉到自己身体深处涌起某种滚烫的东西。要阻止它。必须杀死它。我来，我亲自来！

住手！

利明把所有的激情投向生命体。

他感觉到生命体顿时畏缩了一下。利明继续在心中大叫。

来啊，到我这儿来！看着我，你好好看我！我是你爸爸！过来！

生命体呻吟起来。它将注意力转向了利明。热风开始减弱。有效果。

我了解你。我也知道你是怎么变成这个样子的。好了，到我这儿来。给我抱抱，让我抱抱你。

生命体明显地动摇了。它的动作越来越迟缓，像是瞪大眼睛四下张望。它是在找线粒体母亲吧。但Eve1已经死绝了。意识到这一点的时候，生命体第一次发出了不安的叫声。利明一个劲儿地呼唤它。

你的身体快要散架了对吧？很痛苦吧？我理解你。因为我是你的爸爸。过来，让我抱抱。我会分担你的痛苦。你也许确实可以创造出自己的子孙后代，但是父母呢？你没办法创造自己的父母吧。你妈妈已经死了。你只有我这个亲人了。把你的痛苦分担给我，想想我吧。这里，我在这里。好了，来吧！

热风停了。

寂静降临，警铃声消失了。也许还在响，但利明听不到。本该轰鸣着崩塌的天花板停住了。正在坠落的混凝土碎片似乎也停在了半空。寂静无声。静得连无声都听不见。

寂静中，传来它移动的声音。

唰。

唰。那东西慢慢朝利明走来。对了，就这样。利明一边鼓励它，一边张开双臂迎接它的到来。

它触到了利明的腹部，那触感温暖而黏稠。它包住了利明的身体。利明露出笑容，温柔地向它打招呼。

好了，把你的痛苦分给我的身体。融合吧，与我的细胞融合。让我们成为一体，这样你也不会害怕了。你很不安吧。因为有个不是你的你，让你很不安。好不容易从我这里得到的生命，却要被另一个自己抢走。我理解你。与我合为一体吧。进入我的身体里。和爸爸在一起。好了，来吧，进入我的身体。

于是，利明感觉自己的身体仿佛熔化在熔岩里。

它的细胞穿过皮肤的缝隙，进入体内。细胞与细胞互相摩擦，有种燃烧般的灼热。方向感迅速消失。利明不知道自己的身体成了什么。它的细胞在熔化。利明意识到它的细胞膜在同自己的细胞结合，意识到它的线粒体在和自己的线粒体合而为一。它的线粒体DNA与利明的线粒体DNA混合在一起。它的力量瞬间减弱了。

它在动。它在努力活下去。摩擦加剧了。利明不知道自己现在是怎样的状态。但那摩擦太剧烈了，利明意识到自己在燃烧。难道自己是在和它一同飞翔吗？它放出最后的力量，不断地移动着。是空气的流动导致的发热吗？对利明来说，那是不可思议的感觉。以往从未想过的刺激性的运动。迄今为止，恐怕地球上没有任何生命体感受过吧。原来这就是进化，利明想。他感觉到维度完全不同的世界，享受着这个世界。那种喜悦与痛楚，是未曾进化的生物绝对无法理解的。甚至连存在那样的感觉都不知道吧。人类最终也能进化到那种地步吗？那时候还会和线粒体共生吗？恐怕还会共生吧。进化总是在与自身完全不同的事物共生的过程中发生的。那可能是生命体，也可能是环境。地点可能是地球，也可能是别的星球，抑或在细胞里。谁知道呢。无论如何，当全新的共生关系出现时，人类将会更进一步，拥有全新的世界。

它黏糊糊地进入利明体内。奇怪的是，听不到任何声音。在寂静中，利明与它共同翱翔。它的力量正在消失。越来越小，逐渐消失。结束了，利明想。噩梦终于结束了。

圣美。现在，你可以变回原来的圣美了。

变回我所爱的圣美。

25

安齐重德睁开眼，看到了一个陌生的男人。

"……睁眼了！"

那个男人兴奋地冲着某个人叫喊。啪嗒啪嗒的脚步声匆匆迫近。

"你没事吧？能听到我说话吗？"

身穿白衣的男人赶过来，盯着安齐的脸，还在安齐的脸和身上摸来摸去。

啊，我还活着……

这个念头迷迷糊糊地从安齐脑海里掠过。

然后，女儿的名字突然浮现在脑海里。安齐瞬间从昏昏欲睡的状态中清醒过来，叫喊起麻理子的名字。

"麻理子！麻理子在哪儿？！"

"冷静点，不要动。"

医生想制止他，但安齐全然不顾。他很担心麻理子。安齐支起上半身。后背一阵剧痛，他不禁皱起眉头。但现在不能躺下。

安齐发现自己身处一个类似走廊的地方。地上有着巨大的裂缝，天花板和地面都开裂了。不远处有一扇金属门歪歪扭扭地开了一半。警察和医生们正在忙碌。这里是解剖室外面的走廊。安齐周围还有几个受伤的保安，正躺在担架上呻吟。吉住也在其中。他浑身是血，右手手臂扭曲成怪异的方向，不过看起来没有生命危险。

然而，安齐没看到麻理子的身影。

"麻理子！"

安齐跑向解剖室。膝盖一阵剧痛，安齐差点摔倒，但他还是继续往前跑。

安齐刚跑到门口，四五名急救人员从里面抬出了一副担架，上面躺的正是麻理子。

"麻理子！麻理子！"

安齐的眼泪夺眶而出。他抓住担架，大声哭喊着麻理子的名字。然而麻理子一动没动。不管怎么在她耳边叫喊，也没有丝毫反应。安齐不停用脸颊摩擦麻理子的身体。麻理子不会死的。不可能这么残酷的。

"麻理子没事的。"

有人轻抚安齐的肩膀。安齐吃了一惊，抬头看了看周围的医生。

"……真的？"

"嗯。她活着，只是昏迷了。几乎没什么外伤。"安齐旁边一名戴眼镜的医生说。

听到这话，安齐顿时感觉一股热流涌上心头。他哽咽了一下，随后眼泪止不住地流淌下来。

"啊……麻理子……"

安齐再度抱住麻理子，紧紧抱住。他把自己的脸贴到麻理子的脸上。泪水打湿了麻理子，但安齐还是继续抱着她不放。麻理子的肌肤有点冷，但把手放在胸口，确实能感觉到心脏的跳动。正如医生所说，她只有些擦伤。房间里崩塌得那么厉害，她居然没有被混凝土碎片砸到，简直是奇迹。

麻理子的下腹部有一道结痂似的血痕。触摸到这道血痕的时候，安齐更是泪如泉涌，哭声也更大了。没能保护好自己珍贵的女儿，深重的悔意揪紧了安齐的心。

"……爸爸。"

耳边响起微弱的声音，安齐猛然直起身子。麻理子微微睁开了眼睛。

"麻理子……"

"爸爸……我……"

麻理子的手指微微一动。安齐用双手包住她的手，贴在自己的脸颊上。他不停点头，也不停流泪。麻理子颤抖着嘴唇，似乎想说什么。

"我……我……"

就在这时——

扑通。

麻理子的下腹部一跳。

安齐大叫起来。周围的医生们露出惊愕的表情。不会吧？安齐眼前一黑。不会吧，那个怪物不会还活着吧？难道它要咬破麻理子的身体钻出来吗？不要，不要！安齐发出惊叫。

然而，麻理子紧紧握住了安齐的手。她把似乎快要晕倒的安齐拉向自己，将手放在父亲的手背上，温柔地抚摩。

"没事的。"麻理子说，"爸爸……没事的。这颗肾脏……已经……不动了……它变成了……我的肾脏……我的……"

安齐悄悄看了看麻理子的脸。

麻理子露出平静的笑容。她可能是太困了，眼皮眨了半晌，然后像停憩的蝴蝶一般闭上了眼睛，发出甜美的鼾声。

安齐战战兢兢地用手摸了摸麻理子的下腹部。那里没有丝毫异常，只有移植手术留下的疤痕，以及光滑的皮肤。没有任何威胁麻理子或他的迹象。

现在肾脏已经与麻理子的身体同化了，安齐想。

安齐再次抱住麻理子的身体，温柔地、满怀爱意地紧紧抱住麻理子。麻理子也许不会原谅自己以往的所作所为，也许不会完全敞开心扉，但自己会努力一一化解的。和麻理子共同生活，和麻理子分享感情。直到有一天，麻理子对自己敞开心扉——从现在开始。与麻理子真正的生活，将从现在开始。

"……好了，我们要把你女儿送走了。"医生拍了拍安齐的背。

安齐虽然很想一直抱着麻理子，但还是勉强听从了医生的话。麻理子的担架被抬走了。

直到担架拐过走廊看不见了，安齐才想起还有一个人。

"那个人呢？"安齐问旁边的警察，"那个捐献者的丈夫……永岛？"

"啊……"

警察的脸色沉了下去。安齐感到心头一凉。

"怎么了？永岛先生怎么样了？请告诉我。"

"……他在那里。"警察呻吟般地用下巴示意安齐身后的方位。

回头一看，安齐倒抽了一口冷气。那地方蒙了一块白色的床单。床单中间隆起一块，显然盖住了什么东西。从形状上看，那怎么也不像是个人。

安齐跑向床单。身后传来警察惊讶的喊声，但安齐不管不顾地掀开了床单。

"啊……"

安齐忍不住背过视线。

下面是一块半溶解的肉团，勉强能分辨出那是人类的上半身。肉团旁边伸出一只手，像是要抓什么东西。手臂的皮肤表面都变成了黏稠的液状，头颅也被烧得又小又黑。胸口周围有一大摊熔化的糖浆般的东西。一股生肉烧焦的气味扑面而来。

……天哪。

"……拜托了，把麻理子带过来！"安齐叫道。

周围的人一齐转过头来，全都流露出不解的表情。

"怎么了？"刚才的那个警察跑过来，"好了，你的伤势也很严重。马上给你包扎，不要乱动……"

"求求你，拜托了，"安齐苦苦哀求，"按我说的做，把麻理子带回来，一会儿就好。拜托，真的一会儿就好。"

警察皱起眉头。

"求求你了。"

"一会儿就好，是吧？"

警察深深叹了一口气，叫来旁边的一个年轻警察，三言两语下了指示。年轻警察朝走廊跑去。

过了一会儿，抬着麻理子的担架被送了回来。麻理子脸上戴着氧气面罩，手臂上插着输液管，身上盖着毛毯。

"请把麻理子放在这里。"安齐请求说。

医生们把担架放下来。

"你要做什么？"

安齐没有回答警察的提问。他掀开麻理子的毛毯，然后拉起永岛利明即将瓦解的手，把那只手放到麻理子的下腹部。

麻理子的下腹左侧，移植了永岛利明妻子肾脏的位置。

在安齐看来，永岛利明的手像是挤出了最后的力气，伸出来想摸什么。他肯定想触摸妻子吧，安齐想。除此之外，他想不出还有什么可以做的了。

也许是心理作用，安齐觉得那焦黑的嘴角微微动了动，像是露出了安详的微笑。

尾声

"接下来颁发毕业证书。药学院，浅仓佐知子。"

"到！"浅仓响亮地应了一声，走上前去。

台上站着身穿燕尾服的院长。浅仓静静鞠躬致意，然后又往前走了一步。

院长摊开大大的米黄色证书。他开始对着麦克风宣读。

"学位证书。浅仓佐知子，在本校研究生院药学研究科药学专业完成了两年期硕士课程，授予硕士药学学位。平成××年三月二十五日，××大学。祝贺你！"

院长将证书转了一百八十度，递给浅仓。浅仓低下头，伸出双手，恭敬接过。某处亮起相机的闪光灯。

浅仓向左退去，又鞠了一躬。身体向左转，又向坐在左侧的教授们深深鞠躬。浅仓拿着证书回到座位上。

主持人念出下一个名字，应答声在房间里回荡。同学一个个被点到名字，证书也一张张递过去。

这里是药学院的大礼堂。在全校的毕业典礼结束后，浅仓他们回到了药学院的大楼，在这里重新接收毕业证书。平日里礼堂总显得有些昏暗，唯有今天挤满了身穿和服与西装的毕业生们，显得格外华丽。浅仓也穿着母亲传下来的和服。

浅仓把证书卷好放进筒里，一阵凉爽的清风拂过她的面颊。她不由得高兴起来，望向窗外。

　　天气晴朗，连寒意都躲了起来，仿佛从土里涌出暖烘烘的空气。梅花含苞待放。浅仓呼吸着窗外吹进来的微风，香气扑鼻。

　　拿着自己的毕业证书站在这里，浅仓再一次深切感受到自己的存在，不禁有些感慨。虽然住院时间有点长，秋冬两季几乎都没怎么做实验，但终归完成了一份能让自己满意的硕士论文，成功发表出来。尽管身上有些地方留下了烧伤的痕迹，不过脸上的伤处已经做了自体移植，几乎看不出来了。总而言之，一切都顺利过去了。

　　浅仓看着领取了毕业证书的同学们，回想这些年的校园生活。虽然发生了许多事情，但总体来说还是很快乐的六年。特别是在过去的三年里，自己痛痛快快地做了许多实验。实验很有趣。浅仓轻轻点点头。幸好自己选择了药学院，她想。

　　毕业证书授予仪式之后，大家换了个地方，来到学生实习室举行联谊会。

　　"好了，今天恭喜各位！"

　　毕业生、在校生，还有教职员工，每个人手里都举着倒满啤酒的杯子，倾听担任教务第一委员长的有机化学系教授致辞。

　　"往后，各位将会进入制药公司或者研究机构工作。我相信在座的各位都已经掌握了丰富的药学知识，无论在哪里都无愧于人。希望各位在走上社会以后，也能充分发挥自己在药学院学到的知识，取得辉煌的成就。这也是我对大家的期望。"

　　几名毕业生露出腼腆的笑容。

　　"另外，各位四年级的同学，"教授提高了嗓门，"你们的药剂师国家考试一周后就要开始了。今天大家可以开怀畅饮，但是从明天开始，就要为考试冲刺了。希望大家都能通过。"

会场里响起了笑声。浅仓和身边的朋友对望一眼，也笑了起来。那位教授每年都会这么说，让四年级的学生哭笑不得。

"好了，干杯！"教授举起杯子。

"干杯！"浅仓他们也一齐举杯。

实习室中立刻充满了欢声笑语。到处都是闪光灯。大家纷纷和朋友、和研究室的老师合影，人人都满面笑容。啤酒倒了一杯又一杯，冷餐也逐渐见底了。

浅仓也和朋友们打了招呼，然后又去向照顾自己的老师们道谢。虽然即将与同学们各奔东西，心中难免惆怅，但热闹的联谊会还是让人感到很开心。浅仓也很愉悦，有些微醺的感觉。

联谊会开到一半，浅仓悄悄离开会场，走向五楼的生理机能药学研究室。

研究室里空无一人，大家都去参加联谊会了。浅仓打开自己度过了三年时光的第二研究室的门。

她环顾室内。几台设备还在工作。大概是有人在做PCR（聚合酶链式反应），热循环仪正在嗡嗡地调节温度。

浅仓站在自己的办公桌前，轻轻伸手抚摩。桌子上已经空荡荡的了。MAC也带回了住处，打包好了。原来自己的桌子有这么大呀，浅仓感慨地想。

她看了看桌子旁边的架子，那上面放着这一整年的《自然》杂志。那是研究室买的，以前放在研讨室，不知为什么被移到了这里。大概是要重新布置研讨室吧，所以把杂志临时挪到这里来。浅仓的书架刚好腾空了。

浅仓扫视了一遍《自然》杂志整整齐齐的书脊，然后从里面取出一本，翻到刊登了那篇论文的位置。

论文题目是用英文写的，下面印着永岛利明、浅仓佐知子和石原陆男教授的名字。那是利明写的论文。

浅仓盯着那一页。她做出来的数据变成图表印在上面，还附有英文的长长脚注。浅仓总觉得那些图似乎脱离了自己的手，显出扬扬得意的模样。她有些羞愧。

那是只有短短两页半的论文。尽管如此，它也是这个研究室的勋章。同时是浅仓的勋章。

自己的名字再也不会出现在《自然》这种级别的杂志上了吧。如果不是在利明的指导下做实验的话，自己的名字恐怕也不会出现在这份杂志上。一切都是利明的功劳。

如果永岛老师还活着，该有多好，浅仓想。

她把杂志抱在胸前。

眼前浮现利明的面容。突然间，眼泪夺眶而出。眼睛火辣辣的，她慌忙用手去擦，但泪水怎么也止不住。化的妆都被冲掉了。怎么会这样。和前男友分手的时候也没有哭过，为什么现在会哭呢？浅仓觉得自己很可笑，想要羞涩地笑一笑，然而喉咙里发出的只有呜咽声。鼻子发烫。自己的脸肯定很红。浅仓抽泣着，在心中笑话自己的难堪。

好不容易平复了涌起的情绪，浅仓继续翻动杂志，翻到页眉上写着"NEWS AND VIEWS（新闻与观点）"的一页，目光落在上面的一篇小报道上。她回想起自己住院期间听说的消息——有关利明的死的消息。

杂志上是一篇关于线粒体基因的评论。虽然杂志出版后，浅仓就读过那篇评论，但在发生那件事之前，她其实忘光了。住院期间，浅仓从研究室的朋友和警察那里听说了很多细节，知道了Eve 1的所作所为。她得知Eve 1内部的线粒体发动了叛乱，让接受移植的少女生下了孩子。那孩子忽而变男、忽而变女，最后与利明融合在一起，燃烧至死。第一次听说这些事情的时候，浅仓不明白线粒体的孩子为什么会死。但她想起了这篇评论，从而得出了一个假说。

　　过去人们认为，线粒体DNA是完全的母系遗传，虽然精子的线粒体也会进入卵子，但之后并不会增殖，出生个体所具有的线粒体几乎全部来自母亲。因此，群体遗传学的研究者们根据母系遗传的规则，解析线粒体DNA，由此推断进化的速度。

　　但在一九九一年，某个研究小组发表了一项令人震惊的结果。实验证明，两种小鼠交配之后，诞生的幼鼠体内存在着来源于父方的线粒体DNA，尽管数量很少。这篇论文颠覆了以往的认知，受到广泛瞩目。自那以后，研究者们便为线粒体DNA是不是单性遗传的问题绞尽脑汁。直到最近，这个问题才有了解决的迹象。

　　简单来说，结论是这样的：同种间交配的情况下，父方的线粒体DNA会和精子一同进入卵子，但会在一段时间后消失。可能是被卵细胞中的多囊泡体消化了。这就是说，新生的幼崽不会继承父亲的线粒体DNA。但如果是不同物种之间的交配，父方的线粒体DNA不会消失。在出生的个体中，大约有百分之五十六能识别出父方的线粒体DNA。

　　浅仓认为，Eve 1可能想通过与利明的交配，获取利明的细胞核，创造出兼具自己的细胞核与线粒体DNA的新物种。但在这个研究室里培养期间，Eve 1已经逐渐分化成不同于人类的物种。于是，Eve 1的卵细胞与利明精子的交配，就变成了异种间的交配。利明的线粒体DNA没有被卵细胞排除，而是得到了增殖。那么，会发生什么结果呢？

浅仓快速浏览《自然》杂志的这篇报道。出院以后，她把这篇文章反复读过好几次。现在不用阅读，她的头脑中也会浮现其内容。

这是一篇综述，讨论了在贻贝中观察到的线粒体DNA的遗传形式。贻贝会将父方的线粒体DNA遗传给后代，但遗传方式极为特殊。它与小鼠、与人都不一样，雄贝具有雄型线粒体DNA，雌贝具有雌型线粒体DNA。当雄贝与雌贝交配时，会发生如下现象：精子中含有雄型线粒体DNA，卵子中含有雌型线粒体DNA，但如果受精之后产生的结合体是雌性，那么结合体中基本上只会含有雌型线粒体DNA；但如果产生的是雄性，结合体中就会含有雌雄双方的线粒体DNA。而随着雄性幼体的生长发育，雄型线粒体DNA会越来越多，最终几乎只剩下雄型线粒体。也就是说，贻贝与小鼠不同，进行的是父系或母系的单一遗传。雌贝只会继承雌型线粒体DNA，雄贝只会继承雄型线粒体DNA。不会混淆。

为什么会出现这么奇怪的现象？有学者认为，这是一种防止自私的线粒体DNA扩散的防御机制。假设一只雌贝中出现了一个突变的线粒体DNA，该DNA在突变中获得了比普通DNA更快复制的能力。于是它就会在贻贝中不断增殖，在后代体内也会不断增殖，最终驱逐普通的雌型线粒体DNA。如果父母双方的线粒体DNA都会同样遗传给雌性和雄性后代，那么出现了突变的这个DNA，就会迅速在子孙后代中扩散。但如果只有雌性才能继承雌型的DNA，那么至少这个突变的DNA只能在这种贻贝的母系中传播，因而起到了防止突变DNA扩散的作用。参考理查德·道金斯提出的"自私的基因"这一观点①，就会发现这种现象格外有趣。

　　所谓"自私的基因"，简单来说就是"基因只考虑繁衍更多自己的后代"。基于这一前提，贻贝的核基因组、雄性的线粒体DNA、雌性的线粒体DNA，三者会产生复杂的关系。发生突变的雌性的线粒体DNA，希望尽量多地繁殖自身，因而不断自我复制，还想进一步把自己的DNA遗传给子孙后代。但对于雄性的线粒体DNA来说，这意味着自己的DNA会被驱逐，因而想要阻止雌性的突变DNA传播。此外，站在贻贝核基因组的角度看，并不欢迎自己体内共生的线粒体产生无用的突变。因为本来两者保持着良好的关系，线粒体发生突变，有可能给自己的生存带来威胁。所以，雌性的线粒体DNA表现出的自私态度，与雄性的线粒体及核基因组的自私战略发生了冲突。于是，阻止雌性的线粒体DNA遗传扩散的机制就此形成。而在Eve1中诞生的生命体，是否也遇到了同样的情况呢？浅仓这样想。

　　受精卵从Eve1处继承的是"进化后的线粒体DNA"。另一方面，尽管数量很少，但利明的精子确实遗传了"普通的线粒体DNA"。在诞生的生命体中，存在这两种遗传基因。Eve1中的线粒体，肯定认为自己的进化完全是依靠自己的力量实现的。但其实是因为父方的线粒体DNA混入了子孙后代，线粒体DNA的进化才得

---

① 理查德·道金斯（Richard Dawkins，1941— ），英国演化生物学家。1976年，出版著作《自私的基因》。

以完成。然而Eve1的雌性线粒体并没有意识到这一点。Eve1没有想到，来自利明的"普通的线粒体"也会被女儿继承下来。

遗传到新生命体中的"普通的线粒体DNA"，是不是也害怕自己被"进化的DNA"消灭呢？"普通的线粒体DNA"所具有的繁衍后代的愿望，与Eve1进化的线粒体DNA的愿望针锋相对，不可调和。两种基因在生命体中为了生存而产生激烈冲突，互相残杀，最终同归于尽。

当然，这些都是猜测，没人知道真相如何。人类对于线粒体的了解太少了，对线粒体的研究也是刚刚开始。

浅仓合上《自然》杂志。

而且，为什么线粒体的孩子必须与利明融为一体才步向死亡呢？这也是一个巨大的谜团。不过浅仓觉得自己似乎能够理解为什么会是这样的结局。利明与线粒体的孩子，也算是父子……

"哎呀，浅仓，你怎么在这儿？"

突然有人在背后喊。浅仓略带惊讶地回过头。

一个比她低一年级的男生站在后面。他也被分配到了第二研究室，和浅仓一样接受利明的指导，所以两个人几乎每天都会碰到。

那位低年级男生从热循环仪里取出微量离心管。是他在做PCR。大概他是估算到反应结束了，从联谊会里溜过来的吧。

"大家都在找你，说你不见了。你来这儿之前应该说一声的。"

"抱歉，我只是想过来看看这个房间。"

浅仓把《自然》杂志放回书架，笑着掩饰自己刚刚哭过的脸。

低年级男生把离心管放进冰箱，正要关门的时候，忽然像是想起了什么，对浅仓说："对了，浅仓，我们在超低温冰箱里找到了永岛老师的细胞，不知道该怎么处理，你能看一下吗？"

"癌细胞吗？"

"不是，不太清楚是什么细胞。"

浅仓跟着男生走向设备室。他打开巨大的超低温冰箱的门。白色的冷气扑面而来。男生拉开柜子，在里面摸索。

"这个。"男生拿出几根血清管给浅仓看。

标签上结了一层霜。浅仓用手指擦了擦。

是利明的字迹。霎时浅仓倒抽了一口冷气。

上面写着去年八月的日期，然后还有一个词——Eve 1。

浅仓感觉自己的心脏"扑通"跳了一下。

"……浅仓？"

男生喊了她一下。浅仓陡然回过神来，勉强挤出一个笑容。

"浅仓，你怎么了？刚才的表情好可怕。"

"没什么。这些就是全部的？还有别的吗？"

"这里还有一些，写了别的记号。"

男生又拿出装在袋子里的几十根试管。那上面有的只写着"Eve"，有的则写着"Eve 2""Eve 3"的记号。

太大意了，竟然忘记了这个。

这些都是在原代培养的过程中保存的细胞。现在虽然都冷冻着，但只要回到合适的温度，这些细胞又会开始增殖。

浅仓背上渗出一层冷汗。

"怎么办……？需要的话，可以继续保存起来。"

"不……不用了。把这些都扔了吧。谢谢你把它们找出来。我这就去开高压灭菌锅。"

"我来弄吧。"

"没关系，我来。"

浅仓把这些试管都装进袋子，紧紧捆上，朝培养室走去。她自然而然地跑了起来。

这些东西不能留下，必须马上加热处死。

浅仓跑进培养室。高压灭菌锅就在门旁边。她打开盖子。

浅仓把袋子放进灭菌锅，紧紧盖上盖子。

杀了它们，就不会再出那种事了——应该不会。

但就在这时，浅仓的后颈突然一阵抽痛。

浅仓惊得一下子僵住了。就是这种感觉。浅仓心头掠过一丝不安。

关于这次的事件，有一点始终没有得到解释。那就是，为什么圣美的线粒体会发动叛乱。不是浅仓的线粒体，也不是利明的线粒体，而是圣美的线粒体。这是为什么？

仅仅是多态现象的结果吗？每个人的基因都略有不同。难道恰巧是圣美的基因导致了线粒体的失控吗？

如果真是这样，那么谁能保证今后线粒体不会再次发动叛乱？一旦出现了另一个与圣美的基因型相似的人，其体内的线粒体同样有可能发生进化。这岂不是意味着，我们无法阻止线粒体的暴动？浅仓无法回答这个问题。也许是，也许不是。她不知道。

然而此刻浅仓能做的只有一件事：杀死这些细胞。

"对了，联谊会结束以后一起合个影。"低年级男生在门外说。

浅仓微微一笑，打开高压灭菌锅的开关。

（完）

参考文献

撰写本书时，作者参考了许多资料，包括下列著作、报告等文献。在此表示衷心感谢。

手册、科普作品、科学随笔

1.《临床透析》编辑委员会策划，酒井纠编：《肾透析大全》，《临床透析》第六卷，8 月增刊，日本医疗中心，1990.

2.东间纮、大岛伸一、长谷川昭编：《肾移植手册》，中外医学社，1993.

3.斋藤明、太田和宏编纂：《透析手册：为了更好的自主管理透析 第 2 版》，医学书院，1991.

4.立花隆：《脑死临调[1] 批判》，中央公论社，1992.

5.渡边淳一：《如今该怎样看待脑死亡》，讲谈社文库，1994.

6.太田和夫：《为什么需要器官移植》，讲谈社，1989.

7.柳田邦男：《牺牲：我的儿子，脑死亡的十一天》，《文艺春秋》1994 年 4 月、5 月刊，1994.

---

① "脑死临调"全称为"临时脑死亡及器官移植调查会"，日本首相的咨询机关。

8.大塚敏文：《急救医疗》，筑摩图书馆，1991.

9.Guillouzo,A. and Guguen-Guillouzo,C. Isolate and Cultured Hepatocytes(肝细胞的分离与培养). John Libbey Eurotext Ltd/INSERM, 1986.

10.NHK报道组：《生命的40亿年之旅1.创生在海洋》，日本放送出版协会，1994.

11.竹内久美子：《小恶魔后背的窟窿：血型、疾病、爱情的真相》，新潮社，1994.

12.富士电视台编：《爱因斯坦TV 3.线粒体夏娃的馈赠》，双叶社，1992.

13.Lemonick, M.D. How Man Began. *Time*, 143, No.11,38-45, 1994.

14.竹内久美子：《胡说八道！关于基因与上帝》，文艺春秋，1991.

15.朝日新闻科学部编：《医生的大小工具122》，羊土社，1992.

16.Lynn Picknett：《超自然现象百科全书》，青土社，1994.

综述、报道、学术论文

1.《特辑：器官移植1994》，《肾脏与透析》第36期，25-84，1994.

2.小崎政巳：《肾移植》，《外科治疗》第70期，46-51，1994.

3.国立佐仓医院:《尸体肾移植系统报告》,《移植》第28期,540-550,1994.

4.日本移植学会:《肾移植临床注册汇总报告(1991)》,《移植》第27期,594-617,1992.

5.川口洋、伊藤克己:《肾移植患儿青春期诸问题》,《青春期学》第11期,10-14,1993.

6.岛田明仁、宫本克彦、高桥进、小崎政巳:《透析室在遗体肾移植中的作用》,《日本透析疗法学会杂志》第25期,1409-1412,1992.

7.Bereiter-Hahn, J. and Voth, M.Dynamics of mitochondria in living cells:shape changes, dislocations, fusion, and fission of mitochondria. *Microsc. Res. Tech.*, 27, 198-219, 1994.

8.Kuroiwa, T., Ohta, T., Kuroiwa, H. and Kawano, S. Molecular and cellular mechanisms of mitochondrial nuclear division and mitochondriokinesis, *Microsc. Res. Tech.*, 27, 220-232, 1994.

9.Soltys, B.J. and Gupta, R.S. Changes in mitochondrial shape and distribution induced by ethacrynic acid and the transient formation of a mitochondrial reticulum. *J. Cell. Physiol.*, 159, 281-294, 1994.

10.Schulz, H. Beta oxidation of fatty acids. *Biochim. Biophys. Acta*, 1081, 109-120, 1991.

11.Lazarow,P.B. and De Duve, C. A fatty acyl-CoA oxidizing system in rat liver peroxisomes:enhancement by clofibrate, a hypolipidemic drug. *Proc. Natl. Acad. Sci. USA*, 73, 2043-2046,1976.

12.Wienhues, U. and Neupert, W. Protein translocation across mitochondrial membranes. *BioEssays*, 14, 17-23, 1992.

13.Pfanner, N., *Söllner*, T. and Neupert, W. Mitochondrial import receptors for precursor proteins. *Trends Biochem*. Sci., 16, 63-67, 1991.

14.Glover, L.A. and Lindsay, J.G. Targeting proteins to mitochondria: a current overview. *Biochem. J.*, 284, 609-620, 1992.

15.Stuart, R.A., Nicholson, D.W. and Neupert, W. Early steps in mitochondrial protein import: receptor functions can be substituted by the membrane insertion activity of apocytochrome. *c' Cell*, 60, 31-43, 1990.

16.Kliewer, S.A., Umesono, K., Noonan, D.J., Heyman, R.A. and Evans, R.M. Convergence of 9-cis retinoic acid and peroxisome proliferator signalling pathways through heterodimer formation of their receptors. *Nature*, 358, 771-774, 1992.

17.Issemann, I. and Green, S. Activation of a member of the steroid hormone receptor superfamily by peroxisome proliferators. *Nature*, 347, 645-650, 1990.

18.Hirose, A., Kamijo, K., Osumi, T., Hashimoto, T. and Mizugaki, M. cDNA cloning of rat liver 2,4-dienoyl-CoA reductase. *Biochim. Biophys. Acta*, 1049, 346-349, 1990.

19.Kobayashi, S., Amikura, R. and Okada, M. Presence of mitochondrial large ribosomal RNA outside mitochondria in germ plasm of Drosophila melanogaster. *Science*, 260, 1521-1524, 1993.

20.Gyllensten, U., Wharton, D., Josefsson, A. and Wilson, A.C. Partial inheritance of mitochondrial DNA in mice. *Nature*, 352, 255-

257, 1991.

21.Hurst, L.D. and Hoekstra, R.F. Shellfish genes kept in line. *Nature*, 368, 811-812, 1994.

22.Kaneda, H., Hayashi, J., Takahama, S., Taya, C., Lindahl, K.F. and Yonekawa, H. Elimination of partial mitochondrial DNA in intraspecific crossing during early mouse embryogenesis. *Proc. Natl. Acad. Sci. USA*, 92, 4542-4546, 1995.

23.金田秀贵、米川博通:《为什么线粒体DNA是母系遗传?》,《组织培养》第21期, 142-146, 1995.

生物化学术语解说

◆日本医科大学　太田成男

线粒体研究与《寄生杀意》

　　线粒体发现于1890年，而距离线粒体基因的发现也已经过去了三十年。在这些年里，因线粒体相关研究获得诺贝尔奖的有Warburg、Krebs、Theorell、DeDuve、Mitchell等五位博士。长期以来，线粒体的起源都是充满争议的话题。但至少有一点应该是没错的：它是远古时期共生生物遗留下来的痕迹。

　　线粒体的主要功能是提供能量。毋庸置疑，能量枯竭会导致疾病。实际上，一些常见的疾病，如糖尿病、心肌病、脑中风等，都是线粒体基因异常导致的，而且都是源于线粒体基因的一万六千分之一的错误。此外，近年来的研究表明，线粒体不仅提供能量，而且其成分还会释放到外部，对细胞乃至整个生物体发挥重要作用。譬如小说中提到的，线粒体对于生殖细胞的形成与免疫机制都有重要作用。这也是因为作者本身就是一线的研究者，其推测具有相当的准确性。事实上，小说之所以具有独特的感染力，正是因为它的主题紧紧围绕着线粒体的特性展开。小说中有些内容是预言性的，后来才在现实中得到证实。譬如，构成我们身体的细胞，在履行完自己的职责后会主动选择死亡，也就是"自杀"。这一现象在小说中被描写为细胞的程序性死亡。而在1996年夏天发表的研究表明，决定这一自杀行为的信号来自线粒体内部，该信号会切断细胞核的基因，导致细胞死亡。换言之，"线粒体决定细胞生死"，这一说法并不夸张。而线粒体的研究正在进入新的阶段。

如果这份术语解说能令小说的形象变得更为生动，让线粒体这一主题的魅力更加易于理解，那是我的无上荣幸。

限制性内切酶

基因重组所必需的酶，用于切断特定的DNA序列。EcoRI和BamHI分别切断DNA的GAATTC和GAGCTC序列。

显微镜

观察培养的细胞时，使用倒置相差显微镜。它不需要给细胞染色，利用折射率的差异进行观察。而且由于镜头位于下方，可以从下方观察到培养瓶内的活细胞。

超净工作台

仅能伸手进去的实验台，以便进行无菌操作。实验台通过过滤器吹出无菌风，形成气帘。

NIH3T3

从小鼠（Mus musculus）胎儿的皮肤上分离出的培养细胞。小鼠的正常细胞在培养液中分裂十次左右便不会继续增加，但癌细胞会无限分裂。而NIH3T3是既有正常细胞的性质，又能无限分裂的著名细胞。它由NIH（美国国立卫生研究院）采集，每三天稀释三倍培养，因而得名。

类视黄醇受体

类视黄醇是与维生素A类似的化合物。类视黄醇受体是这样一种蛋白质：它能与类视黄醇结合，以促进特定蛋白质的合成。没有与类视黄醇结合时，它位于细胞质内；一旦与类视黄醇结合，便会进入细胞核，与控制蛋白质合成的指令部分结合，促进特定蛋白质的合成。

β 氧化酶

分解脂肪酸、获取能量的一系列酶。这个过程需要氧气。有氧运动之所以可以消耗脂肪酸，正是因为这一反应。这些酶位于线粒体内，不过在另一种细胞器——过氧化物酶体中也有几乎完全相同的反应系统。

P10

无胸腺裸鼠

没有体毛，外观独特的小鼠。没有免疫机能，无法排斥异种细胞，因而常用于癌细胞的移植等实验。

P15

杂交瘤

将癌细胞与淋巴细胞人为进行细胞融合而制成的细胞，具有无限增殖的性质，用于各种实验。

红色的培养液

为了及时掌握酸碱性程度，很多时候会给培养液着色。黄色为酸性，红色为中性，紫色为碱性。培养液的颜色能反映细胞的状态。

P 19

原代培养

将人或小鼠的细胞从内脏中分离出来加以培养。细胞之间通过蛋白质连在一起，而胶原酶（P 82, L 10）等可以溶解这些蛋白质，使细胞分散开来。不过，如果培养的是类似 NIH 3 T 3 这种由其他人员或组织采集的细胞，不能称为原代培养。

P 20

癌症基因产物

致癌物质或放射线等因素会令癌症基因发生变化，因此癌症基因产物也会随之变化，导致细胞分裂失控。这就是癌症发生的原因。目前已经发现了上百种癌症基因，当多个癌症基因发生变化时，才会出现癌变。后文出现的 Fos、Jun（P 222, L 21）也是癌症基因产物。它们本来是有序促进细胞增殖的因子。

HEPES缓冲液

防止溶液pH值发生变化的试剂。HEPES几乎无毒，将pH值维持在中性附近的能力很强，所以经常被添加在培养液中。

大鼠

白色体毛的实验动物鼠。体长比小鼠大，约为15cm。

用50克左右的离心慢慢做

用离心机收集分散的细胞。50克通常是离心机在一分钟内以700转的速度产生的重力，是地球上重力的50倍。肝细胞比其他细胞大，因此需要降低离心速度以便收集。"慢慢做"的意思就是降低离心速度。

微量离心管（Eppendorf管）

用于盛放1.5毫升以下液体的塑料容器，能够承受较高的温度，可以直接装入离心机，所以经常用在基因重组等实验中。一支微量离心管的价格约为6日元（0.3元），很多研究室都将之作为一次性耗材使用。这种离心管最早由德国Eppendorf生产，所以即使是其他公司生产的同类容器，也常常被称为Eppendorf管。除了1.5毫升用之外，还有0.5毫升用、2毫升用等规格。

搅拌器

搅拌溶液的器具，带有磁石。使用时，首先在待搅拌的溶液中另外放入涂有特氟龙的磁石，然后启动搅拌器。搅拌器中的磁石会随着马达旋转，进而带动溶液内的磁石转动，达到搅拌溶液的效果。

P 64

用棉花裹好，放入-80摄氏度的冰箱

能够在保持细胞活性的同时冷冻保存细胞。保存的关键在于以每分钟降低1摄氏度的速率缓慢冷冻。用棉花包裹后放入冰箱，可以在冻存时避免损伤细胞。

肝细胞闪闪发光

胶原酶处理后的活细胞在相位差显微镜下呈球形，看起来闪闪发光，而濒死或已死亡的细胞则显得较为暗淡。了解之后就可以通过其光泽判断细胞的状态。肝细胞经过数小时后会附着在底部，失去光泽。

在溶胶里游来游去

除了细胞核与线粒体之类的细胞器，细胞的其余部分统称为细胞质。实际上，线粒体并不能自由移动，因为它们附着在名为微管的网状骨架上。不过在某些细长的细胞——如神经细胞中，线粒体会与名为马达蛋白的蛋白质结合而移动。能够自由游动的线粒体是很特殊的。

能够随心所欲地增加复本数量，是非常愉悦的享受

不同的内脏，其细胞中的线粒体数量各不相同。心脏与肌肉细胞需要大量能量，因而线粒体数量也较多。随着肌肉和神经活动的增加，线粒体数量也会增加。此外，有些疾病也会导致线粒体无序增长，最终填满整个细胞内部。

MOM 19

线粒体的DNA非常小，线粒体蛋白质的大部分信息都包含在核基因中，因此需要某种机制，将线粒体外合成的蛋白质转移到线粒体内部。MOM 19就是构成这种机制的蛋白质。转移实验（P 114，L 11）是这样的实验：取出线粒体，与线粒体蛋白质混合，研究其进入线粒体的过程。线粒体蛋白质通常用同位素标记。

培养板

培养皿型的培养容器，可以直接用倒置显微镜，从下方观察细胞。培养板有各种大小，也有6~9个孔的培养板。6孔培养板的每个孔直径35厘米，可以装入约2毫升的培养液。

成纤维细胞

形如纤维的细长细胞。成纤维细胞的培养相对比较简单，人类的成纤维细胞大约可以分裂50次。相比之下，肝细胞的培养较为困难，即使添加了增殖因子，也只能增加2倍，最多维持1~2周。从细胞维持的角度说，培养成纤维细胞要比肝细胞轻松许多，但利明也许更倾向于使用肝细胞作为日常的研究对象。

克隆

初代培养的各个细胞，其性质会略有差异。在培养过程中，性质也可能变化。为了获得性质均一的细胞群，需要用单一细胞增殖，形成细胞系，这个过程称为细胞的克隆。细胞克隆的方法有几种，不过一般采用有限稀释法（P 140,L 7）。有限稀释法是将含有细胞的培养液稀释，使得小孔中的平均细胞数小于1个，然后再进行培养。由于小孔中增加的细胞都是由一个细胞增殖而来的，所以自然都具有相同的性质。Eve 1、Eve 2是在不同的小孔中增殖的细胞，分属于不同的克隆系。分离某种基因的过程，称为基因克隆。基因组克隆（P301,L14）指的是分离染色体基因组。

Northern印迹法

RNA的定量分析方法。RNA可以根据其作用，分为核糖体RNA（rRNA）、转运RNA（rRNA）、信使RNA（mRNA）和其他RNA。DNA检测法是由名为Southern的人发明的，所以叫作Southern Blot（南方印迹法）。而为了与DNA的Southern（南方）相对，RNA的检测法就成了Northern（北方）印迹法。此外，蛋白质检测法中还有Western（西方）、Eastern（东方）、South Western（西南方）印迹法等多种。在研究者的世界里，这样的幽默并不罕见。在本书中，采用该方法测量信使RNA的量，以了解形成了多少氧化酶。

热循环仪

用于扩增特定DNA片段的设备。利用DNA复制酶，在试管内复制DNA。近年来，即使从一根头发或体液中提取的细胞，也可以进行DNA检测，因而也用于确定刑事案件的罪犯。《侏罗纪公园》中的恐龙基因也是用这一方法还原的。RT-PCR（P170,L5）是将RNA转为DNA进行扩增的方法。

P 113

DNA构成与细胞核完全不同

线粒体DNA为环状，人类线粒体DNA的长度是5微米，仅为核DNA长度的二十万分之一。人类线粒体DNA只包含1种蛋白质和2种tRNA、2种rRNA的基因，但线粒体DNA中并无垃圾信息。而核DNA中包含蛋白质信息的部分仅有5%，其余都是无用的部分。这些多余的部分成为进化的原动力。DNA带有负电荷，而带正电荷的蛋白质，即组蛋白，包裹着核DNA。核DNA被蛋白质包裹形成珠状结构，称为核小体（P349, L5）。线粒体DNA没有组蛋白缠绕，所以容易受到损伤。

P 114

安妥明

降低血液中胆固醇的药物，能够促进过氧化物酶体的增加。这是一种不同于线粒体的细胞器。前文解释过，线粒体和过氧化物酶体中都存在氧化系统。安妥明不仅可以增加过氧化物酶体，还能增加线粒体中的β氧化酶。

过氧化物酶体

细胞器之一，内部充满了用于产生或分解过氧化氢的酶。过氧化物酶体比线粒体稍小，数量也仅有线粒体的四分之一。近年来发现过氧化物酶体与能量代谢和活性氧（P349, L6）有关，因而广受关注。有些疾病是因为无法形成过氧化物酶体而引起的。

P120

三羧酸循环

线粒体内的代谢途径之一，是代谢糖、脂肪酸和多种氨基酸，从中获取能量的前期反应。三羧酸循环又叫柠檬酸循环，柠檬酸是柠檬、梅干等食物的酸味来源。它是在这一途径中首次合成的，因而得名。

ATP

在线粒体中合成的高能化合物，分解时会释放出13千卡的能量。当需要进行肌肉收缩等耗能活动时，就会分解ATP。线粒体产生能量，意味着合成ATP。

P128

细胞银行

登记各种培养细胞的地方。研究人员可以提出申请，获取细胞。

P131

移液器

精确量液体的器具，量取范围为0.2~1000微升。基因重组实验中通常使用10～100微升的量。1微升的体积相当于边长为1毫米的立方体。

P 140

氧气对它们来说就是毒气

氧气有时会成为毒性很强的活性氧。利用氧气获取能量的效率很高，但危害也很大。细胞在进化过程中获得了消除活性氧的机制，这才得以利用氧气。活性氧是衰老和癌症的原因之一，我们的祖先摄入线粒体，利用氧气提高了能量效率，但付出了衰老的代价。能利用氧气的细菌被称为好氧菌，没有氧气防御机制的细菌则被称为厌氧菌。

P 142

把那些遗传密码嵌入了宿主的核基因

线粒体DNA的长度随着进化的程度呈现阶段性缩短的趋势，基因数量也随之减少。而线粒体失去的基因，则由细胞核保管。例如，有一种蛋白质是ATP合成酶的亚基，在植物中，它的基因由线粒体DNA保存，但人类则是保存在细胞核中。线粒体DNA最短且基因数最少的是哺乳动物。由这些事实可以推测，经过漫长的岁月，线粒体的基因逐渐转移到细胞核中。此外，线粒体与细胞质中的两种蛋白质共享一种核基因的情况也不少见。

随着身体的衰老，线粒体内的DNA也会出现异常

过了四十岁，人体会大量出现较短的线粒体DNA。短的DNA是不完整的基因，因而能量效率低下，有毒的活性氧随之增加。不过，线粒体DNA的异常究竟是衰老的原因还是结果，目前还有争议。

这不是说涉及线粒体基因的疾病就都是母系遗传的

某些疾病的原因在于线粒体DNA变短或消失。但有病例显示，这些疾病也会由父系遗传。据此推测，细胞核中具有防御线粒体的基因，当这些基因不能正常工作时，线粒体DNA就会出现变短或消失的现象。这一事实也显示出线粒体与细胞核具有密切的共生关系。

这可能与线粒体功能下降所导致的几种疾病有关

实际上科研人员也发现了由于应激蛋白功能衰退导致的疾病。

可以随心所欲地操控宿主的中枢神经系统

神经传导是电子的流动，即电流，由钠离子进入神经细胞而产生。如果不能立即把钠离子泵出细胞外，下一个信号就无法传递。

泵出钠离子的是NaK-ATPase，它会消耗大量ATP。神经活动需要大量能量，全身百分之二十的能量都用于大脑。因此，如果没有线粒体，神经活动也无法进行。有些学者甚至用线粒体的机能来解释记忆机制。记忆的形成跟神经间电流流动的容易程度有关。当电流经过时，神经细胞的线粒体就会增加，而线粒体的增加又会导致电流更容易流动，从而形成记忆。

P 235

所有人种都归结于一名非洲的女性

线粒体·夏娃（P348,L16），这是威尔逊和凯恩在1987年发表的假说。不过这并不意味着人类全部诞生于一名女性。

P 246

线粒体是产生能量的地方

线粒体利用氧气合成ATP。用于合成ATP的能量，首先储存为电能。电子传递链（P180,L3）与三羧酸循环协同作用，产生出这种电能，也就是在厚度为一百万分之一毫米的线粒体膜上形成的膜电位（P380,L2），计算可得其相当于一厘米上的20万伏电压。ATP分解时，会释放出动能或热能，不过线粒体也可以直接以电能产生热量，也就是通过放电来产生热量。婴儿能利用这种放电热来取暖。而促使放电的蛋白质叫作解偶联蛋白（uncoupling protein），由307个氨基酸构成。如果全身的线粒体一齐放电，将会产生难以想象的巨大热量。

二价离子如洪流般奔涌

钙离子带有两个正电荷，所以叫作二价离子。线粒体的重要功能之一就是储存钙。线粒体膜电位上升时，钙离子就会蓄积在线粒体中。由于钙能在细胞内传递信息，因而可以说线粒体也是信息传递机制的一部分。

运动

运动是肌肉的蛋白质，即肌动球蛋白的收缩。肌球蛋白分解ATP产生力。不过，除了线粒体，肌肉还有其他合成ATP的途径，所以即使线粒体不工作，也可以实现短跑之类的短时间运动，但这仅限于可以憋气的时间范围内。

程序性死亡

高等生物的细胞具有引导自身死亡的机制。不再需要的细胞通过主动自杀来形成手指、建立神经回路和免疫系统、保护身体免受外敌侵害。一种名为Bcl-2的蛋白质可以阻止这种程序性死亡（也叫细胞凋亡）。近年来学者发现，这种程序性死亡的信号是由线粒体发出的。线粒体控制细胞已经不是幻想中的假说了。

P 295

有人报道了一项使用果蝇做的实验

用紫外线照射本应成为生殖细胞的细胞，该细胞就无法成为生殖细胞。但如果向该细胞内注入线粒体的核糖体RNA，又会启动分化成生殖细胞的步骤。这一实验因其颠覆性而一度未受认可，论文足足用了三年时间才得以发表。有时候，当研究人员发现了超乎想象的事实时，论文往往难以找到发表途径。采用特殊方法观察电子显微镜，可以观察到线粒体内部合成的线粒体核糖体RNA在线粒体外部发挥作用。一种名叫tudor的蛋白质会将那种核糖体RNA拽出线粒体。研究人员不仅在果蝇体内发现了这种现象，在青蛙体内同样发现了该现象。还有其他现象显示出卵子和精子这些生殖细胞与线粒体的关联性。细胞分裂时，只有那些摄取了生殖质的细胞才会成为生殖细胞。而在摄取过程中，生殖质被大量线粒体包围，与线粒体一同移动。

P 297

让他的心脏停止了跳动

人们已经发现，仅仅一万六千六百分之一的线粒体DNA变化，就能引发心肌病。

P 316

意识到它的线粒体在和自己的线粒体合而为一

细胞融合时，各自的线粒体也会融合，这一点已经得到了证实。不过病态线粒体之间也可能不发生融合。究竟在何种情况下会发生融合，目前还有许多不明之处。

P 327

父方的线粒体DNA……

目前尚不清楚线粒体DNA的进化是否与父系的线粒体DNA有关。不过贻贝的例子显示，父系的线粒体也会被传递，因而不能排除它们参与进化的可能性。在人类的进化中，在追溯线粒体·夏娃时，通常会忽略父系线粒体的影响。

P 332

多态现象

基因的个体差异。线粒体基因的多态是核基因的十倍以上。基因变化导致疾病时，通常不称为多态，而称为变异。

（1996年11月）

文治
磨铁图书旗下子品牌

更 好 的 阅 读

特约监制　潘　良　于　北
产品经理　苟新月
特约编辑　朱韵鸽
版权支持　冷　婷　金丽娜　李孝秋
营销支持　金　颖　于　双
封面插画　焦　子
装帧设计　稀　饭

关注我们

官方微博：@文治图书
官方豆瓣：文治图书
联系我们：wenzhibooks@xiron.net.cn